북천십이로

北天三路

북천십이로 6

허담 新무협 판타지 소설

초판 1쇄 찍은 날 § 2012년 12월 3일
초판 1쇄 펴낸 날 § 2012년 12월 10일

지은이 § 허담
펴낸이 § 서경석

편집부장 § 권태완
편집책임 § 어정원
디자인 § 이혜정

펴낸곳 § 도서출판 청어람
등록번호 § 제1081-1-89호
등록일자 § 1999. 5. 31
어람번호 § 제2-2285호

주소 § 경기도 부천시 원미구 심곡2동 163-2 서경B/D 3F (우) 420—822
전화 § 032-656-4452 팩스 § 032-656-4453
http://www.chungeoram.com
E-mail § chungeorambook@daum.net

ISBN 978-89-251-3083-5 04810
ISBN 978-89-251-2964-8 (세트)

北天十二路

북천십이로

6

천로야

허 담 新무협 판타지 소설

ORIENTAL FANTASY STORY

도서출판
청어람

北天十三路

第一章 비후동주

　며칠 사이 북방의 초원, 천록야로 향하는 사람들이 부쩍 늘어났다. 멀리 고비를 넘어 천산 인근에 있는 건원문으로부터 흥안령 북쪽 동변에 위치해 요동과 대막무림 어느 쪽에 속해도 이상할 것이 없는 돈지문까지. 사방 일만 리 내의 중소문파 서른한 곳의 수장이 천록야로 모여들었다.

　그중에는 묵철가나 빙궁처럼 북천십이문에 속한 명문대파도 있었고, 도적인지 무림문파인지 모를 허술한 자들도 있었다. 그러나 무림에서의 위치와 그 본색이 어떠하든지 간에 대막과 초원에 뿌리를 둔 문파 서른한 곳은 연어가 강을 거슬러 고향을 찾듯 그렇게 천록야로 찾아들었다.

　천록야의 천제는 대막과 북방무림의 큰 축제다. 아득히 먼 옛날 대막과 초원이 아직은 사람의 땅이 아니었던 시절에 생겨났다는 천록야의 천제는 그 근원조차 알 수 없는 북방무림의 전설이었다.

세월이 흐르고, 천제에 참여하는 문파들도 바뀌어서 오늘날 천제에 참여하는 문파 중 천제가 처음 시작되었을 때 천록야에 왔던 문파는 단 한 곳도 없지만 천제는 여전히 대막 혹은 북방무림으로 불리는 초원의 문파들 중심에 있었고, 북방무림의 무사들은 여전히 천제에서 자신들의 뿌리를 찾고 있었다.

두두두!

한 떼의 마필이 산 아래로 이어진 설원을 지나 북쪽으로 이동했다. 눈밭을 달리는 기세가 천하를 호령할 듯싶었다.

"묵철가군요."

금불현이 말했다. 금불현과 석요송은 금문의 안가를 떠나 다시 설원의 한 야산에 나와 있었다. 천제까지는 이제 닷새 정도 남아 있었고, 그 안에 천록야로 찾아든 각 문파의 소식이나 움직임을 좀 더 정확하게 파악하는 것은 무척 중요한 일이었다.

"기상이 남달라."

"대막에서도 독특한 사람들이죠."

"저들을 상대하는 것이 가장 어렵다고 했었던가?"

"그렇죠. 거칠면서도 범접할 수 없는 위엄이 있고, 무거운 듯하면서도 질풍 같은 빠름이 있다고 평가되죠. 그중에서도 사람들을 가장 두려움에 떨게 하는 것은 묵철가에 흐르는 본능적인 철혈의 피죠. 생사전의 싸움터에서 더 자유로움을 느끼는 사람들이에요."

"타고난 전사라……."

"다루기 쉽지 않은 곳이죠. 그 누구도 묵철가를 완전히 지배한 자는 없었어요. 혹자는 혈사신보의 근원이 묵철가라는 말도 하죠."

"그래? 어떻게 생각해?"

석요송이 금불현에게 물었다.

"글쎄요. 혈사신보의 무공을 보지 못했으니 알 수 없죠. 그러나… 아닐 가능성이 많은 것 같아요. 만약 혈사신보가 묵철가에 근원을 둔 무공이라면 그들이 신보에 대해 무관심할 이유가 없죠. 그들은 사실 혈사신보의 전설에 대해 그리 큰 관심을 보이지 않거든요."

"자신감일 수도 있겠군."

"그렇죠. 혈사신보가 초원을 지배하던 시대는 아주 오래전이고, 지금의 묵철가는 그 이후에 전성기를 맞이했으니까요. 지금으로선 혈사신보의 주인이 나타난다고 해도 묵철가가 그 권위를 인정하지 않을 가능성도 있어요."

"궁금하군. 은올기가 그들을 어찌 다룰지."

"그가 본 문의 행보를 눈치채지 않았을까요?"

금불현이 걱정스레 물었다.

"물론 조심하긴 할 거야. 어느 날 갑자기 자신의 제자 셋이 사라졌으니까. 그것도 무척 중요한 임무를 맡았던 제자들이 말이야. 하지만 아마도 그 우려와 의심은 금문이 아니라 빙궁으로 향하겠지. 그 역시 빙궁의 소궁주가 탈출해 자신의 제자들이 그 뒤를 쫓고 있었다는 사실은 알고 있을 테니까."

석요송의 말에 금불현이 고개를 끄덕였다. 그러다가 문득 석요송에게 물었다.

"그녀는 어떤 선택을 할까요?"

"소궁주?"

"예."

"아마… 결국 소도주의 제안을 받아들일 거다."

"정말 그렇게 생각하세요? 제가 보기엔 금문에 대한 반발심이 보통이 아닌 것 같았어요. 물론 우리에게 제압당한 것에 대한 불쾌함 때문이기도 하겠지만 북방무림의 자존심이 쉽게 금문에 굴복할 수 없게 만드는 것 아닐까요?"

"소도주는 고수다."

석요송이 뜬금없는 말을 했다. 금불현이 의아한 표정을 지었다.

"무슨 말씀이에요?"

"빙궁의 소궁주도 고수다. 그녀는… 결국 소도주의 힘을 알아볼 거야. 그리되면 그녀 자신과 빙궁이 택할 수 있는 길이 오직 하나라는 것을 알게 되겠지. 현명한 사람이니 현명한 결정을 내릴 게다. 더군다나 단 한 명의 사람에게만 고개를 숙이면 만인의 추앙을 받을 수 있을 텐데 그 유혹도 뿌리치기 쉬운 것은 아니지."

"하긴 그렇겠네요. 빙궁이 북방 은자들의 문파라 불리긴 하지만 그들도 야심은 있을 테니까요. 그나저나 그들은 오늘도 오지 않을 모양이에요."

금불현이 손을 들어 설원으로부터 올라오는 눈부신 빛을 막으며 말했다.

"오늘쯤은 나타날 것 같은데……."

석요송도 눈을 가늘게 뜨고 설원의 먼 곳을 살폈다. 그때였다. 설원의 저편에서 일단의 사람이 모습을 드러냈다. 그들은 앞서 묵철가의 고수들이 질주한 방향을 따라 말을 몰아왔다. 그런데 그들이 석요송과 금불현이 있는 야산에 가까워질수록 그 특이한 행색이 확연히 눈길을 사로잡았다.

"정말 기이한 사람들이군요."

금불현이 말했다.

"비후동 사람들은 본래 서역에 뿌리를 두고 있다고 했지?"

"예, 아주 오래전 서역에서 넘어온 이후로 초원에 거처를 정했는데 묵철가의 비호 속에 성장했지요. 물론 묵철가 역시 그들의 조력을 받으며 지금의 성세를 이룬 것이고요."

"묵철가를 얻으려면 먼저 비후동을 얻으라는 지낭의 말은 그래서 나온 말이군."

"맞아요. 묵철가의 행보를 결정하는 데에는 비후동 사람들의 의견이 무척 큰 영향을 미치지요."

"만나볼까?"

"어쩌실 생각이세요?"

"지낭이 말하길 그들에게 한 가지 신물이 있다고 하더군. 그 신물을 취하면 비후동은 결국 금문의 뜻에 따르게 될 거라고 했어."

"설마, 황금밀서(黃金密書)를 말하시는 건가요?"

"황금으로 된 한 권의 책이라고 하긴 하더군."

"정말 지낭이 형님께 비후동의 밀서를 취하라고 했단 말인가요?"

금불현의 표정이 일변했다. 그의 눈에 은은한 노기까지 서렸
다.

"문제가 있나?"

석요송이 금불현의 표정이 심상치 않자 눈빛을 가라앉히며
물었다. 그러자 금불현이 화를 내며 말했다.

"도대체 지낭은 형님께 무슨 불만이 있는 거죠?"

"무슨 소리야?"

"비후동에서 밀서를 취한다는 것은 곧 그들 모두를 죽이라는
말과 같아요."

"응?"

"그들에게 밀서는 존재하는 이유 같은 것이지요. 그들은 서
역의 신비한 종교를 믿는데 그 밀서라는 것에 그 교리가 적혀
있어요."

"교리를 적은 서책이야 필사를 할 수도 있는 것인데 그게 왜
목숨을 걸고 지킬 서책이지?"

"그 안에 적혀 있는 교리만의 문제가 아니라 그 서책 자체도
그들의 교리만큼이나 중요해요. 그들에게 황금밀서는 신령스런
기운이 깃든 물건이에요. 그 책의 신성함과 그 교리의 영험함으
로 자신들이 보호받고 있다고 생각하죠. 오죽하면 서책에 황금
을 입혔겠어요?"

"중요한 것이었군."

석요송이 고개를 끄덕였다.

"지낭이 그걸 모를 리 없지요. 그런데도 형님께 비후동의 밀

서를 가져오라고 했다면 그건 곧 형님을 크게 곤경에 빠뜨리겠다는 의도일 겁니다."

"그가 그럴 이유는 없을 텐데?"

"사람의 내심은 겉으로는 모르는 거지요. 오직 그 사람의 행동으로 알 수 있는 겁니다."

금불현이 다부지게 말했다.

"그 밀서라는 게 반드시 필요한 것일 수도 있지."

"그렇다면 그가 스스로 취해야지요. 그 또한 소도주의 수하 아닙니까?"

"음… 그는 인검의 위치를 정확히 아는 사람이라고 말하는 것이 좋겠어. 이런 일은 사실 인검의 몫이니까. 너무 그를 비난할 필요는 없어. 그로서는 소도주를 위한 최선의 길을 찾는 것이 몫이니까."

"그래도……."

"가 보자고."

석요송이 금불현의 말을 끊고는 신형을 날려 야산을 내려가기 시작했다. 그러자 금불현이 나직하게 중얼거렸다.

"당신에게 무슨 일이 생긴다면… 전 절대 그를 용서치 않을 거예요. 물론 소도주도요."

"워워!"

기이한 복색에 기이한 생김새를 가진 사람들이 급히 말을 멈췄다. 옷은 바느질을 하지 않고 긴 천을 둘둘 말아 몸을 가린 모습이었고, 키들이 훤칠했으며 눈은 푸르고 머리는 붉은 기운이 돈다. 비후동의 사람들이다.

강호에 나서면 마인이라 손가락질 당할 외모를 한 비후동의 사람들이지만 무림이란 곳은 외모로 사람을 판단하지 않는다. 오직 실력만이 그 사람의 가치를 대변하는 곳이 무림이다.

덕분에 비후동의 사람들은 그 특이한 외모에도 불구하고 무림에서 제법 대접을 받은 사람들이었다. 그런데 그런 그들을 행보를 십여 명의 사내가 가로막았다.

"뉘시오?"

비후동의 무리 중에서 날카로운 푸른빛의 눈동자를 지닌 사내가 앞으로 나서며 물었다. 무도한 길막음이었지만 사내의 표정에선 분노보다 침착함이 엿보였다.

"비후동의 형제들이오?"

길을 막은 자들이 물었다. 그러자 사내가 대답했다.

"그렇소. 우린 비후동에서 왔소. 그대들은 누구요? 왜 길을 막은 것이오?"

그러자 사내의 말을 받은 날카로운 인상의 노인이 입을 열었다.

"난 나의 주인님 명을 받고 비후동의 형제들을 주인님께 안내하기 위해 왔소."

이쯤 되면 노기를 드러낼 만도 하지만 비후동의 사내는 여전히 침착하다.

"그대들의 주인이 누구요? 사람을 초청하는 방법이 참으로 독특하시구려."

그러자 노인이 빙그레 미소를 지었다.

"물론 우리 주인께선 무척 특이한 분이시오. 그리고 당연히 특이함을 즐기실 만한 능력도 가지고 계시오. 만나보시겠소?"

"다른 방법으로 초대를 하면 생각해 보리다."

"다른 방법이라… 어떤 초대를 원하시오?"

"우린 곧 천록야로 들어갈 거요. 천록야에서 우리의 거처를 찾는 것은 어렵지 않을 거요. 그때 정중히 사람을 보내 초대를 하시오. 그러면 기꺼이 그대들의 주인을 만날 것이오."

사내의 대답에 노인이 고개를 끄덕였다.

"음, 그야말로 아주 제대로 된 방법이구려. 하지만 우리 주인께서는 그렇게 한가하신 분이 아니오. 그래서 바로 지금 그대들을 만나려 하시는 것이오. 그러니 비록 초청이 매끄럽지 못하였다 해도 일단 함께 갑시다."

노인의 태도가 막무가내다. 그러자 비후동의 사내도 드디어 표정이 변했다.

"길을 열지 않으면 길을 만들 수밖에! 뚫어라!"

사내가 뒤를 돌아보며 명하자 비후동의 무사들 중 넷이 기이한 도를 뽑아 들고 앞으로 달려 나갔다. 비후동의 무사들이 사용하는 도는 그들의 생김새만큼이나 특이했다. 짧고 넓은 도신을 가지고 있었고, 양편으로 난 둔탁한 날은 도라기보다는 도끼에 가까웠다.

웅웅웅!

비후동 무사들이 휘두르는 도에서 일어난 도풍이 장내에 살기를 뿌리기 시작했다. 그들은 거침없이 길을 막은 자들을 짓쳐 들어갔다. 그러자 비후동의 사내와 이야기를 나누던 노인이 단출하면서도 붉은빛이 도는 검을 빼 들었다. 그러고는 달려드는 비후동 무사들 사이로 망설임없이 뛰어들었다.

카카캉!

비후동 무사들과 노인의 도검이 한순간에 격돌했다. 그런데 그 순간 놀라운 일이 일어났다. 무거운 중도를 사용하는 비후동 무사들이 단번에 뒤로 밀리기 시작한 것이다.

노인의 검에서는 붉은 기운이 흘러나오고 있었는데 그 기운은 비후동 무사들의 도에 격중할 때마다 시뻘건 핏물을 터뜨리듯 사방으로 붉은 기운을 흘려냈다.

퍼펑!

한순간 비후동 무사들의 도를 밀어내며 생긴 공간으로 노인이 강력한 장력을 밀어 넣었다. 그러자 비후동 무사들이 견디지 못하고 노인의 앞에서 서너 걸음 뒤로 물러났다. 가히 놀랄 만한 수위의 무공이다.

"길은 막혔소. 갈 수 있는 길은 오직 하나, 우리 주인님을 만나는 것이오."

비후동 무사들을 물리친 노인이 경고하듯 말했다. 그러자 앞서 노인과 말 상대를 했던 비후동의 사내가 다시 앞으로 나섰다.

"과연 우리 비후동의 앞을 막을 만한 실격이구려. 묻겠소. 그대들의 주인은 누구요?"

그러자 노인이 대답했다.

"나의 주인께선 대막의 주인이 되실 분이오."

"대막의 주인?"

"그렇소. 이미 이번 천제에 참여한 서른한 곳의 문파 중 상당수가 우리 주인님을 따르고 있소. 주인님께선 결국 대막을 넘어 천하무림을 평정하실 것인데 바로 그 길에 비후동을 초청하신 것이오. 대저 주인님을 따르게 된 문파 중 이리 융숭한 대접을 받은 곳은 별로 없소."

"이게 융숭한 대접이란 것이오?"

"그렇소."

"길을 막고 강제로 사람을 데려가는 것이 말이오?"

사내가 차갑게 따져 물었다.

"물론 그런 면에선 조금 거칠기는 하다 할 수 있소. 그러나 주인께서 날 보낸 것은 비후동을 그만큼 인정하신다는 뜻이오."

"그대가 그리 중요한 사람이오?"

"난 평생 주인님을 모시며 주인님 곁을 떠나 본 적이 없는 사람이오. 다시 말해 주인님의 손과 발인 사람이오. 그런 나를 보내셨다는 것은 곧 주인님이 직접 오신 것이나 다름없소."

"그대의 이름은?"

사내의 물음에 노인이 망설이다가 입을 열었다.

"난 혼태라 하오. 이거 뒤늦게 통성명을 하려 하니 이상하군. 그런 그대는… 혹 비후동의 호법좌사자 후우노 대협이 아니오?"

순간 사내의 눈이 경탄의 빛이 보였다. 그러고는 고개를 끄덕이며 말했다.

"과연 무림천하를 노릴 만하구려. 강호에서 날 알아보는 사람이 있을 줄은 몰랐소. 그대들의 준비가 정말 치밀하구려."

"후후, 강호의 모든 일은 우리 주인님의 손안에 있다오. 그러니 이제 주인님을 뵈러 갑시다."

그러자 후우노라 불렸던 사내가 고개를 저었다.

"그대들이 대단한 사람들이란 것은 알겠소. 그러나… 아직은 부족하오. 우리를 그대의 주인에게로 데려가려 한다면 이 후우노의 도를 받아내야 할 거요."

스릉!

후우노라 불린 사내의 손에 한순간 넓은 도신을 자랑하는 비후동 특유의 도가 들렸다. 그러자 노인 혼태가 고개를 끄덕였다.

"물론 나 역시 동주나 비후동 호법사자의 도를 견식하지 않고 주인께 데려갈 수 있다고는 생각지 않았소. 어디 제대로 된 비후동의 도법을 봅시다."

노인 혼태가 검을 들어 후우노를 겨누며 말했다. 그러자 후우노가 바람처럼 노인 혼태를 향해 달려들었다. 단번에 그의 손에 들린 중도가 벼락을 만들어냈다.

쩡!

혼태가 검을 들어 비스듬히 후우노의 도를 막아냈다. 비껴 맞았음에도 두 병기 사이에서 바위 깨지는 소리가 일어났다. 그렇게 두 고수가 도검을 겨루기 시작됐다.

"이것 참! 우연치고는 너무 자주 보네요."

"역시 그의 수하들이라는 건가?"

금불현의 말에 석요송이 되물었다.

"은올기가 아니고서는 이런 일을 꾸밀 사람이 없지요. 더군다나 저 혼태라는 자가 스스로 자신의 주인이 북방무림의 주인이 될 것이라 했고, 이미 천록야에 온 상당수의 문파들이 그에게 복종하고 있다고 했으니 역시 은올기일 거예요."

"인연은 인연이군."

"그렇죠?"

"그런데 비후동의 무공이 정말 대단하군."

석요송이 은올기의 수하로 짐작되는 노고수 혼태를 상대하고 있는 후우노를 보며 말했다.

"저도 비후동의 무공은 오늘 처음 보는데 놀랍네요. 그들이 묵철가로부터 형제의 문파로 대우받는 이유를 알겠어요."

"저런 도법은 쉽게 상대할 수 없어. 여러 번 작은 승기를 잡아도 한 번 실수하면 치명적인 손해를 보게 되니까."

"그렇지요. 그런데 사실 비후동이 무서운 것은 그들의 무공 때문은 아니에요."

"그럼?"

석요송이 고개를 돌려 금불현을 보며 물었다. 그러자 금불현이 비후동의 무사들 중 스님처럼 붉은 천을 두르고 있는 자들을 가리키며 말했다.

"저들 중 붉은 옷을 걸친 자들이 보이시죠?"

"응?"

석요송이 고개를 끄덕였다.

"저들은 화약을 다루는 자들이에요."

"화약?"

"네, 무서운 불이죠. 워낙 위험한 물건이라 화약을 다루는 자들은 세상에서 찾아보기 힘들어요. 그런데 비후동의 인물들은 바로 그 화약을 아주 잘 다루죠. 그래서 묵철가가 비후동을 그토록 존중하는 것이에요. 저도 제대로 화약을 제대로 다루는 것을 본 적은 없지만 잘 쓰면 수백의 사람을 홀로 상대할 수 있는 물건이라고 하더라고요."

"비후동에 그런 재주를 지닌 자들이 있었군."

석요송이 금령과 지낭 단중자가 비후동의 금서를 취하라고 한 이유가 어쩌면 그들이 묵철가와 가까운 문파이기 때문만이 아니라 화약 때문일지도 모른다고 생각하며 고개를 끄덕였다.

"붉은 옷을 입은 자들을 강호에서는 귀화객(鬼火客)이라 부르는데 강호의 뭇 문파들이 그들을 한번 초청하려 항시 비후동을 찾죠. 화약은 싸움을 하는 데만이 아니라 여러 곳에서 유용하게 쓰이거든요. 그래서 비후동은 그 화약술을 이용해 엄청난 부를 축적했다고 해요."

"무림의 숨은 강자였군."

"그렇죠."

"그나저나 그럼에도 불구하고 싸움이 그리 녹록치 않은 것 같은데?"

석요송의 말에 금불현이 혼태와 후우노의 싸움으로 시선을 돌렸다. 그러자 과연 싸움은 양상은 석요송의 말처럼 후우노에게 불리하게 돌아가고 있었다.

혼태의 무공은 비후동 무사들의 무공만큼이나 기이했다. 그의 검에 어리는 붉은 기운들은 시간이 지날수록 짙어져서 급기야 주변을 붉은 혈운으로 물들였다.

그 검법의 신랄함이나 강력함을 넘어 붉은빛의 혈운은 상대로 하여금 두려움을 느끼게 만들었다. 그래서 혼태의 검법은 본래 그 검법이 가지고 있는 위력보다 두서너 배의 위력을 발휘하고 있었다.

후우노는 혼태가 만들어내는 붉은 검기의 바다에 빠져 점점 힘을 잃고 있었다. 산이라도 쪼갤 듯하던 그의 도는 허공을 가르는 횟수가 많아졌고 그럴 때마다 혼태의 붉은 검이 후우노의 빈틈을 노렸다.

싸움이 불리하게 돌아간다는 것을 가장 잘 알고 있는 사람은 후우노 본인이었다. 그의 표정이 굳어지고 있었고, 그의 입술이 점점 더 가늘어졌다.

이대로 가다가는 필시 팔다리 하나를 내어주고 혼태에게 무릎을 꿇고 말 것이라는 두려움이 후우노의 얼굴에 드러나 있었다. 그러던 한순간 후우노가 다시 한 번 입술을 굳게 물더니 갑자기 커다란 기합성을 터뜨렸다.

"핫!"

짧고 강렬한 기합성이 터져 나오는 순간 후우노의 굵은 도가 벼락처럼 혼태의 이마를 찍었다. 그러자 혼태가 만들어낸 붉은 검기들이 파도처럼 밀려와서 후우노의 도를 감쌌다. 순간 후우노의 도가 맥없이 방향을 틀었다. 놀라운 혼태의 무공이다.

그런데 그 순간 갑자기 후우노가 자신을 도를 놓아버렸다. 무인간의 싸움에서 병기를 버린다는 것은 곧 싸움을 포기한다는 의미다. 그런데 도를 놓아버린 후우노는 싸움을 포기할 의사는

없는 듯 보였다. 그는 재빨리 도를 놓은 손으로 혼태를 향해 일
장을 쳐냈다.

쾅!

후우노의 장력이 혼태의 붉은 검기에 부딪혔다. 그러자 혼태
가 가볍게 검을 휘둘러 후우노의 장력을 와해시켰다. 그런데 후
우노가 물러나지 않고 순식간에 십여 개의 장력을 더 만들어냈
다. 덕분에 혼태의 검도 바빠졌다. 혼태의 검이 어지럽게 허공
을 수놓으며 붉은 검기의 바다를 좀 더 넓게 만들었다. 그러자
붉은 기운이 넓게 퍼지는 대신 그 농도가 조금 엷어졌다.

쿠쿠쿵!

후우노의 장력은 혼태의 몸에는 닿지 못했지만 엷어진 혈운
을 좀 더 흔들었다. 그러자 혼태의 앞쪽으로 약간의 공간이 생
겨났다. 후우노가 기다렸다는 듯이 그 공간을 향해 주먹만 한
검은 덩어리를 던져냈다. 그건 마치 살수들이 암기를 던지거나
독인들이 독을 던져내는 것과 비슷했다.

"훙!"

혼태가 붉은 기운을 뚫고 닥쳐드는 검은 덩어리를 보며 코웃
음을 흘렸다. 그러고는 번개처럼 검을 휘둘러 검은 덩어리를 갈
랐다. 그런데 그 순간.

꽈릉!

천지가 무너지는 듯한 소리가 일어나며 검은 덩어리가 눈부
신 불꽃을 터뜨렸다.

"헉!"

혼태의 경악스런 탄성이 흘러나왔다. 동시에 혼태가 가슴을

검게 그을린 채 바람처럼 십여 걸음 뒤로 물러났다. 그의 가슴
앞자락은 모두 타버렸고, 그의 맨가슴이 밖으로 드러나 있었다.
그의 가슴도 역시 불그스름한 화상의 기운이 엿보였다.

그런 혼태를 향해 후우노가 바람처럼 달려들었다. 어느새 그
의 양손에는 두 개의 검은 덩어리가 들려 있었다. 순간 혼태의
신형이 한 번 흔들리는가 싶더니 그림자를 남기며 그 자리에서
사라졌다.

퍼펑!

혼태가 서 있던 자리에서 후우노가 던져낸 검은 덩어리가 떨
어지며 강력한 폭발을 일으켰다. 후우노가 혼태를 공격하고 있
는 것은 바로 비후동이 자랑하는 화약이었다. 화약은 깨지기 쉬
운 물병처럼 위험한 물건이었지만 후우노는 비후동의 무사답게
자유자재로 화약을 다루고 있었다.

그러나 아무리 강력한 위력을 지닌 화약이라 할지라도 결국
적에게 격중시켜야 싸움을 승리로 이끄는 법이다. 후우노가 지
닌 화약의 위력은 강력했지만 혼태는 그런 후우노가 다시는 자
신의 몸 근처에서 화약을 폭발시키는 것을 허락지 않았다.

혼태는 붉은 기운을 남기며 빠르게 후우노 주변을 돌았다. 그
의 움직임이 워낙 빠르고 신묘해서 후우노는 어느 순간부터 화
약덩어리를 던져낼 기회를 찾지 못하고 있었다.

"기이한 물건 구경 잘했소."

한순간 혼태의 목소리가 들렸다. 그리고 다음 순간 한 줄기
시뻘건 빛이 후우노의 어깨를 뚫고 지나갔다.

"큭!"

후우노가 비틀거리며 뒤로 물러났다. 그의 어깨에서 붉은 피가 터져 나왔다. 후우노가 급히 왼손을 휘저었다. 그러자 그의 손에 들려 있던 화약덩어리들이 혼태의 동료들이 있는 곳으로 날아갔다.

"피해!"

갑작스런 후우노의 행동에 혼태의 동료들이 화들짝 놀라 소리를 지르며 사방으로 흩어졌다.

콰콰쾅!

후우노가 던져 낸 화약들이 한꺼번에 폭발했다. 거대한 폭음이 설원을 뒤흔들었다.

"후욱!"

후우노가 깊은 숨을 몰아쉬었다. 그의 앞에 언제 나타났는지 혼태가 조금은 당황한 눈으로 후우노를 바라보고 있었다.

"싸움은 그대가 이겼다. 그러나 길은 열게 될 거야."

후우노가 혼태를 노려보며 말했다. 그러자 혼태가 고개를 끄덕였다.

"그럴지도 모르겠군. 비후동의 화약이 무섭다는 이야기를 듣기는 했지만 이 정도일 줄은 몰랐어."

후우노 혼태의 말에는 관심을 보이지 않고 뒤를 돌아보며 소리쳤다.

"귀화객들은 앞으로 나서라!"

그러자 붉은 옷을 입은 자들 다섯이 앞으로 나섰다.

"길을 열라. 막는 자들은 모두 태워 버려!"

후우노의 명에 붉은 옷을 입은 귀화객들은 빠르지도 느리지도 않게 전진하기 시작했다. 그러자 혼태가 훌쩍 뒤로 물러나더니 화약에 놀라 뿔뿔이 흩어졌던 동료들을 불러 모았다.

"활을!"

귀화객이 접근하자 혼태가 말했다. 그러자 그의 수하들이 작은 철궁들을 빼 들었다. 그러자 혼태가 다가서는 귀화객들을 보며 소리쳤다.

"십 장 안으로 들어오면 화살을 맞아야 할 것이다. 다가서지 마라."

"흥, 그 전에 너희가 지옥의 귀화에 타고 말 것이다. 귀화의 두려움을 보여주라!"

후우노가 귀화객들의 뒤에서 소리쳤다. 그러자 귀화객들이 기이하게 생긴 검고 긴 통을 꺼내 들더니 그 통들을 혼태와 그 수하들이 있는 곳으로 던졌다.

"쐐액!"

검고 긴 통들이 마치 창처럼 허공을 날아 혼태의 일행이 있는 곳으로 떨어져 내렸다.

"피햇!"

미처 통들이 설원에 꽂히기 전에 혼태가 소리쳤다. 그러자 철궁을 꺼내 들고 있던 그의 수하들이 사방으로 흩어졌다.

쿠쿠쿵!

연이어 천번지복하는 듯한 굉음이 일어나더니 검은 통이 떨어져 내린 곳에서 눈들이 터져 나온 용암처럼 하늘로 솟구쳤다. 하늘로 올라간 눈들이 뿌연 구름을 만드는가 싶더니 이내 다시 함박눈으로 변해 땅 위로 내려왔다.

길은 열렸다. 화약이 터진 곳은 눈이 모두 사라지고 검은 땅이 드러나 있었다.

"다신 길을 막지 마라!"

후우노가 노성을 발하고는 드러난 땅 위로 걸음을 옮겼다. 그러자 멀리서 혼태의 목소리가 들려왔다.

"그대들은 절대 다른 곳으로 갈 수 없다. 쏴라!"

혼태의 명에 그의 수하들이 철궁에 살을 걸어 앞으로 전진하려는 비후동의 무사들을 향해 쏘아대기 시작했다.

쐐애액!

시위를 떠난 화살들이 매서운 파공음을 일으키며 비후동 고수들을 향해 닥쳐들기 시작했다. 그러자 비후동 무사들이 분분히 도검을 빼 들고 날아드는 화살을 쳐내기 시작했다.

차차창!

어지러운 파열음이 일어나며 곳곳에서 화살이 부러져 나갔다. 혼태의 수하들이 쏘아대는 화살에 몸이 상한 비후동의 무사들은 없었다. 그러나 그들은 비록 화살을 막아내기는 했지만 앞으로 전진하지는 못했다. 비후동의 무사들은 둥글게 진형을 만든 채 날아드는 화살을 막아내고 있을 뿐이었다. 그러던 한순간 화살 공격이 뚝 멈췄다. 그러고는 다시 혼태가 비후동이 무사들 앞으로 날아왔다.

"동주를 뵙고 싶소."

혼태가 더 이상 후우노를 상대하고 싶지 않다는 듯 소리쳤다. 그러자 갑자기 비후동의 무사들 사이에서 한 덩어리의 불꽃이 혼태를 향해 폭사했다.

"헛!"

혼태가 크게 노랄 헛바람을 흘리며 뒤로 물러났다.

꽈릉!

지축이 뒤흔들리는 소리가 터져 나오며 혼태가 서 있던 자리에 집채만 한 구덩이가 생겨났다.

"으음!"

혼태가 신음성을 흘려내며 가슴을 손으로 눌렀다. 아마도 지금까지완 다른 강력한 화기에 내기가 흔들린 모양이었다.

"결국 날 불러내다니 대단하군."

어느새 혼태 앞에 다른 사람보다도 훨씬 붉은 머리를 지닌 사내가 서 있었다. 외모 때문인지 나이를 짐작할 수는 없었지만 노인 소리를 들을 나이는 아닌 듯 보였다. 후우노보다도 젊은 사내다.

"비후동주시오?"

혼태가 물었다. 그러자 중년 사내가 고개를 끄덕였다.

"그렇다. 내가 바로 극함렬이다."

사내의 도도한 대답에 노련한 혼태조차도 긴장한 빛을 보였다.

"비후동의 동주님을 뵈오니 이 늙은이의 큰 영광입니다."

혼태가 지금까지와 달리 정중하게 포권을 해 보였다. 그러자 극함렬이 무표정한 얼굴로 대답했다.

"주인의 이름이 뭔가?"

어찌 보면 안하무인의 성정으로 보이지만 기도가 범상치 않아 혼태를 향한 하대가 무척 자연스러운 비후동주 극함렬이다.

"종복된 자가 어찌 감히 주인의 존함을 함부로 입에 담겠습니까? 주인의 존대성명은 절 따라오시면 자연히 아시게 될 것입니다."

"난 이름도 얼굴도 모르는 자를 만나러 가지는 않아. 그대가 길을 막고 우릴 강제한다 해도 날 그대의 주인에게 데려갈 수는 없다."

"하면 이곳에서 한 발자국도 움직이지 못하실 겁니다."

"천록야는 넓지. 그러나 천록야로 들어가는 길은 그리 많지 않아. 그대들이 우릴 기다렸듯이, 결국 또 다른 자들이 이곳으로 오게 될 것이다."

"그런 기대는 마십시오. 아마도 주인께서 다른 형제들을 보내 이쪽 길 후방을 막으실 겁니다."

"그런 정성이라면 직접 오지 그랬을까?"

극함렬이 고개를 갸웃했다. 그러자 혼태가 한줄기 미소를 지으며 대답했다.

"주인께선 행보가 무거우신 분이십니다."

"음, 궁금하긴 하군."

"함께 가시겠습니까?"

혼태가 기대가 서린 표정으로 물었다. 그러자 비후동주 극함렬이 막 대답을 하려는데 멀리 떨어져서 철궁을 들어 비후동의 무사들을 노리고 있던 혼태의 수하들 사이에서 갑자기 비명 소리가 터져 나왔다.

"악!"

"적이닷!'

혼태가 비후동의 고수들을 데려가고자 끌고 온 자들의 숫자
는 대략 십오 인 정도, 그런데 그중 서넛이 삽시간에 눈 위에 쓰
러지고 살아남은 자들 역시 흉수의 기세에 밀려 자신들도 모르
게 혼태가 있는 곳으로 물러났다.

그러자 갑자기 나타나 혼태의 수하들을 베어 넘긴 사내 둘이
천천히 비후동주와 혼태가 있는 곳으로 걸어왔다. 석요송과 금
불현이었다.

"네놈들은 누구냐?'

석요송이 금불현과 함께 장내에 도착하자 혼태가 차가운 살
기를 흘리며 물었다. 그러자 석요송이 혼태의 물음에 답을 하는
대신 비후동주 극함렬에게 정중하게 포권을 해 보였다.

"비후동주를 뵙습니다."

"음… 그대는 누구요? 어찌 우리 비후동을 돕는 것이오?'

"강호의 사람들이야 결국 무도를 따르는 한 무리의 형제이지
요. 강호에서 어려운 사정에 처한 사람을 보면 도와주는 것은
본래 강호인의 도리가 아니겠습니까?'

"단지 그 이유뿐이오?'

비후동주 극함렬이 날카로운 시선으로 석요송을 보며 물었
다. 비록 백발성성한 노고수는 아니지만 비후동을 이끌고 있는
극함렬이다. 강호의 인연에 우연이 없다는 사실을 간과할 리 없
었다.

"물론 저 또한 동주님을 뵈러 이곳에서 비후동의 고수분들
을 기다리고 있었지요. 그 와중에 이들이 나타난 것이고 말입

니다."

석요송이 혼태를 가리키며 말했다.

"네놈은 누구냐?"

혼태가 다시 물었다. 그러자 석요송이 고개를 저으며 말했다.

"내가 누군지는 중요하지 않소. 지금 중요한 것은 그대의 일이 실패했다는 거요. 그대 주인의 성정을 생각하자면 이 실패를 그냥 넘어가지는 않을 거요. 그러니 지금 당신에게 급한 것은 오늘의 실패를 어찌 변명할지 그걸 생각해야 할 거요. 은올기가 그리 만만한 사람은 아니잖소?"

"네… 네놈이 어찌?"

혼태가 놀라 눈을 치떴다. 석요송의 입에서 은올기라는 이름이 나올 것이라고는 전혀 생각지 못했던 모양이었다.

"역시 맞구려. 은올기의 수하였구려."

"네놈……!"

혼태가 곤혹스러움과 노기를 담은 눈으로 석요송을 노려봤다.

"물러가시오. 오늘은 더 이상 피를 보고 싶지 않소!"

석요송이 냉정하게 말했다. 순간 혼태의 눈에서 붉은 염광이 흘러나오더니 갑자기 그가 하늘로 솟구치며 검을 휘둘렀다.

우웅!

무거운 검음과 함께 붉은색 검기가 노을처럼 석요송의 머리 위를 물들였다. 혼태의 검기가 단번에 석요송을 삼킬 듯이 밀려들었다. 그 순간 석요송이 빠르게 검을 뻗었다. 그러자 그의 검에서 뻗어 나온 투명하고 눈부신 검기가 번개처럼 혼태의 붉은 검기를 뚫고 허공으로 솟구쳤다.

"큭!"

한순간 혼태의 입에서 극렬한 신음성이 흘러나왔다. 그런데 그의 신음성이 사람들의 귀에 들렸다 싶은 순간 혼태의 신형은 이미 장내에서 십여 장을 벗어나 북쪽 숲으로 도주하고 있었다.

"이 원한은 내 절대 잊지 않으리라!"

멀리서 혼태의 음울한 경고가 들려왔다. 석요송은 혼태를 뒤쫓지 않았다. 지금은 그를 상대하는 것보다 비후동주 극함렬을 상대하는 것이 중요했다.

"당신은 누구요?"

극함렬이 잔뜩 경계심을 품은 어조로 물었다. 지금은 비후동의 고수들 앞을 막고 있던 혼태와 그 수하들을 일거에 물리쳐버린 석요송에 대해 마냥 고마움을 느낄 수는 없는 상황이었다.

구원자라도 나타난 자들 또한 경계해야 할 자들이 분명했다. 그런데 그런 극함렬의 심사에 석요송이 기름을 부었다.

"비후동의 금서를 구경하고 싶어 하시는 분이 있어 모시러 왔습니다."

석요송의 대답에 극함렬보다도 금불현이 더욱 놀랐다.

"형님!"

금불현이 불에 데인 사람처럼 놀라 석요송을 보며 소리쳤다. 그러자 석요송이 고개를 저었다.

"숨겨서 될 일이 아니야. 어차피 알게 될 일, 미리 말해두는 것이 도리지."

석요송이 덤덤하게 대답했다. 그런 석요송을 보고 있던 비후동주 극함렬이 물었다.

"그대의 주인은 누구요? 그는 어디 있소?"

앞서 혼태를 상대할 때와는 전혀 다른 모습의 극함렬이다. 그것이 석요송에 대한 두려움 때문인지, 아니면 비후동 최고의 신보인 금서를 내놓으라고 거침없이 말하는 석요송에 대한 호기심 때문인지는 알 수 없었다.

"머지않은 곳에 계시지요. 만나 보시겠습니까?"

"만약 싫다면 어찌하겠소?"

"애초에 제 주인께서는 제게 오직 금서 하나만을 취해 오라 하셨지요. 다른 명은 없었습니다."

석요송이 대답했다.

"그 말은 우리 모두를 죽이고서라도 금서를 가져갈 수 있다는 말이겠구려."

"좋을 대로 생각하십시오. 대신 한 가지는 약속드릴 수 있습니다."

"뭐요?"

"제가 모시는 분을 만나시면 절대 비후동에 손해 나는 일은 없을 겁니다. 지금 이 천록야에는 수많은 야심가가 모여 있지요. 그들 중에는 천하에서 짝을 찾을 수 없을 만큼 무서운 자도 있습니다."

"좀 전에 상대했던 그 혼태라는 자의 주인인 은올기라는 사람처럼 말이오?"

"그도 그중 하나지요."

"그대의 주인도?"

"역시 못지않지요. 물론 다른 점도 있지만……."

그러자 비후동주 극함렬이 잠시 생각에 잠기는 듯하다가 이내 고개를 끄덕였다.

"좋소. 당신의 주인을 만나보겠소."

혼태에게는 그토록 완강하던 비후동주가 왜 순순히 석요송을 따라가기로 결정했는지 의아하긴 했으나 일단 그는 석요송의 제안을 받아들였다.

第二章 설풍

"어떻게 된 거죠?"

금불현이 나직하게 물었다. 그의 시선이 석요송과 자신의 뒤를 따라오고 있는 비후동의 무사 이십여 명에 머물렀다. 그러자 석요송이 나직한 목소리로 대답했다.

"그들이 묵철가의 현명한 조언자 역할을 한다고 했지?"

"그랬지요."

"그건 그들에게 강호의 정세를 판단할 능력이 있다는 것이고, 눈과 귀가 밝다는 의미지. 다시 말해 이번에 천록야의 천제에서 심상찮은 일이 일어날 것이란 걸 이미 알고 있었을 수도 있어. 그리고 오늘 그중 두 부류의 사람을 만난 거지. 한 부류와는 혈전을 치렀으니 나머지 한 부류까지 적으로 돌리기에는 만만치 않다고 느꼈을 거다."

"물론 형님의 무공을 보고 난 후에 더욱 그렇게 판단했겠지요?"

금불현이 빙긋 웃었다. 그러자 석요송은 그 순간 금불현이 사실은 무척 아름다운 여인이란 것을 새삼스레 떠올렸다. 석요송이 짐짓 금불현에게서 시선을 돌리며 대답했다.

"그들이 내 제안을 받아들이지 않으면 내 검이 피를 뿌릴 거란 것은 알았겠지."

"그래도 예상 밖이에요. 소도주님을 만나러 올 줄이야."

"그들은 아직 우리가 금문의 사람이란 것을 몰라."

"헤, 그렇긴 하네요."

금불현이 고개를 끄덕였다. 그런데 그때였다. 불쑥 십여 장 뒤에서 두 사람의 뒤를 따르고 있던 비후동주 극함렬의 목소리가 들려왔다.

"그대들은 금문의 사람들이오?"

순간 석요송과 금불현이 놀란 눈으로 서로를 바라봤다.

"우리가 한 이야기를 들었을까요?"

"그럴 리가. 그건 청도주라도 불가능한 일이야. 아마도… 내가 생각했던 것보다 훨씬 밝은 눈과 명석한 판단력을 지닌 사람인 듯하군."

석요송의 말이 끝났을 때 어느새 극함렬은 자신의 수하들을 지나쳐 석요송 곁에 다가와 있었다.

"그대들은 금문의 사람들이오?"

극함렬이 다시 물었다. 그러자 석요송이 극함렬을 보며 되물었다.

"왜 그렇게 생각하십니까?"

"맞구려."

극함렬이 확신하듯 말했다. 석요송은 굳이 부인하지 않았다. 어차피 금령을 만나면 알게 될 일이었다. 그러자 극함렬이 다시 입을 열었다.

"그대들이 금문의 사람들이라면 앞서 왔던 자들은 누구일까? 그대는 그들의 정체를 알고 있는 듯하던데… 은올기라는 자가 누구요?"

극함렬이 물었다. 혼태를 상대하던 석요송의 입에서 은올기라는 이름을 나온 것을 들은 극함렬이었다. 그러자 석요송이 큰 비밀이 아니라는 듯 말했다.

"그는 천랑원 뒤에 있는 사람이오."

"천랑원! 연경 천랑원 말이오?"

"천하에 천랑원은 그곳 하나지요."

"그런데 천랑원 뒤에 있다는 것은 무슨 말이오?"

극함렬이 의아한 표정으로 물었다. 은올기라는 자가 천랑원의 사람이라면 그저 천랑원에서 온 사람이라 하면 될 것을 석요송은 그가 천랑원의 뒤에 있는 자라고 말했다. 보통 사람이라면 그냥 지나칠 수도 있는 말이지만 극함렬은 석요송의 그 한마디가 가진 의미가 가볍지 않다는 사실을 본능적으로 느낀 것이다.

석요송이 날카롭게 자신의 말을 파고드는 극함렬의 보며 내심 감탄했다. 은올기가 천랑원의 배후에 도사리고 앉아 천랑원을 움직이고 있다는 것은 석요송도 얼마 전 죽은 우질의 입을 통해서 확인한 사실이었다. 그리고 그제야 과거 낙성곡에서의 일이 실패한 이후 은올기가 장성을 넘어 연경으로 이동한 이유도 알게 된 석요송이었다.

"오늘날의 천랑원은 은올기 그의 힘에 의해 세워진 문파라는 거지요."

"음… 난 천랑원이 요 황실의 후원을 받고 있는 곳이라 들었는데……"

강호에서 천랑원에 대한 평은 지금 극함렬이 말한 대로 요 황실과 연관이 있다는 것이었다.

"물론 그들은 요 황실과 밀접한 관계가 있지요."

"그렇다면 은올기라는 자 역시 요 황실의 사람이겠구려."

"그가 요 황실의 사람인지는 모르겠지만 관계가 없지는 않겠지요."

"그럼 대요가 북방무림을 노리는 것인가? 하긴 최근 들어 대요의 사주를 받은 무림인들이 대막 초입까지 진출했다는 소식이 있는 걸로 봐서는… 음……."

극함렬이 나직한 침음성을 흘렸다. 본래 관과 무림이 서로의 영역을 탐하지 않는다지만 세상살이라는 것이 그리 단순한 것은 아니어서 간혹 관과 무림의 영역이 모호해지는 경우도 있었다.

그런데 그때 석요송과 금불현은 서로를 보며 은밀한 눈빛을 교환하고 있었다. 극함렬이 말한 대로 요 황실의 사주를 받은 무인들이 대막초입에서 활동을 시작했다는 것은 필시 지낭 단중자의 계책이 제대로 들어맞았다는 의미였다.

지낭 단중자의 계책 중 하나는 현종의 장로이자 금불현의 조

부인 금무해의 주관 하에 대요의 근거지 중 한곳인 임황 인근에서 대요 고관대작 몇을 살해하고 그 일을 대막 무림에 전가함으로써 요 황실이 대막으로 고수들을 움직이도록 만드는 것이었다.

그리되면 금령이 천록야에서 어떤 일을 벌이든 대막무림의 각 문파들이 함부로 문파의 정예를 움직일 수 없게 될뿐더러 어쩌면 이미 각 문파의 정예들을 장성 쪽으로 이동시키고 있을지도 몰랐다. 그러나 그런 사정을 극함렬이 알 리 없었다.

"금문에선 얼마나 많은 고수들이 왔소?"

다시 길을 걷기 시작했을 때 이번에는 비후동의 고수 후우노가 물었다. 그러자 석요송이 고개를 저으며 대답했다.

"그건 내가 말해줄 수 없소."

극함렬이면 몰라도 후우노에게는 존대를 하지 않는 석요송이다. 그러자 후우노가 깊은 눈으로 석요송을 보며 물었다.

"대협은 금문에서 어떤 위치에 있는 사람이오?"

그러자 석요송이 망설이지 않고 대답했다.

"난 금문에서 특별한 직책을 맡고 있지는 않소. 대신 난 금문에서 가장 중요한 사람을 모시고 있소."

"청도주님을 모시는 것이오?"

"아니오. 난 소도주님을 모시고 있소. 최근에 소도주께서는 도주께 금문에 대한 모든 권한을 넘겨받으셨소. 태상장로의 직책까지 말이오. 그러니 이제 금문에서 가장 중요한 사람은 소도주시오. 난 소도주님의 인검이오."

순간 석요송의 말을 듣고 있던 극함렬의 눈이 커졌다.

"인검! 지금 그대가 금문의 인검이라 했소?"

"그렇습니다. 제가 금문의 당대 인검입니다."

"으음… 과연 그렇군. 내 범상치 않은 사람이라 생각했지만 그대가 금문의 인검일 줄은… 당대에 들어 금문에 인검이 배출되었다는 소식은 들었소. 그런데 바로 그대였구려."

극함렬이 새삼스런 시선으로 석요송을 살폈다. 그러거나 말거나 석요송은 계속해서 눈길을 헤쳐 나가고 있었다. 그런 석요송을 묵묵히 지켜보고 있던 극함렬이 다시 물었다.

"금문의 소도주는 어떤 분이시오?"

"강한 분이지요."

석요송이 망설이지 않고 대답했다.

"그대보다 더 강하오?"

"그렇습니다."

망설임없는 석요송의 대답이다. 그러자 극함렬이 나직하게 한숨을 내쉬었다.

"내가 본 그대의 무공은 강호에서 적수를 찾기가 어려운 것이었소. 그런데 그런 그대를 능가하는 무공이라… 여인의 몸으로. 참으로 대단한 일이군."

극함렬이 문득 금령에 대해 두려움을 느꼈는지 얼굴에 그늘이 졌다. 그러나 석요송은 더 이상 말을 하지 않았다. 아니 더 이야기를 나누고 싶어도 그럴 시간이 없었다. 어느새 멀리 작은 야산 위, 십여 그루의 소나무가 눈을 지붕처럼 얹고 있는 곳에 금령의 모습이 보였기 때문이었다.

"다 왔습니다. 저분이 금문의 새로운 태상장로십니다."

석요송이 걸음을 멈추고 야산 위에서 다가오는 석요송 일행을 바라보고 있는 금령을 가리켰다. 그러자 극함렬이 눈을 가늘게 뜨고 금령을 응시했다. 금령의 얼굴 반을 가린 은빛 가면이 눈부시게 번쩍이고 있었고, 그녀의 몸을 감싼 푸른색 무복이 찬 바람에 휘날리고 있었다. 여인이라고는 생각할 수 없는 기도, 천하를 발아래 둘 것 같은 패자의 기운을 물씬 풍기는 금령이었다.

　"과연 그대의 말처럼 강한 사람이구려."

　극함렬이 나직하게 중얼거렸다.

　"가시죠."

　석요송이 극함렬의 걸음을 재촉했다.

　극함렬이 야트막한 야산의 정상에 올랐을 때 금령은 백호의 가죽으로 만든 태사의에 앉아 있었다. 그녀는 극함렬이 다가왔음에도 자리에서 일어나지 않았다. 오만함이 느껴지는 시선으로 극함렬을 바라볼 뿐이었다.

　"다녀왔습니다."

　석요송이 먼저 금령에게 고개를 숙여 보이며 말했다. 그러자 금령이 차가운 목소리로 말했다.

　"인검은 왜 내 명을 어겼소?"

　"……?"

　"난 사람이 아니라 금서를 가져오라 명했소."

　올 것은 극함렬이 아니라 금서란 말이었다. 그러자 석요송이 대답했다.

"금서를 원한 것은 결국 비후동을 원한 것이고, 비후동을 원한 것은 결국 비후동의 고수들을 원하신 것일 겁니다."

"그런데?"

금령이 석요송에게 되물었다.

"금서를 가져오려면 비후동의 많은 고수들을 베어야 하고, 어쩌면… 동주의 목을 취해야 할 수도 있습니다. 그래서야 금서를 가져온들 뭐에 쓰겠습니까? 금서란 사람이 있는 비후동을 얻기 위해 필요한 물건이지요."

석요송의 대답에 금령이 물끄러미 석요송을 바라보다 고개를 끄덕였다.

"듣고 보니 그렇기도 하구려. 인검은 언제나 부족한 날 깨우쳐 주는구려."

"과찬이십니다."

"하면… 그대의 일은 이쯤에서 끝이 난거고, 이젠 내 일이 남은 셈이군."

금령이 시선을 돌려 비후동주 극함렬을 응시했다. 그때 극함렬은 모멸감에 빠져 있었다. 비후동주로서 극함렬의 자존심은 대단했다. 대막의 패자 묵철가의 가주 앞에서도 양보가 없는 극함렬이다. 그런데 금령은 그런 자신을 세워두고 자신의 말만 하고 있지 않은가? 극함렬의 붉은색 머리가 더욱 붉어진 듯 보였다. 푸른 눈동자는 얼음장처럼 차갑다.

"그대가 비후동주요?"

금령이 모멸감에 떨고 있는 극함렬의 마음은 아랑곳하지 않고 물었다.

"그렇소."

극함렬이 분노를 참으며 대답했다. 그러자 금령이 다시 물었다.

"내가 사람을 보내 비후동의 금서를 가져오라 명한 이유를 알고 있소?"

"비후동을 얻기 위함이 아니오?"

"맞소. 그래서 말인데… 나에게 오겠소?"

금령의 오만한 말에 극함렬은 분노조차 할 수 없는지 이제는 기가 막힌 듯한 표정으로 금령을 바라보다가 나직하게 물었다.

"이런 식으로 비후동을 얻을 수 있다고 생각하시오?"

"음… 물론 이것은 조금 무례한 방법이긴 하오. 그러나 또한 가장 확실한 방법이기도 하지. 무림에선 결국 힘이 모든 것을 증명하는 것 아니겠소?"

"진심으로 사람을 얻으려면 예의가 필요한 법이오."

극함렬의 말에 금령이 고개를 저었다.

"그보다 더 중요한 것이 있소."

"그게 무엇이오?"

극함렬이 반발하듯 물었다. 그러자 금령이 그제야 자리에서 일어났다. 그러고는 극함렬 앞으로 두어 걸음 다가선 후 나직하게 말했다.

"바로 생사와 이득이오. 이 둘 앞에서 예의란 한낱 눈을 가린 안개에 지나지 않소. 안개가 걷히면 그곳엔 생사와 이득이 남아 사람의 행보를 결정하오. 아니 그렇소?"

금령이 물었다. 그러자 극함렬이 뭔가를 말하려다 말고 입을 닫았다. 그러고는 한동안 금령을 응시하다 물었다.

"날 죽일 수 있겠소?"

"시험해 보겠다면 말리지는 않겠소."

"날 죽이면 이곳에 있는 모든 사람이 죽게 될 거요."

"비후동의 광천뢰가 무섭다는 것은 들어 알고 있소. 그러나 그대의 손이 아무리 빠르다한들 인검의 검을 따르진 못할 거요."

금령이 말을 하면서 석요송을 바라봤다. 그러자 석요송이 무표정한 얼굴로 검을 뽑았다.

스르릉!

검집을 벗어난 석요송의 검이 처절하게 울었다. 한순간 그로부터 강렬한 살기가 흘러나왔다. 비후동주는 물론 비후동의 고수들이 자신도 모르게 몸을 떨었다. 개중에는 후우노처럼 마주 검을 뽑아 드는 사람들도 있었다.

석요송은 모든 사람의 시선을 받으며 뽑아 든 검을 들고 금령의 뒤쪽으로 다가섰다. 그러자 금령이 비후동주 극함렬을 보며 물었다.

"동주께선 과연 나의 인검보다 빨리 광천뢰를 터뜨릴 수 있겠소? 생각해 보니 무척 궁금하긴 하군."

금령의 말은 여전히 안하무인이다. 그러나 지금 상황에서 극함렬이 금령의 태도를 문제 삼을 여유는 없었다. 극함렬이 잠시 갈등하는 듯하다 다시 물었다.

"나에게 줄 수 있는 이득은 무엇이오?"

극함렬의 질문에 금령이 빙그레 미소를 지었다. 이득을 알고 싶다는 것은 비후동이 금문의 요구를 받아들을 수 있다는 의미다.

"천하!"

금령이 짧게 말했다.

"천하? 비후동에 그런 거창한 이득은 필요가 없다면 어쩌시겠소?"

"그럼 생존이라고 해둡시다. 더불어 묵철가와 좀 더 대등한 위치에 올라서게 될 것이오."

순간 극함렬의 눈빛이 반짝였다.

"비후동을 얻으려는 것은 곧 묵철가를 얻으려는 의도 아니오? 그런데 비후동이 묵철가와 대등한 위치에 올라서게 하려면 묵철가의 반발이 있을 터인데?"

그러자 금령이 다시 미소를 지었다.

"먼저 친구된 자의 이득이란 것이 있는 법이오. 묵철가도 함께한다면 우린 아주 좋은 친구가 될 수 있을 것이오. 진정한 친구라면 과거의 굴레 따위 벗어던질 수도 있어야겠지."

다시 말해 비록 존중은 받았지만 묵철가의 그늘에 있던 비후동을 그 그늘에서 벗어나게 해주겠다는 말이었다. 그러자 비후동주 극함렬이 천천히 고개를 끄덕이며 물었다.

"내게 바라는 것이 뭐요?"

"금서!"

순간 극함렬이 차가운 안광을 토해냈다.

"친구라면서 친구의 심장을 원하오?"

극함렬이 따지듯 물었다. 그러자 금령이 고개를 저었다.

"우린 아직 친구가 아니오. 또한 말 한마디 약속으로 친구가 되는 것도 순진한 일이지. 친구가 되는 것은 천록야의 천제가 끝이 났을 때요. 그때까지 우린 서로 친구가 되기 위한 성의와 믿음을 서로에게 보여줘야 할 것이오. 그러기 위해선 역시 금서가 필요하오."

"정말… 치밀하고 무서운 분이시구려."

"난 그리 치밀한 사람이 못되오. 대신 그런 수하를 데리고 있지."

금령의 말에 멀리 떨어져 있던 지낭 단중자가 홀로 미소를 지었다. 그는 지금 돌아가는 상황이 무척 마음에 드는 모양이었다.

극함렬이 다시 갈등하기 시작했다. 그의 뒤쪽에 있던 비후동의 무사들 표정도 혼란스러웠다. 그러나 결국 금령의 말처럼 사람이란 열에 아홉은 생사와 이득에 따라 행보를 결정한다. 극함렬이 굳은 표정으로 품속에서 손을 넣어 손바닥 두어 개 크기의 은갑을 꺼내 들었다.

그러고는 조심스럽게 금령 앞으로 다가와 은갑을 건넸다.

"천하에서 비후동의 금서를 보는 타문의 사람은 소도주께서 처음일 것이오."

금서를 건네는 극함렬의 손이 가늘게 떨린다. 그가 이런 결정을 내리기까지 얼마나 많은 갈등을 했는지 그의 떨림에서 짐작할 수 있다. 그런 그와 달리 금령은 망설이지 않고 은갑을 받아들었다. 그러고는 지체없이 은갑을 열었다. 순간 사람들의 눈에 눈부신 황금빛이 들어왔다.

그건 마치 금덩어리가 은갑에 담겨 있는 것 같았다. 금빛을 내비치는 영롱한 물건이 서책이라고는 누구도 생각할 수 없었다. 그리고 그건 금령도 마찬가지였을까. 문득 금령의 손이 가만히 금빛 영롱한 서책의 겉장을 열었다.

그러자 역시 금빛으로 빛나는 종이에 쓰인 기이한 글씨들이 보였다. 한자는 아니었다. 글을 제법 하는 석요송조차 세상에서 처음 보는 글씨들이었다. 그런데 그 글들을 보는 순간 금령이 서책을 덮었다. 그리고 서책을 덮는 것보다 빠르게 은갑의 뚜껑을 닫았다. 그러자 찬란한 빛이 순식간에 장내에서 사라졌다.

금령이 손에 들린 은갑에 시선을 둔 채 한동안 침묵을 지켰다. 그 앞에서 극함렬이 가라앉은 눈으로 금령의 말을 기다리고 있었다.

"돌려 드리겠소."

문득 금령이 은갑을 들어 극함렬에게 건넸다. 그러자 극함렬이 얼떨결에 은갑을 받아 든 후 모호한 표정으로 물었다.

"무슨 의미시오?"

비후동을 거부하는 것일 수도, 혹은 은갑을 취하지 않아도 비후동을 믿을 수 있다는 의미일 수도 있었다.

"비후동에서 가장 소중한 것을 내놓았다는 것은 곧 진심으로 나 금령과 천하대사를 논할 생각이 있다는 것을 증명한 것이라 생각하오. 이제… 대사를 논합시다."

순간 금학렬의 얼굴에 이채가 떠올랐다.

"날 믿으시는 것이오?"

그러자 금령이 빙그레 미소를 지었다.

"동주를 믿는 것이 아니라 내가 동주께 제시할 생사의 보장과 천하의 이득을 믿는 것이오."

순간 극함렬이 호탕한 웃음을 터뜨렸다.

"하하하! 과연 태상장로께서는 천하를 탐할 만한 분이시오!"

다시 눈이 오기 시작했다. 잠시 개었던 하늘이 또다시 잿빛으로 물들었다. 야산 위에 거대한 천막이 세워져 하늘에서 내리는 눈을 막았다. 그러나 그 큰 천막 안에는 오직 세 사람만이 들어가 있었다. 나머지 사람들은 천막 밖에서 쏟아지는 눈을 맞으며 서 있었다.

"어떻게 이럴 수 있는 거죠?"

금불현이 불만 가득한 어조로 말했다.

"뭐가?"

석요송이 물었다.

"왜 형님이 아니라 지낭이 저 안에 있는 거죠?"

천막 안에는 세 사람이 들어 있었다. 금령과 극함렬 그리고 지낭 단중자가 그들이었다.

"그가 소도주의 장자방이니까."

"그러나 형님은 인검이에요. 인검은 소도주의 분신이라고요. 지낭은 일개 모사일 뿐이고요."

"그는 소도주님의 머리야. 난 소도주님의 팔과 다리지. 팔과 다리는 오직 싸울 때만 필요하다."

"정말 서운하지 않으세요?"

금불현이 물었다.

"오히려 다행이란 생각이 들어."

"무슨 말씀이세요."

"야망은… 그들의 몫이지 내 몫은 아니다. 난 그저 약속을 지킬 뿐이야. 소도주가 스스로 내 몫을 그것으로 정했다면 나로서야 고마울 뿐이지."

"그래도……."

"난 금문이 천하를 얻어도 금문에 머물지 않을 거야. 그러나 단중자 그는 다르지. 그는 소도주와 함께 천하를 향유할 것이다. 그런 그가 소도주의 곁에 있는 것이 맞아. 거리를 두면 떠나기도 쉽다. 난 거리를 두고 싶어."

"진심이세요?"

"아닌 것 같아?"

석요송이 되물었다. 그러자 금불현이 고개를 저었다.

"아뇨, 형님의 진심을 전 알지요. 하지만 어쨌든 서운한 것은 서운한 것이죠. 또… 소도주께는 안된 일이네요."

"뭐가?"

"가치로 보자면 형님은 창천을 나는 신룡이고 지낭은 겨우 이무기죠."

"하하, 그건 기분 나쁘지 않은 소리군."

석요송이 호탕하게 웃음을 터뜨렸다. 금문의 고수들과 비후동의 고수들이 의아한 시선으로 석요송을 바라봤다.

금령과 극함렬은 대략 한 시진 정도 천막 안에서 깊은 이야기를 나누었다. 두 사람이 무슨 이야기를 했는지는 오직 지낭 단중자만이 알고 있었다.

두 사람은 천막에서의 회동을 마친 후 그 즉시 헤어졌다. 비후동의 무사들은 빠른 걸음으로 눈 속으로 사라졌다. 마치 뒤에서 다시 금령이 그들을 불러 세울 것을 두려워하는 사람들 같았다.

"돌아간다."

비후동의 사람들이 떠나자 금령의 눈길을 받은 범교가 소리쳤다. 그러자 금령을 호위하는 호천대의 무사들이 급히 천막을 걷어 떠날 채비를 갖췄다.

그러는 사이 금령이 금불현과 함께 두런두런 이야기를 나누고 있는 석요송을 한참 동안 바라보다 문득 석요송을 불렀다.

"잠깐 봅시다."

금령의 부름에 석요송이 고개를 끄덕이고는 한걸음에 금령 앞에 다가섰다.

"무공이 더욱 진보한 것 같구려."

금령이 눈 위에 서 있는 석요송의 발을 보며 말했다. 석요송의 발은 눈 위에 발자국을 남기지 않을 정도로 가볍게 서 있었다.

"강호에 나오니 도검을 쓸 일이 많아지는군요. 덕분에 그동안 깨닫지 못했던 것들이 머리에 들어오기 시작합니다."

"좋은 일이구려. 역시 실전이 최선의 수련이라. 그나저나 비후동주를 직접 데려온 것은 잘한 일인 것 같소. 금서를 취해 비후동을 움직이는 것보다는 그의 마음을 얻어서 한결 일을 하기에 편할 것 같소."

"그의 마음을 얻으셨습니까?"

"그런 것 같소. 그는… 야망이 있는 사람이더구려. 더군다나 외부에 알려진 것과는 달리 묵철가에 대해서도 호승심이 있었고."

"좋은 일이군요. 금문에는…….."

"그렇소. 그건 그렇고… 그녀를 한 번 만나봐야겠소."

"누굴……?"

석요송이 의문어린 시선으로 금령을 보며 물었다.

"빙궁의 소궁주 말이오."

"제가 말인가요?"

"그렇소."

"이유가……?"

석요송으로서는 설궁은 금령에게 데려다 준 것으로 인검으로서의 일을 끝났다고 할 수 있었다.

"그녀가 원하고 있소."

석요송이 고개를 갸웃했다. 그러자 금령이 의미심장한 시선으로 석요송을 보며 말했다.

"인검이 모르는 것이 하나 있소."

갑작스런 금령의 말에 석요송이 금령을 바라봤다. 그러자 금령이 다른 사람이 듣지 못하게 낮은 목소리로 말했다.

"그대는 여인들에게 신뢰감을 주지. 여인들은 그대와 같은 사람을 따른다오."

예상치 못한 금령의 말에 석요송이 놀란 눈으로 금령을 바라봤다.

"하하하, 그래서 나보다는 그대가 그녀에게 더 믿을 수 있는 사람인 모양이오. 그녀를 잘 구슬려 보시오. 빙궁은 우리 금문의 천하제패에 무척 중요한 곳이오."

금령의 말에 석요송이 잠시 황망한 표정을 짓다가 이내 고개를 끄덕이고는 걸음을 옮겨 금불현이 있는 곳으로 돌아갔다. 그러자 금령이 깊은 눈으로 석요송을 보며 중얼거렸다.

"그는 불현이 여인인 것을 아직 모르는 것일까?"

*　　*　　*

다시 세 사람이 길을 가게 되었다. 석요송과 금불현 그리고 설궁이었다. 물론 세 사람의 주변에는 은밀히 움직이는 밀영들이 있었다. 그러나 밀영은 그 그림자조차 사람들의 눈에 드러나지 않았으므로 움직이는 것은 오직 세 사람뿐이었다.

사람을 제외하면 세 필의 말이 동행했다. 금문의 안가에는 여러 필의 말도 준비되어 있었는데 그중 세 필을 금령은 세 사람에게 내어 주었다.

"요 황실이 역내의 무림인들을 동원해 장성 넘어 초원의 입구까지 진출시킨 것이 사실인가요?"

문득 석요송의 뒤에서 말을 몰아가던 설궁이 물었다. 질문의 상대가 석요송인지 혹은 금불현인지 알 수 없을 질문이다.

"맞습니다."

금불현이 정중하게 대답했다.

"왜 갑자기 요 황실이 무림인들을 충동질한 걸까요?"

"함께 들으시지 않았습니까? 그 우질이라는 자의 말을……."

"은올기라는 자가 요 황실을 움직였다는 건가요?"

"아마도 그럴 가능성이 크겠지요. 그가 천록야에서 일을 좀 더 편히 하려면 대막무림 강자들의 힘을 분산시킬 필요가 있으니까 말입니다."

금불현이 천연덕스럽게 대답했다. 석요송은 금불현의 말을 들으며 미소를 지었다. 요 황실이 무림인을 움직이게 한 것은 금문의 계책이었는데 그것을 은올기에게 뒤집어씌우는 금불현의 모습이 과연 현종의 후계자답다는 생각이 들었다.

사실 금령 곁에 단중자가 있기는 하지만 현종의 후계자인 금불현도 능히 금령의 모사로서의 일을 감당할 지모를 가지고 있었다. 단지 그녀가 단중자에 뒤지는 것은 어린 나이 때문에 부족한 경험뿐이었다.

"은올기라는 자, 무서운 자군요. 그를 만나보았다고 했나요?"

"보았지요."

금불현이 고개를 끄덕였다.

"어떤 자이던가요?"

"강하고, 교활하고, 야심이 가득한… 그런 인물이죠."

"그런 평가 말고… 석 대협은 어찌 생각하시나요?"

설궁이 입을 닫고 있던 석요송에게 물었다. 그러자 석요송이 잠시 생각에 잠겼다가 입을 열었다.

"어둡고 위험한 자입니다."

"다시 말해 음험하단 말이군요. 약속을 믿을 수 없는 인물이란 뜻이군요."

"제가 보기엔 그렇습니다."

"반면 금문의 새로운 태상장로님은 도도하기는 하나 그 말을 믿을 수 있다는 의미기도 하군요."

"팔이야 안으로 굽을 수밖에 없지요."

석요송이 가볍게 고개를 끄덕이며 대답했다.

"아니에요. 제가 보기에도 금문의 태상장로께서는 지나치게 패도적이기는 하지만 한번 내뱉은 말은 반드시 지킬 분으로 보이더군요. 더불어 배포도 생각보다 크시고 말이에요. 이렇게 날 보내주다니 조금 놀랐어요. 제가… 생각을 바꿀 수도 있는데 말이에요. 아버님께서 어찌 생각하실지도 모르겠고……."

설궁의 말에 이번에는 뒤쪽에 있던 금불현이 대답했다.

"그건 태상장로께서 형님을 믿기 때문에 하실 수 있는 결정이지요."

그러자 설궁이 고개를 끄덕였다.

"하긴 그렇군요. 우질과 그 사형제들을 상대하시는 모습이나 비후동의 동주를 데려오신 실력으로 보실 때 능히 우리 빙궁도 상대하실 수 있다고 판단하셨겠지요."

설궁이 석요송을 보며 말했다. 그러자 석요송이 고개를 저었다.

"태상장로께서 믿고 계신 것은 제가 아니라 소궁주십니다."

"저를요?"

"그렇습니다. 소궁주님의 현명함을 믿으시는 거지요."

"하하, 은근한 협박이군요. 금문을 따르는 것이 빙궁의 안위에 좋을 것이라는……."

"부인하지 않겠습니다. 당금천하에서 금문과 척을 지고 생존할 수 있는 문파는 그리 많지 않지요. 물론 빙궁의 저력은 무궁무진하니 금문을 적으로 돌린다 하더라도 멸문을 당한다거나 하지는 않겠지만… 아마도 그리되면 빙궁은 반경 백여 리 밖으로 나오지 못할 것입니다. 금문이 강호에 존재하는 한……."

석요송의 대답에 설궁의 표정이 일변했다. 온기가 있던 두 사람 사이에 팽팽한 긴장감이 흘렀다.

"이 일은 역시 아버님을 만나봐야 결정할 수 있을 것 같군요."

설궁이 싸늘한 표정으로 말했다.

*   *   *

설원에 한 떼의 사람이 모여 있었다. 그들은 세상을 덮은 눈과 무척 잘 어우러지는 사람들이었다. 순록이 끄는 마차가 두 대 있었고, 사람들이 타고 있는 말이 이십여 필이었다.

복색은 기이했다. 일 년 내 매서운 추위가 몰아치는 북방의 설원이지만 사람들이 입고 있는 옷은 얇고 흰 비단장삼이 전부였다. 물론 간혹 부드러운 여우 털로 만든 조끼를 입은 사람이 보이기도 했지만 대부분의 사람들은 간편한 무복이 입고 있는 옷의 전부였다.

그런데 그들이 언제부터인지 걸음을 멈추고 누군가를 기다리는 듯 주변을 살피고 있었다. 그러던 어느 순간 일행 중에서 사람의 목소리가 흘러나왔다.

"오십니다."

"어디냐?"

"동남쪽입니다."

그러자 사람들이 일제히 시선을 돌렸다. 그러고는 다시 누군가의 목소리가 흘러나왔다.

"오! 정말 소궁주십니다."

그러자 순록이 끌고 있던 마차의 문이 열리면서 선풍도골의 노인이 모습을 드러냈다.

"궁아가 확실한가?"

노인이 물었다.

"그렇습니다. 소궁주님이 확실합니다."

"음… 다른 사람들은?"

"두 사람이 함께 오기는 하는데… 본 궁의 사람들이 아닌 듯합니다. 복장으로 보면……."

"역시 변고가 있었던 게군."

노인이 무거운 음성으로 중얼거렸다.

석요송은 설원 위에서 자신들을 기다리고 있는 사람들을 보며 가볍게 숨을 내쉬었다. 그들의 모습은 보통의 사람들과는 확연히 달랐다. 흰옷을 입고 있어서일 수도 있지만 마치 그들의 피부와 머리까지 모두가 하얀색으로 보이는 듯했다.

"저분이 아버님이세요."

문득 설궁이 순록이 끄는 마차 앞에 서 있는 노인을 가리키며 말했다. 그러자 금불현이 대답했다.

"강호에 빙궁의 궁주께서 젊은 시절 천하제일의 기남자로 불렸다는 소문이 있었는데 정말… 그러시군요."

금불현의 말처럼 마차 앞에 서 있는 빙궁의 궁주 설유의 풍모는 보는 사람으로 신비감을 느끼게 만드는 면이 있었다.

"아버님은 조금 특이하신 분이세요."

설궁이 석요송과 금불현에게 충고하듯 말했다.

"어떻게 말이죠?"

금불현이 물었다.

"아버님은 세속적인 이득나 명예보다는 사람의 풍모를 중시하세요. 항상 고고한 삶을 동경하셨지요. 물론 빙궁의 궁주로서 그리 살기는 쉽지 않지만……."

"그럼 본 문의 태상장로께서 제시하신 제안들은 별로 중요치 않겠군요."

"그렇지요. 아버님은 금문 태상장로님의 제안보다는, 두 분을 보고 이 일의 가부를 판단하실 거예요."

설궁이 말을 하면서 은근한 눈으로 석요송을 살폈다. 그러나 석요송은 무심한 표정으로 말을 몰 뿐, 아무런 대답을 하지 않았다. 그때 빙궁의 고수 중 두 사람이 나는 듯이 설원을 달리기 시작했다. 그러고는 순식간에 설궁의 앞에 당도해 고개를 숙였다.

"소궁주님을 뵈옵니다."

"잘들 계셨소?"

설궁이 석요송들과 말할 때와는 다르게 위엄있는 목소리로 물었다.

"저희야… 그런데 어찌 기별을 이리 늦게 주셨는지요?"

"일이 있었소."

"궁주께서 이미 한 시진을 기다리고 계십니다. 모시겠습니다."

굳이 길잡이가 없어도 빙궁의 궁주 설유까지의 거리는 겨우 일백여 장에 지나지 않았다. 그러니 빙궁의 문도들은 먼 길을 가야 하는 사람을 대하듯 조심스럽게 설궁과 석요송 등을 빙궁의 궁주에게로 이끌기 시작했다.

설유는 멀리서 볼 때와는 또 다른 느낌의 고수였다. 멀리서 볼 때는 사람 사는 세상이 아닌 구름 위를 노니는 신선 같은 모습이었는데 가까이서 보니 그 눈빛에 깃든 강건함이 역시 한 문파를 이끄는 자의 위엄이 느껴졌다.

"금문에서 오셨다고?"

한동안 설궁과 함께 순록이 끄는 마차에 올라 이야기를 나누던 설유가 설궁을 데리고 마차에서 나온 후 석요송에게 물었다.

"그렇습니다."

석요송이 고개를 끄덕였다.

"음, 금문의 고수들이 북방의 강자 일월문과 천오문을 복속시키고 흥안령을 넘었다는 소리를 엊그제 들었는데 오늘 바로 금문의 고수들을 보게 되다니 과연 금문의 행보가 쾌속하기 그지없소."

"칭찬으로 듣겠습니다."

"보자. 이곳에서 이야기를 나누기는 어렵고. 후 호법!"

설유가 누군가를 부르자 백발이 성성한 여고수가 미끄러지듯 눈 위를 움직여 설유 앞에 다가섰다.

"하명하십시오."

"아무래도 열천으로 가야겠소."

"그리되면 이틀 길을 돌아가야 하는데……."

"천제에 늦지는 않겠지?"

"그렇습니다만 다른 문파들의 수장들과 만나실 시간이……."

"그들 만나는 것보다는 금문의 손님을 상대하는 것이 더 중하니까."

"알겠습니다."

여고수가 대답을 하고는 고개를 돌아보며 소리쳤다.

"열천으로 간다. 서둘러라!"

여고수의 명이 떨어지자 빙궁의 고수들이 급하게 움직이기 시작했다. 설궁은 설유와 함께 순록이 끄는 마차에 탔고 다른 사람들은 각자의 마차에 올라 눈 내리는 설원으로 나섰다.

기이한 땅이다. 사방이 설원으로 변한 북방의 초원 위에 푸른 싹이 돋아나고 있었다. 급기야 조금 더 가자 눈이 내리며 사라졌던 푸른 초원이 나타났고 그때부터는 땅에서 열기가 느껴지기 시작했다.

그리고 그 즈음 북쪽에서 내려오는 개울이 모습을 드러냈다. 실개울을 흐르는 물들도 뜨거운 수증기를 일으키고 있었다. 실개울은 반들거리는 바위와 돌들이 쌓여 있는 계곡을 따라 제법 높고 깊은 산속으로 이어졌다.

석요송과 그 일행들이 계곡을 따라 산으로 들어가 반 시진 정도를 더 이동했다. 그러자 뜨거운 온천수를 콸콸 토해내는 커다란 못이 모습을 드러냈다. 거기서 일행은 하루 동안의 이동을 마쳤다.

"숙영할 준비를 하라."

백발 여고수의 명이 떨어졌다. 이동하는 동안 알게 된 바로는 여인은 빙궁의 사대호법 중 한 사람인 후월이라는 여고수였다.

빙궁에는 사대호법이 있어 빙궁의 안위를 돌보는데 우질에게 제압되었던 혁강원과 여고수 후월, 그리고 빙궁의 머리라 불리는 서중록과 또 한 명의 신비 여고수 엄유하가 그들이었다. 그중 혁강원은 여전히 지금도 은올기의 수하들 손에 있었다.

사대호법 중 이번에 천록야의 천제에 빙궁주 설유를 호종하고 온 사람은 후월과 서중록이었다. 그중 서중록은 여행 내내 조용히 침묵을 지켰고 빙궁의 문도들을 실질적으로 통솔하고 있는 사람이 바로 후월이었다.

후월의 명이 떨어지자 빙궁의 문도들이 온천수 주변에 능숙하게 천막을 세우기 시작했다. 천막을 세우기 알맞은 장소를 쉽게 찾아내는 것을 보니 간혹 이곳에 들렀던 것이 분명했다.

빙궁의 문도들은 채 이 각이 지나지 않아 일곱 채의 천막을 준비했고, 온천수 인근에는 사슴 가죽을 이어 붙여 만든 깔개를 깐 후 설유의 태사의를 그 위에 올렸다. 그리고 그 앞에 소담한 술상을 차리는 것이었다.

"이리 오시구려."

온천수 옆에 술상이 차려지지 설유가 석요송을 청했다. 그러
자 석요송과 금불현이 차분한 걸음으로 설유 앞으로 다가가 자
리를 잡고 앉았다.

第三章 얼음을 녹이다

　말을 하는 쪽은 대부분 금불현과 설궁이었다. 석요송과 설유
는 두 사람이 말하는 것을 가만히 듣고 있었다. 설유는 가끔 먼
산을 보기도 하고, 천막 밖으로 손을 내밀어 내리는 눈을 받아
보기도 하는 것이 도통 금문과 빙궁과의 일에는 관심이 없는 듯
보였다.

　그러나 석요송은 가끔씩 설유의 눈빛이 도검처럼 날카롭게
번뜩이는 것을 놓치지 않았다. 빙궁의 운명이 결정되어지는 순
간이므로 설유 역시 겉모습과는 다르게 무척 신중하게 두 사람
의 대화를 듣고 있는 것이 분명했다.

　반면 석요송은 조금 여유가 있었다. 일은 아무래도 금령이 원
한대로 흘러갈 것이다. 은올기가 없다면 모를까. 은올기의 존재
가 빙궁에 직접적인 위협이 되는 상황에서 설유가 선택할 수 있

는 길은 많지 않았다.

금령의 제안을 받아들이는 것은 외길이라고 할 수 있었다. 단지 빙궁이 금문으로부터 얼마만큼의 존중을 얻어낼 수 있느냐 하는 것이 문제일 터였다.

그런데 문득 지금까지 금불현과 설궁의 이야기를 듣고 있던 빙궁의 고수들 중 한 사람이 입을 열었다.

"천록야에 와 있는 금문의 고수는 모두 몇이오?"

석요송이 고개를 돌렸다. 설궁을 상대하던 금불현 역시 시선을 입을 연 자에게 돌렸다. 다른 사람과 다르게 문사건을 쓴 초로의 노인이다.

'사대호법 서종록이라고 했지. 빙궁의 두뇌라 했으니 이제야 본격적인 거래가 시작되는 건가?'

무심하던 석요송도 눈에 생기가 돌기 시작했다.

"소도주님을 호위하는 호천단원이 대략 삼십여 명이지요."

금불현이 대답했다. 그러자 서종록이 심각한 표정으로 말했다.

"이번 천제에 참여하는 대막무림의 문파가 모두 서른한 곳이오. 그러니 천록야에 모이는 고수의 숫자가 어림잡아 삼사백, 거기에 은올기라는 자의 수하들까지 합하면… 과연 삼십여 명의 금문고수로 대막무림의 고수들을 상대할 수 있겠소?"

그러자 금불현이 미소를 지으며 대답했다.

"그래서 빙궁의 도움이 필요한 것이지요. 이미… 비후동의 동의도 얻었고 말입니다. 빙궁의 도와주신다면 빙궁과 인연을 맺고 있는 문파들도 금문에게 힘을 보태겠지요."

"천하를 얻으려는 곳은 금문인데 피는 본궁이 흘려야 한단 말이오?"

"하지만 그래서 금문이 이대로 물러나면 은올기의 마수에 북방의 문파들이 피를 보겠지요."

금불현이 지지 않고 응대했다. 그러자 서종록이 심각한 표정을 지으며 말했다.

"본 궁이 금문의 제안을 받아들이려면 좀 더 확실한 믿음을 주어야 할 것이오. 은올기가 그렇게 무서운 자라면 더더욱 금문에 그를 상대할 능력이 있음을 보여줘야 할 것이오. 그래야 본궁을 따르는 문파들도 기꺼이 금문의 제안을 받아들을 것이오."

그러자 금불현이 슬쩍 석요송을 바라봤다. 기실 천록야에서 가까운 홍안령 깊은 산속에는 장로 궐후가 이끄는 일백여 명의 금문 고수가 몸을 숨기고 있었다. 애초에 청도를 떠날 때 제이군의 지휘를 궐후에게 주어 은밀히 이동시킨 전력이었다. 그러나 그 전력을 지금 이 자리에서 공개할 것인지는 금불현이 함부로 결정할 수 없었다.

"그는 한 팔이 없지요."

문득 석요송이 입을 열었다.

"은올기라는 자가 말이오?"

서종록이 조금 놀란 표정으로 되물었다. 다른 곳을 보고 있던 빙궁주 설유도 시선을 돌려 관심을 보였다.

"그렇습니다."

"외팔이란 말이오? 그런 자가 천하무림을……?"

한손잡이 고수가 강호에 없는 것은 아니다. 그러나 외팔로 절대지경에 올라 천하를 꿈꾸는 고수는 강호사에 흔치 않았다.

"그의 팔이 잘린 것은 그리 오래된 일이 아닙니다. 낙성곡에 그자가 나타났을 때 도주께서 그의 팔을 잘랐지요."

"아, 그런 일이……!"

서종록이 나직하게 탄성을 흘렸다. 그러자 석요송이 지체하지 않고 입을 열었다.

"금문이 그의 팔을 잘랐다는 것, 그것이 바로 금문이 그를 상대할 수 있다는 증거입니다."

그러자 서종록이 고개를 저으며 말했다.

"그러나 도주께선 이곳에 오시지 않지 않았소?"

"소도주의 무공은 도주님을 넘어선 지 오래입니다."

"설마 그 말을 믿으라는 거요?"

아무리 대단한 무학의 천재라도 세월을 힘을 뛰어 넘기는 쉽지 않다. 금령의 나이 이십대 초중반, 그 나이에 청도주 금온의 무공을 능가하는 것은 결코 쉽지 않다.

"세상에는 가끔 상식을 벗어난 일이 일어나곤 하지요."

그러자 서종록이 의심스런 표정으로 석요송을 응시하다 물었다.

"그대도 그렇소?"

"……?"

"그대도 세상의 상식을 벗어난 사람이오?"

"왜 그리 생각하시오?"

순간 서종록이 한 손을 쑥 내밀었다. 그러자 그의 손에서 얼음처럼 차가운 진기가 흘러나오더니 한순간 석요송을 덮쳤다. 석요송의 눈빛이 무겁게 가라앉았다. 이런 기습은 전혀 생각지 못한 것이다.

마치 물을 뒤집어쓰듯 서종록의 진기가 석요송을 덮었다. 그러자 석요송은 자신의 모든 혈관들이 얼어붙는 듯한 기분을 느꼈다. 혈관이 굳으면 자연스레 근육이 힘을 쓰지 못한다. 그런 석요송을 향해 한 자루 검이 파고들었다.

"멈 !"

금불현이 놀라 소리쳤다. 그러나 이미 석요송의 면전에 이른 서종록의 검을 금불현이 막을 수는 없었다. 설궁도 갑작스런 서종록의 행동에 놀라 눈을 크게 뜰 뿐 아무런 대응도 하지 못했다. 빙궁주 설유는 오히려 차분한 눈으로 석요송과 서종록을 응시하고 있었다.

쩌저적!

위기일발의 순간 석요송은 자신의 내면 깊은 곳에서 일어나는 파열음을 들었다. 어느새 본능적으로 일어난 구변환공이 굳었던 그의 몸을 깨우고 있었다. 그러자 서종록의 차가운 기운에 얼었던 그의 몸이 순식간에 깨어났다.

팟!

석요송이 앉은 채로 검을 휘둘렀다. 그러자 그의 검이 땅에서 하늘로 투명한 진기를 뿜어냈다.

촤악!

석요송의 검기가 바로 앞까지 다가온 서종록의 검과 그를 한

꺼번에 갈랐다. 천광검 쾌의 초식이다. 세상에서 가장 빠른 검초가 펼쳐지자 단번에 석요송의 몸을 꿰뚫을 것 같던 서종록의 검이 석요송의 심장 한 자 앞에서 그대로 박살 났다.

쩡!

"큭!"

검이 부러지는 소리와 서종록의 신음 소리가 동시에 일어났다.

파앗!

서종록의 가슴 어림에서 피분수가 솟구쳤다. 그의 신형이 힘을 잃고 뒤로 날아갔다. 그에게서 터져 나온 피가 더욱 선명하게 일어났다.

"욱!"

가까스로 신형을 세운 서종록이 입으로도 피를 토해냈다. 아마도 내장까지 상한 듯 보였다.

"서 호법!"

한 순간 빙궁의 일행을 이끌고 있던 여고수 후월이 달려들어 서종록을 부축했다. 그러고는 재빨리 서종록의 가슴을 눌러 지혈을 하며 소리쳤다.

"혼 의원!"

"옛, 호법님!"

한 명의 노인이 바람처럼 후월의 앞에 대령했다.

"서 호법의 상처를 살피게."

"알겠습니다."

노인이 재빨리 후월에게서 서종록을 넘겨받았다. 그러자 후월이 서종록의 피가 묻어 있는 손을 닦지도 않은 채 일어나 석요송을 노려보며 말했다.

"화친을 하자고 온 자치고는 손속이 너무 잔혹하구려!"

그러자 석요송이 들고 있던 검을 짚어 자리에서 일어났다.

"그럼 내 목숨을 내어줘야 했소?"

석요송의 대답이 차갑기 그지없다. 순간 후월의 표정이 굳었다. 살기다. 석요송의 말과 그의 몸에서 살기가 흘러나오고 있었다.

이곳은 빙궁이 주인인 곳, 빙궁의 고수들이 모여 있고, 금문의 사람은 오직 석요송과 금불현 둘이다. 그런데도 일단 석요송이 살기를 흘려내자 한순간에 장내의 분위기를 장악하는 석요송이었다. 마치 이곳이 금문의 안방이나 되는 듯싶었다.

"궁주님의 답을 듣고 싶습니다."

석요송이 시선을 설유에게로 돌렸다. 그러자 설유가 물끄러미 석요송을 바라보다가 물었다.

"내가 거절을 하면 어쩔 셈인가?"

"오늘은 돌아가야겠지요. 그러나 다음번에는 결코 그냥 물러나진 않을 것입니다."

"오늘 이곳을 벗어날 수 있겠나?"

"시험을 해보시겠다면 사양치 않겠습니다."

석요송이 대답했다. 그러자 설유가 형형한 눈으로 석요송을 바라보다 천천히 손을 들어올렸다. 그러자 그의 손에 흰 서리와 같은 기운이 맺히기 시작했다.

"아버님!"

설유가 진기를 모으는 것을 안 설궁이 놀란 표정으로 설유를 불렀다. 그러나 설유는 설궁의 부름에도 아랑곳하지 않고 점점 더 강렬한 기운을 뿜어내기 시작했다. 그의 주변에 있는 모든 것이 얼어붙는 것 같았다. 설유의 몸조차도 마치 설인처럼 하얗게 변해갔다.

석요송도 설유를 향해 검을 겨누고 있었다. 그의 검에 영롱한 빛이 맺히기 시작했는데 그건 그가 천광검을 펼칠 때의 모습이었다. 그런 석요송을 보고 있던 금불현 역시 황급하게 검을 뽑아 들었다.

만약 설유가 석요송이 격돌한다면 그 순간 이곳은 생사혈전의 장이 된다. 더군다나 석요송과 금불현이 상대해야 하는 적의 숫자는 족히 스무 명이 넘었다. 싸움이 벌어지는 순간 두 사람은 단번에 호구에 빠진 신세가 되는 것이다.

그때 손에 차가운 기운을 모으고 있던 설유가 문득 입을 열었다.

"강호에서 가장 위험한 일이 무엇인지 아는가?"

"가르침을 청합니다."

석요송이 대답했다. 그러자 설유가 말했다.

"탐하지 말아야 할 것을 탐하는 것, 보지 말아야 할 것을 보는 것, 그리고 듣지 말아야 할 것을 듣는 것이네. 내 말이 어떠한가?"

"과연 일생의 격언으로 가슴에 품을 만한 좋은 말씀입니다."

"그럼 이 세 가지 조언을 어긴 사람은 어찌 될까?"

"아마도 능히 죽음을 각오해야겠지요."

"맞았어. 아주 잘 알고 있군. 그렇다면!"

쾅!

한순간 설유가 번개처럼 허공에 들린 손을 떨쳐냈다. 그러자 그의 손에 맺혔던 음한 기운들이 주먹만 한 강기로 변해 무서운 속도로 허공을 가르기 시작했다. 석요송도 망설이지 않고 검을 휘둘렀다.

번쩍!

석요송의 검을 떠난 검기가 투명한 빛을 발하며 설유를 향해 폭사했다.

"엇?"

그런데 그 순간 빙궁의 고수들이 무언엔가 놀란 듯 의혹 어린 탄성을 흘렸다. 그도 그럴 것이 이제 막 자웅을 결하는 듯하던 석요송과 설유가 사람들이 예상치 못한 행동을 했기 때문이었다.

생사를 걸고 격돌할 것 같던 두 사람의 신형이 거의 동시에 한 방향으로 틀어졌다. 그러자 두 사람의 손에서 흘러나온 검기와 장력들이 나란히 쏟아진 화살처럼 뜨거운 김을 토해내는 온천수를 지나 십여 장 밖의 나무를 가격했다.

쿠앙!

검기와 장력에 격중된 나무 기둥이 산산조각이 나며 부숴 졌다.

"큭!"

나무 뒤에서 사람의 신음성이 터져 나왔다. 그러자 한순간 석요송의 신형이 설유를 날아 넘어 비명이 들린 곳으로 날아갔다.

"내가 좀 돕지!"

설유가 한마디 말을 흘려내며 다시 손을 휘둘렀다. 그러자 그
의 손에 흘러나온 극음의 기운들이 석요송이 날아 넘는 온천수
에 부딪혔다.

쩌적!

그러자 짧은 순간이나마 아주 얇은 얼음이 온천수 위에 생겨
났다. 그야말로 세상이 놀랄 기사인데, 이는 곧 설유가 빙공의
극에 이른 사람이라는 것을 말해주는 것이었다.

"고맙습니다."

탁!

석요송이 설유가 얼려놓은 얼음을 박차며 다시 한 번 허공으
로 도약했다. 그 순간 살얼음이 깨지면서 그대로 온천수의 온기
에 녹아 버렸다.

그사이 석요송은 부러진 나무를 날아 넘고 있었다. 그러자
나무 뒤에서 두 명의 인영이 피를 뿌리며 허공으로 솟구쳐 오
르더니 이내 등을 보이고 서로 다른 방향으로 도주하기 시작했
다.

팟!

서요송의 검이 빛살처럼 움직였다.

"컥!"

도주하던 자들 중 한 명이 그대로 풀밭 위에 고꾸라졌다. 그
의 동료는 죽은 동료를 돌아보지도 않고 남쪽으로 신형을 날렸
다.

석요송이 번개처럼 왼손을 떨쳐 냈다. 그의 손에서 흘러나온

다섯 줄기의 지력이 마치 거미줄처럼 도주하는 자의 몸을 휘어 감았다.

"악!"

도주하던 자의 입에서 짧고 강렬한 비명 소리가 터져 나오더니 자신의 동료와 마찬가지로 그대로 풀밭 위에 나뒹굴었다. 그러자 석요송이 먹이를 낚아채는 매처럼 달려들어 사내의 혈도를 제압했다.

단번에 두 명의 불청객을 제압한 석요송이 혈도를 제압한 사내를 허리춤에 끼고는 천천히 설유 등이 있는 곳으로 돌아왔다. 그러고는 짐짝처럼 사내를 장내에 내놓았다.

"우욱!"

땅에 떨어진 충격 때문인지 사내가 고통스런 신음성을 흘렸다.

"다른 사람은 어떻게 되었어요?"

금불현이 석요송에게 물었다.

"죽었어."

석요송이 덤덤하게 말했다. 그러자 금불현이 얼굴을 찌푸리며 말했다.

"누굴까요?"

"그야 물어보면 알겠지."

석요송이 대답을 하며 설유를 바라봤다. 그러자 설유가 고개를 끄덕이고는 호법 후월에게 말했다.

"입을 열어보시게."

"알겠습니다."

후월이 대답을 한 후 빙궁의 문도들을 보며 명을 내렸다.

"일으켜 세워라."

후월의 명이 떨어지자 빙궁의 문도 두 사람이 바람처럼 다가와 사내를 꿇어앉혔다. 그러고는 검으로 턱을 들어 그의 얼굴을 사람들에게 보였다.

사내는 사십대 후반으로 보이는 중년인이었는데 얼굴에 몇 개의 자상이 있는 것이 험한 삶을 살아온 듯 보였다.

"누가 보냈느냐?"

후월이 사내의 앞에 바싹 다가서며 물었다. 그러자 사내가 나직하게 대답했다.

"죽여라."

"물론 죽게 될 게다. 그러나 어떻게 죽느냐는 달라질 수 있지, 네 대답 여하에 따라. 누가 보냈느냐?"

후월이 다시 물었다. 그러자 서늘한 눈으로 후월을 바라보다가 입을 열었다.

"그 어떤 죽음도 내 입을 열지 못한다!"

"그래? 궁금하군. 정말 그럴지."

후월이 고개를 돌려 빙궁도 중 한 사내를 바라봤다. 그러자 그녀의 시선을 받은 사내가 고개를 숙여 보이고는 한 자루의 소도와 커다란 은쟁반을 들고 앞으로 나섰다. 그러고는 제압당한 사내 앞에 무릎을 꿇고 앉더니 나직하게 말했다.

"호법께서 묻는 말에 순순히 대답을 하시오. 나도 하고 싶지 않은 일이므로 그대의 선처를 바라겠소."

빙궁도의 말에 진심이 느껴진다. 그러나 사내는 천천히 고개를 저었다.

"휴우, 그럼… 잘 견뎌보시오."

빙궁도가 사내의 입에 재갈을 물렸다. 그러고는 소도들을 들어 사내의 몸에 가져갔다.

"꼭 저래야 되요?"

금불현이 고개를 돌리며 말했다. 고문을 당하는 사내의 발아래 놓인 은쟁반에 피가 흥건하다.

"하난 확실하군."

석요송이 대답했다.

"뭐가요?"

"빙궁이 우리의 제안을 받아들일 것이라는 것!"

"어째서요?"

"처음에 난 빙궁의 궁주가 세속에 초탈한 사람일 수도 있다고 생각했지. 그의 풍모를 보고 말이야. 그나마 그의 눈빛에 세상에 대한 관심이 남아 있어서 한 가닥 기대를 하는 정도였어. 그가 금문의 제안을 받아들여도 그저 형식적인 협력에 불과할 것이고 그들은 빙궁에 틀어박혀 천하의 흐름이 결정될 때까지 세상에 나오지 않을 수도 있다고 생각했었지. 그건 소도주가 원하는 바가 아니야. 소도주께서는 빙궁의 힘을 쓰고 싶어 하시니까."

"그런데 지금은 아니라는 건가요?"

"사람을 저렇게 독하게 다루는 것을 보면 역시 빙궁주의 야심도 만만치 않다는 의미가 아닐까? 그런 사람이 소도주의 제안을 거절할 리가 없다."

"그런… 건가요?"

금불현이 고개를 갸웃했다. 그러자 석요송이 다시 입을 열었다.

"그가 소도주의 제안을 받아들이면 천제에서의 일은 확실히 수월해 질 거야."

"그렇겠죠."

금불현이 고개를 끄덕였다. 그런데 그때 문득 사로잡은 사내를 고문하던 자의 목소리가 들렸다.

"죽었습니다."

석요송과 금불현의 시선이 자연히 사내에게로 향했다. 생각보다 깨끗한 시신이 땅 위에 쓰러져 있었다.

"알아낸 것이 없는 건가?"

후월이 불만스런 표정으로 말했다.

"단 한마디 말을 하더군요."

"무슨 말을 했는가?

"신보의 주인께서 이 빚을 갚아주리라."

"신보라… 그렇다면 역시……."

후월이 설유를 바라봤다. 그러자 설유가 천천히 걸음을 옮겨 태사의에 앉으며 말했다.

"신보의 주인이라면 역시 은올기라는 자겠군. 설마하니 금문의 태상장로께서 이자를 보냈을 리는 없겠고."

설유는 이미 금령에게 혈사신보의 반쪽이 있다는 것을 알고

있었다. 만약 그 이야기를 듣지 않았다면 설유는 금문의 제안에
관심을 기울이지 않았을 터였다.

혈사신보야말로 대막의 힘을 하나로 모을 수 있는 신물이었
다. 그 혈사신보의 반쪽을 금령이 지니고 있다면 금문은 정말
대막무림의 패자가 될 수도 있었다.

"치워라!"

후월이 차갑게 명을 내렸다. 그러자 빙궁의 문도들이 죽은 자
의 시신을 흔적도 없이 치워 버렸다.

"앉으시구려."

장내가 정리되자 설유가 석요송에게 다시 자리에 앉기를 권
했다. 석요송이 묵묵히 설유의 맞은편에 앉았다.

"검술이 놀랍더구려."

"궁주님의 음한지공 또한 강호의 전설이 될 것입니다. 온천
수를 얼리는 음한지공은 들어본 적이 없습니다."

"하하하, 빙궁의 궁주들은 대대로 그런 잡술을 수련한다오."

설유가 잡술이라고 말하지만 온천수를 얼리는 음한지공이 잡
술일 리 없다.

"금문의 제안을 생각해 보셨는지요?"

석요송의 물었다. 그러자 설유가 고개를 끄덕였다.

"일이 이 지경이 되었으니 나로서도 거절할 수는 없는데…
그러나!"

설유가 한순간 눈빛을 번쩍이며 말을 끊었다.

"한 가지 약속은 받아야겠소."

"말씀하시지요."

"대막에서 빙궁의 위치는 일인지하 만인지상이오. 약속해 주실 수 있소?"

설유가 요구하는 것은 대막 패자의 위치다. 금령이 대막무림을 손에 넣은 이후 대막의 실권을 빙궁에 넘겨달라는 말이었다. 숨겨졌던 설유의 야심이 알을 깨고 나왔다. 그러자 석요송이 차분한 표정으로 대답했다.

"그건… 제가 약속드릴 수 있는 일이 아니군요."

"어렵단 말이오?"

"대저 대막무림, 혹은 북방무림으로 불리는 이 초원의 문파들은 한 무리로 묶여 불리기는 하지만 하나의 무림으로 볼 수 없지요. 초원의 넓이는 동서남북 수만 리에 이르고 남쪽과 북쪽의 말이 틀리고, 사람도 다릅니다. 빙궁의 경우도 사실 대막무림과는 어느 정도 거리가 있는 것 아닙니까?"

"그렇긴 하오."

"애초에 이런 대막무림이 한 사람의 손에 들어오는 것은 쉽지 않은 일이지요. 아마 태사장로께서도 이곳에서 패자로 군림하실 생각은 없으실 겁니다. 이 넓은 땅을 어찌 한 사람이 지배할 수 있겠습니까?"

설유는 현명한 사람이다. 그는 이미 석요송의 대답이 뭘 의미하는지 알고 있었다.

"그렇다면 지금과 다를 바가 없을 터인데? 당금의 대막무림이 본 궁과 묵철가 그리고 흑사풍에 의해 주도되는 것은 모두가 아는 사실, 그 틀을 바꿀 생각이 없다는 말 아니오?"

"뭐, 비슷한 말이지요."

"단지 그 위에 금문의 태상장로께서 군림하겠다는 것이구려. 하지만 그래서야 제대로 대막무림의 힘을 쓰실 수 있겠소?"

"힘을 필요로 하는 일은 아마도 그리 많지 않을 것입니다. 다만 후방의 안정이 필요할 뿐이지요."

"음… 금문의 힘이 천하를 덮는다더니 과연 그런 모양이구려."

설유가 조금 차가운 표정으로 말했다.

"그렇다고 대막 무림의 고수 분들을 대업에서 배제하겠다는 것은 아닙니다. 원하시는 분은 소도주님이 행보에 동행하실 수 있을 것입니다. 아마 소도주께서도 몇 분은 동행하길 원하실 겁니다. 물론 그것도 강요되는 것은 아니지만……."

"무슨 말인지 알겠소. 일단… 은올기의 일을 해결하고 나중의 일은 그 이후에 태상장로님과 직접 논의해 보리다."

설유가 말을 끊었다. 금령의 사자로 온 석요송과 해결할 문제가 아니라고 생각한 듯도 싶었다. 그러자 석요송이 고개를 끄덕였다.

"하면 일은 성사된 것으로 소도주께 말씀드리겠습니다."

"그러시구려. 기훼!"

문득 설유가 누군가를 불렀다. 그러자 백색의 무복을 입고 등에 기이한 목함을 진 사내가 불쑥 설유의 앞에 나타났다.

"설조를 내라!"

설유의 말에 사내가 등에 지고 있던 목함을 내려 작은 입구를 열더니 순백색의 비둘기를 꺼내 들었다. 설유가 사내에게서 비둘기를 받아들더니 석요송에게 말했다.

"이건 우리 빙궁에서만 사용하는 설조라는 전서구요. 물론 비둘기를 길들인 것이긴 한데 강호에서 쓰는 여타 전서구와는 무척 다르오. 설원에서 본 궁의 위치를 찾을 수 있고, 오랜 세월 혈통을 이어오며 북방의 기후에 적응해서 추위에 강하오. 이걸 드리리다. 앞으로는 이 설조로 연락하면 될 것이오."

설유가 가볍게 설조를 앉힌 손을 내밀었다. 그러자 설조가 신기하게도 사람의 말을 알아듣는 것처럼 허공으로 날아오르더니 석요송의 어깨에 내려앉았다.

석요송이 손을 들어 설조의 머리를 한 번 쓰다듬은 후 물었다.

"혁 노사의 일은 어찌하실지……?"

빙궁의 사대호법 중 한 사람인 혁강원은 여전히 은올기의 수하들에게 잡혀 있었다.

"지금 혁 호법을 구한다면 은올기가 일이 틀어졌음을 알고 다른 수를 낼지 모르오. 그러니… 석 호법을 구하는 일은 천록야에서 그를 도모하는 순간 하는 것으로 합시다."

냉정한 우두머리의 본성을 드러내는 설유다. 그러나 현재의 상황에서는 그의 결정이 옳았다. 당장 혁강원을 구해내 타초경사의 우를 범할 필요는 없었다.

"그리하지요."

석요송이 고개를 끄덕이고는 훌쩍 자리에서 일어났다. 그러자 설유가 물었다.

"가시게?"

"천제가 얼마 남지 않았고, 상황이 급박하니 서둘러 돌아가 봐야지요."

그러자 갑자기 설궁이 입을 열었다.

"저도 함께 가겠어요."

"무슨 소리냐?"

설유가 살짝 아미를 모으며 말했다. 이제 막 사지에서 돌아온 딸이다. 다시 자신의 품을 떠나는 것이 달가울 리 없다.

"금문과 손을 잡기로 했으면 확실한 증표를 보여야겠지요. 그래야 금문의 태상장로께서도 우리 빙궁의 진심을 믿지 않겠어요?"

"하지만 그게 꼭 너일 필요가 있느냐?"

"그게 제일 확실하죠."

설궁이 대답했다. 그러자 설유가 가만히 설궁을 응시하다가 고개를 끄덕였다.

"좋다. 대신 위릉을 데려가라."

"하지만 강 대협은……."

"됐다. 그가 없어도 내가 죽지는 않아. 위릉!"

설유의 부름에 순백의 무복을 입은 사내가 홀연히 설유 앞에 나타났다.

'살수인가?'

석요송이 사내를 살폈다. 지금까지 드러나지 않았던 자다. 아마도 순록이 끄는 마차 부근에 몸을 숨기고 있었던 듯싶었다.

"궁아를 호위한다."

"하지만 궁주!"

사내가 난감한 표정을 지었다.

"내 걱정은 말라. 궁아를 나로 생각하고 호위하라. 특히 강호의 사람들이 우리 빙궁을 업신여기지 않도록 철저히 궁아를 호위해야 한다."

"알겠습니다, 궁주!"

사내가 고개를 숙였다.

'금문을 두고 하는 말이군.'

석요송이 내심 쓴웃음을 지었다. 그러면서도 사내에 대해 호기심이 생기는 것은 어쩔 수 없었다. 설유가 빙궁의 자존심을 지키기 위해 동행시키는 자라면 보통 인물은 아닐 터였다.

"가시죠, 형님!"

금불현이 석요송을 재촉했다. 그러자 석요송이 고개를 끄덕이고는 설유를 향해 포권을 해 보였다.

"그럼 천록야에서 뵙겠습니다."

"그러시오. 만나서 반가웠소."

"저 역시 영광이었습니다."

석요송이 정중하게 고개를 숙여 보이고는 걸음을 옮겨 훌쩍 말 위에 올랐다. 그러자 금불현과 설궁도 역시 말에 올랐는데 기이하게도 설궁과 동행을 하란 명을 받은 강위릉이란 사내는 말을 타지 않았다.

"가요."

설궁이 말하자 석요송이 사내를 바라봤다.

"강 대협은 말을 타지 않으세요. 그래도 뒤처질 염려는 없으니 걱정 마세요."

설궁이 석요송의 마음을 알아채고는 강위릉이 말에 오르지 않은 이유를 설명했다. 석요송이 가볍게 고개를 끄덕이고는 이내 말을 몰라 온천수가 흐르는 계곡을 따라 내려가기 시작했다.

설유가 석요송이 말을 달리는 모습을 한참 동안 보고 있다가 문득 입을 열었다.

"금문이 무섭긴 하군."

그러자 어느새 석요송에게 당한 가슴의 검상을 치유한 서종록이 나직하게 입을 열었다.

"그렇습니다. 생각보다 더 대단하군요."

"그렇지? 어떻게 저런 자를 길러냈지?"

설유가 고개를 갸웃했다. 그러자 서종록이 대답했다.

"오래전부터 금문도들 사이에는 인검에 대한 이야기가 있어 왔지요. 그러나 인검의 감투를 쓴 자가 등장한 적은 없었습니다. 그런데 오늘날 그 인검이 금문에 탄생했으니 역시 천운이 금문에 있다고 볼 수도 있겠습니다."

"그런 건가? 은올기란 자에 대한 생각은 어떤가?"

"그가 대요의 황실과 연관이 있다면 역시 가까이하는 것은 위험합니다."

"역시 금문이다?"

"언제나 새로 시작하는 쪽에 기회가 많은 법이지요."

"후후후, 그렇군. 다행이야. 내가 죽기 전에 천하의 판이 흔들리게 되어서."

설유가 나직하게 웃음을 흘렸다.

"그럼 또 봐요."

설궁이 짧은 인사를 뒤로하고 설유가 딸려 보낸 호위무사 강위릉과 함께 눈 덮인 산비탈을 말을 몰아 내려갔다. 먼 쪽에 일단의 사람들이 그녀를 기다리고 있었는데 금령을 위시한 금문의 사람들이었다. 설궁이 멀어지자 금불현이 말했다.

"알고 있죠?"

"뭘?"

"소궁주가 형님을 마음에 두고 있다는 걸요."

"나보다 훨씬 나이가 많은 사람이야."

"형님은 그런 면에서는 둔하시군요."

"내가?"

"그녀는 분명 형님을 마음에 두고 있어요. 아마 빙궁주를 떠나 형님을 따라온 것도 그 이유 때문일 거예요."

"하지만 지금은 금세 헤어졌잖아?"

"그거야 곧 다시 만나게 될 테니까요. 아무튼… 조심하세요."

"왜?"

석요송이 묻자 금불현이 어이없는 표정으로 말했다.

"그녀가 형님을 좋아한다고 했잖아요."

"그랬지. 그런데 그게 왜 내가 조심해야 할 일이지?"

석요송이 되물었다. 그러자 금불현이 입을 열려다 말고는 말꼬리를 흐렸다.

"그, 그것이……."

"빙궁은 우리의 적도 아니고, 강호에 악명이 자자한 마문도 아니며, 그녀가 독한 것도 아니고, 더더욱 아름답기까지 한데

내가 왜 그녀를 조심해야 하는 거지? 단지 나이가 많아서?"

"그럼 평생 빙궁에 매여 살겠다는 거예요?"

금불현이 언성을 높였다.

"그녀와 인연이 맺는다고 빙궁에 매여 살 이유는 없지."

"그녀는 빙궁의 소궁주라고요."

"물론 그렇긴 하지만 내가 알기로 빙궁주에게는 그녀 말고도 다른 한 명의 자식이 더 있는 것으로 알고 있는데? 설효라고… 아우도 알고 있잖아?"

"그렇군요. 이제 보니 형님도 소궁주에게 무척 관심이 많으셨군요. 그런 것들도 다 알아보시고… 아무튼 잘되었네요. 전 형님이 평생 독신으로 늙어갈까 그걸 걱정했는데 벌써 마음에 드는 여인을 만나셨으니……."

"그녀가 마음에 든다는 것이 아니라 그녀의 마음을 내가 걱정할 필요는 없다는 거지."

"알겠어요. 잘해 보세요. 밀영들이 기다린다는 곳이 저곳이지요?"

금불현이 시선을 돌려 거대한 암봉을 바라보더니 석요송의 대답도 듣지 않고 걸음을 옮기기 시작했다. 그러자 석요송이 빙그레 미소를 짓더니 소리 내어 금불현을 부르며 뛰어갔다.

"아우, 같이 가자고!"

*　　*　　*

서쪽으로 열린 암봉들 사이로 저녁 빛이 들어왔다. 저녁 빛은 초원에서 일어나는 습기를 안개로 만들었다. 안개가 산을 타고 오르며 기이한 공간이 생겨났다. 연옥 같기도 하고 혹은 하늘로 오르는 천문 같기도 하다.

"놀라운 곳이에요."

금불현이 말했다. 석요송도 눈 아래 펼쳐진 기경을 경이로운 시선으로 바라보고 있었다. 산의 상층부는 하늘을 찌를 듯 창처럼 솟아 있었고 그 중간 부근에는 급하게 기울어진 설원의 비탈이, 하층부에는 초원으로 이뤄진 완만한 능선이 이어져 있었다.

사방을 둘러선 산 아래쪽은 다섯 군데의 숲이 펼쳐져 있었고 숲과 숲 사이, 그리고 그 숲들 중앙으로 사방 십여 리에 이르는 초원이 넓게 펼쳐져 있었다.

초원의 중심을 따라 한 가닥 물줄기가 내를 이루며 흘러와 초원 중앙에 이백여 장 넓이의 호수를 이룬 후 다시 남쪽으로 흘러나갔다.

호숫가에는 수십 마리의 사슴이 한가롭게 풀을 뜯고 있다. 이곳에 왜 천록야로 불리는 지 그 이유를 알 수 있는 정경이었다. 그리고 사람들, 천록야의 중심이 아닌 바깥쪽 숲으로 듬성듬성 사람들이 머물고 있는 천막들이 보였다.

"아직 많지는 않군요."

금불현이 말했다.

"모두 모이면 삼사백은 된다고 했지?"

"그랬죠."

"삼사백이래야 이렇게 넓은 땅이면 사람 구경하기가 쉽지는 않겠군."

"들은 바로는 마지막 날 천제는 북쪽 천문산 아래에서 열린
데요. 그 전에는 엿새간 천록야 중심의 호숫가에서 대막무림의
정세를 논하는 난장이 펼쳐진다더군요. 그때가 되면 천록야에
온 사람들을 모두 볼 수가 있을 거예요."

"그 전에 묵철가의 동조를 얻어야 한다는 말이군."

"그렇죠?"

"먼저 그들을 찾는 것이 급선무겠고… 올 때가 되었는데."

석요송이 고개를 들어 주변을 살폈다. 사위는 여전히 조용했
다. 산 바깥쪽으로는 설원이 산 안쪽으로는 천록야의 푸른 초원
이 펼쳐져 있는 땅은 여전히 신비롭다.

사람의 도검이 피를 뿌리기에는 너무 아름다운 땅이다. 이런
곳에서 피를 뿌리면 천벌을 피해가기 힘들겠다는 생각이 들 정
도였다.

"천제에서 피를 뿌린 적이 있었던가?"

갑작스런 석요송의 질문에 금불현이 의아한 표정을 짓다가
대답했다.

"자주는 아니지만 아주 없었던 것은 아니라고 하더군요."

"그래? 이런 땅에서도 피가 뿌려졌단 말이지."

"왜요?"

"인간이 더럽히기에는 너무 아름다운 땅이다. 인간이
란……."

그러자 금불현이 걱정스런 표정을 지으며 말했다.

"사람에 대해 너무 부정적인 건 좋지 않아요."

"선한 존재는 아니지."

"불쌍한 존재라고 생각하세요. 불완전한 존재죠. 그래서… 사람이죠."

그러자 석요송이 문득 금불현이 현종의 사람이란 것을 새삼 깨달았다. 이런 이치를 논할 때는 영락없이 현종의 피를 이어받은 깊은 생각을 가진 사람이다.

"좋은 말이군."

"위로가 되었나요?"

"후후, 아우는 항상 내게 위로가 되지. 곁에 있는 것만으로."

"정말요?"

금불현이 환한 미소를 지으며 되물었다.

"그럼 내가 언제나 의지하고 있는걸… 아니면 난 검귀가 되어갈 지도 몰라."

"하하, 기분 좋다."

"응?"

"형님께 가치있는 사람이라니 좋다구요."

"싱겁기는."

석요송이 멋쩍은 표정을 짓다가 문득 표정이 변했다. 그의 시선이 우측 능선의 암벽으로 향했다. 그러자 어느새 나타난 일영이 바람처럼 바위를 타고 올라와 석요송 앞에 내려섰다.

"제가 늦었군요."

"아니오. 그런데 그들의 거처는 찾았소?"

석요송의 물음에 일영이 손을 들어 다섯 군데의 숲 중 가장 서쪽에 위치한 숲을 가리켰다.

"저곳입니다. 다른 문파들은 묵철가를 두려워해 감히 근처에 숙영지를 꾸리지 못했더군요."

"잘되었구려. 갑시다."

"길을 열지요."

일영이 고개를 숙여 보이고는 다시 산 아래로 걸음을 옮기기 시작했다. 석요송과 금불현이 그 뒤를 따랐다.

第四章 천록야의 밤

　몇몇 곳에서는 모닥불이 피어올랐다. 그런데 불꽃이 조금 특이했다. 붉은빛이 아니라 푸른빛이 도는 불꽃이다. 대처의 사람들이 본다면 귀화라고 오해할 수도 있었다.

　"왜 푸른빛이지?"

　석요송이 물었다. 그러자 금불현 대신 앞서 걸음을 옮기고 있던 일영이 대답했다.

　"나무가 아닌 마소의 배설물로 피우는 불이라 그렇습니다. 초원의 사람들이 불을 피우는 법이기는 한데 이곳에서 그리하는 것은 다른 이유가 있습니다."

　"다른 이유라면……?"

　"천록야에선 나무를 벨 수 없습니다. 그러니 결국 미리 땔감을 준비해 들어와야 하는데 마른 땔감으론 마소의 배설물만 한 것이 없지요."

일영의 대답에 석요송이 고개를 끄덕였다. 신성한 땅이다. 나무를 베어내면 천록야는 금세 황폐해 질 것이다.

"먹는 것도 그렇습니다. 보통의 경우 대부분 건량으로 끼니를 해결합니다. 음식 냄새를 풍기지 않기 위해서지요. 술은 주향이 진하지 않은 것을 쓰고… 차를 끓이는 정도는 허용되는 편입니다."

"까다롭구려."

"사람은 스스로 만든 신성을 맹종하는 법이죠."

이번에는 금불현이 말했다.

"왜 그럴까?"

"그게… 불안한 사람들을 안정시켜 주니까요. 최대한 그 신성함을 경배할수록 더더욱 그렇죠. 그리고 그 신성이 꼭 어떤 대상일 필요는 없지요. 금문처럼 천년계림의 부활이 바로 그 신성함이라고 할 수 있는 곳도 있고요."

"그렇군."

석요송이 고개를 끄덕였다.

'그러고 보면 난 목적없이 사는 사람인가?'

석요송이 하늘을 바라봤다. 어느새 천록야를 둘러선 높다란 봉우리가 어둠에 잠기고 있었다. 남동쪽으로 일찍 올라온 달이 천록야의 푸른 초원을 비추고 있었는데 이제 며칠 뒤면 저 달은 보름달로 변해 낮보다 밝은 빛을 뿌려 천제를 축복할 것이다.

"저깁니다."

문득 일영이 걸음을 멈추고 천록야 서쪽에 위치한 숲을 가리켰다. 어스름한 저녁 어둠 속에 파란 불빛이 숲 사이로 흘러나오고 있었다.

"제법 사람이 많은 것 같구려."

"그래봐야 이십여 명 정도입니다. 천록야에 들어올 수 있는 각 문파의 숫자는 정해져 있으니까요."

"그렇구려."

"참 묘해요."

금불현이 불쑥 뜻 모를 말을 말했다.

"뭐가?"

"소도주님과 은올기가 천제에서 얻고자 하는 것도 같고, 취하는 방법도 같고 그럼에도 이들은 저리 태평하니……."

"그만큼 이 천제에는 빈틈이 많다는 것이지. 아무튼 혈사신보가 양쪽 모두에게 있다는 것이 결국 두 마리의 호랑이를 끌어들인 것이지."

"생각해 보면 혈사신보는 참 중요한 물건이었던 것 같아요."

"그렇지."

"그러고 보니 왕 노사가 보고 싶네요. 혈사신보가 소도주님의 손에 들어간 것은 물론 형님의 공이 구할이지만 왕춘 어른도 한몫하셨잖아요."

"그렇지. 아마… 이번에 볼 수 있을 거야."

"예?"

"청도를 떠나기 전에 만났었는데 궐 장로님을 따라 흥안령으로 오신다고 하더군. 혹 중간에 다른 곳을 들릴 수도 있고……."

"그렇군요. 하긴 풍운각도 이번 일에는 거의 모두가 동원되고 있으니까요. 삼군으로 나뉘어 진 금문 문도들의 동정을 살피는 일도 쉬운 일은 아니죠. 아마도 모두 청도를 나왔겠군요."

"그것도 그렇고, 왕 어르신과 퀄 장로님은 인연이 있으니까."

"그렇네요. 왕 어르신이 풍운각에 들어간 것도 퀄 장로님의 주선 때문이었지요."

그러나 왕춘이 천록야로 오는 것은 퀄후 때문만이 아니었다. 석요송만이 알고 있는 이유, 그의 아들임이 거의 확실한 단중자가 천록야로 왔기 때문에 그 역시 천록야로 오는 것이다. 아니었다면 그는 아마도 금산 금옥으로 먼저 갔을 것이다.

대막의 성지 천록야가 한순간에 혈지로 변할 수도 있었으므로 왕춘은 자신의 아들을 그곳에 혼자 두고 싶지는 않았을 터였다.

"이쪽입니다."

일영이 석요송을 숲의 가장자리를 따라 북쪽으로 이끌었다. 그러자 이십여 장 밖에 작은 모닥불이 눈에 들어왔다.

"어서 오시오."

석요송을 마중한 사람은 비후동의 후우노다. 여전히 혼태에게서 입은 부상으로 말미암아 후오누의 어깨가 불편해 보였다. 그러나 부상에도 불구하고 후우노의 기상은 예리하기 그지없다.

"몸은 어떠신지?"

석요성이 물었다.

"하하, 걱정해 주셔서 고맙소이다. 하지만 이런 부상이야 강호행을 하다 보면 다반사지요. 신경 쓰실 일이 못되시오. 그리고 이젠 거의 다 나았소이다."

후우노가 호탕한 모습을 보인다. 그러나 그의 팔이 아직은 성치 않음을 모를 리 없는 석요송이다.

"일은 어찌 되었소이까?"

석요송이 물었다. 그러자 후우노가 정색을 하며 말했다.

"묵철가에서 사람을 보내왔소이다."

"사람이라면?"

"묵철가의 양익 중 좌익의 수장 가이공이란 사람이 왔소이다. 혹 들어보셨는지……?"

"가이공, 들어본 이름이오. 그런데 그가 오다니… 묵철가에서 관심이 있는 모양이구려."

"아마도 은올기라는 자의 등장에 꽤 긴장을 한 듯하외다. 더불어 금문은 대막에서 멀리 떨어져 있으니 천하쟁패를 한다손 치더라도 그 혼란에 휩쓸리지 않을 거라 생각을 하는 듯하오."

"듣던 것과 달리 현실적이구려."

"묵철가의 역사는 수백 년을 넘는다고들 하오. 그 세월 동안 강호에서 살아남은 데는 그 이유가 있지 않겠소이까?"

"그렇구려. 만나보지요."

석요송이 고개를 끄덕였다.

"이쪽으로……."

후우노가 석요송을 모닥불이 보이는 곳으로 이끌었다.

사내는 훤칠한 키에 사십대 후반의 나이로 보였다. 한쪽 눈가에 눈을 관통하는 자상이 나 있었는데 그것이 사내를 더욱 날카롭고 거칠게 보이도록 만들었다.

"손님이 오셨소이다."

모닥불에 비친 사내를 보며 후우노가 말했다. 그러자 사내가 날카로운 눈으로 석요송과 금불현을 살폈다. 일영의 모습은 이미 어둠 속으로 자취를 감춘 후였다.

석요송을 일견한 가이공의 눈에 살짝 실망의 빛이 보였다. 아마도 천하의 중대사를 논하기에는 석요송의 나이가 너무 젊어 보인 때문인 듯했다. 그러나 그럼에도 불구하고 그는 침착했다. 자리에서 일어난 가이공이 석요송에게 가볍게 포권을 해 보였다.

"묵철가의 가이공이라고 하오. 묵철가 좌우 양익 중 좌익을 맡고 있소."

"반갑소이다. 난 금문 태상장로님의 명을 받고 온 석요송이라 하오. 가대협의 명성은 익히 들어 알고 있소이다."

"음… 듣자 하니 석 대협은 금문의 인검이라던데……?"

"맞소이다. 내가 당대 금문의 인검이오."

"생각보다 훨씬 젊으시구려."

"강호대사를 논의할 나이는 되었지요."

"하하, 그렇지요. 남아이십이면 능히 나라를 얻어야 한다는 말도 있다고 들었소이다. 그런 면에서 음… 중원에서 보자면 스물이면 적은 나이가 아니지요."

대막에서는 여전히 애송이일 수도 있다는 의미다.

"금문은 중원의 문파가 아니지요."

석요송이 대답했다.

"그, 그도 그렇구려. 금문은 중원의 문파가 아니지요."

가이공이 석요송의 냉정한 표정과 행동에 그의 나이를 잊은 듯 대답했다.

"비후동의 문주께서 묵철가에 금문의 뜻을 전했을 것이오."

"그렇소이다. 그래서 내가 온 것이오."

가이공이 대답했다. 그러자 석요송이 여전히 한기가 흐르는 목소리로 물었다.

"묵철가의 답을 듣고 싶소."

"음… 솔직히 말하자면 본 가는 아직 가부의 결정을 내리지 못했소이다. 이 일은 본 가의 운명을 결정하는 일인데 어찌 비후동의 말만 듣고 일의 가부를 결정할 수 있겠소이까?"

"물론 그렇기는 하오. 그러나 너무 늦는 것도 좋지는 않소."

"본래 밥은 뜸을 들여야 맛이 나는 법이 아니오?"

가이공이 한줄기 미소를 지었다.

'생김새와 달리 모사의 기질이 있는 자로군. 보기에는 단단한 무사의 기백을 지닌 자로 보였는데.'

껑충하게 큰 키에 눈가의 자상으로 보아 가이공이 심계를 쓸 것 같지는 않았지만 하는 행동은 석요송이 생각하는 것과 많이 다른 가이공이었다.

"너무 뜸을 들이다가는 밥이 타는 법이지요."

석요송이 여전히 차갑게 말했다. 그러자 가이공이 조금 심각한 표정을 지으며 말했다.

"그러나 금문으로서도 지금은 그렇게 금문의 입장만 내세울 것이 못되지 않소? 대막 무림의 힘을 얻기 위해서는 본 가의 지지가 절대적으로 필요하니 말이오. 본 가를 재촉하시면 가주께서 금문의 뜻을 오해하실 수도 있소이다."

가이공이 은근히 협박을 한다. 그러자 석요송이 표정 하나 변하지 않고 대답했다.

"묵철가의 뜻이 우리와 다르다면 그도 어쩔 수 없소이다. 그러나 결정은 빨리 내리셔야 할 것이오. 본 문이나 은올기나 천록야에 들어서기 전 적아의 구분이 확실해지길 원할 테니 밀이오. 금문의 입장에서 말하자면 본 문은 태상장로께서 천록야에 들어설 때까지 마음을 정하지 못한 문파는 형제의 맹약에서 제외하게 될 것이오."

"형제의 맹약이란 무엇이오?"

"본 문에서는 천하의 문파를 셋으로 대하고 있소. 그 하나는 본 문과 뜻이 맞아 피를 나누고 고난을 함께할 문파로서 바로 형제의 맹약을 맺은 문파들이오. 그들은 금문이 천하무림을 손에 넣었을 때 그 영광을 함께할 것이오. 두 번째 문파는 군신의 맹약을 맺을 문파들이오. 이들은 태상장로님의 천하군림행에 협조는 하였으되 마음이 아니라 형편과 이해득실을 따져, 혹은 본 문의 무력에 굴복해 본 문을 따른 문파들로 이들은 금문의 속문으로서 대우를 받게 될 것이오."

"나머지 하나는 무엇이오?"

가이공이 엄중한 표정으로 물었다.

"당연히 나머지 한쪽은 본 문의 적이오. 태상장로께서 강호행을 하실 때에는 오직 적아만 있을 뿐, 그 가운데에 든 문파는 인정치 않겠다고 하셨소. 형제의 맹약과 군신의 맹약을 맺는 문파들 외의 문파들은 모두 적이 될 것이오."

"음, 그러니까 금문의 태상장로께서 이 천록야에 들어오기 전에 금문과 손을 잡으면 형제의 맹약을, 그 이후에 금문의 편에 선다면 군신의 맹약을, 그 둘을 모두 거절하면 적이 된다는 말이구려."

"맞소이다. 그게 태상장로께서 내게 전하라 하신 말씀이오."

석요송의 말이 끝나자 가이공의 눈이 차갑게 가라앉았다. 그가 무슨 생각을 하는지는 전혀 짐작할 수 없었다. 그러다가 문득 가이공이 물었다.

"혹 빙궁의 소식은 아시오?"

"알고는 있으나 그 소식을 아시려면 본 문의 형제가 되어야 할 거요."

석요송이 대답했다. 그러자 가이공이 나직하게 탄성을 흘렸다.

"아, 빙궁은 이미 금문과 손을 잡았구려."

순간 석요송의 눈에 이채가 서렸다. 가이공이 어떻게 그 사실을 눈치챘는지 의아할 뿐이었다.

"빙궁은 자존심이 무척 강한 집단이오. 그들이 항거를 했다면 필시 피가 많이 흘렀을 터이고, 그들에 대한 금문도들의 증오심도 대단했을 것이오. 그런데 그대는 빙궁의 이야기를 하면서 전혀 노기를 드러내지 않았소. 그러니 결국 그들은 금문과 손을 잡았을 것이오. 아니오?"

가이공이 물었다. 그러자 석요송이 탄성을 흘려냈다.

"과연 대단한 심기를 지니고 계시구려. 처음부터 범상치 않은 분이라 생각했소이다. 하긴 그러시니 대묵철가의 좌익을 이끌고 계시겠지만……."

"내 짐작이 맞았구려. 놀라운 일이오. 어떻게 빙궁의 동의를 얻었소이까?"

"운이 좋았소이다. 그 운이 다시 한 번 찾아오길 바랄 뿐이오."

묵철가와의 일을 말하는 것이다. 그러자 가이공이 잠시 석요송을 바라보다 말했다.

"내일 다시 뵐 수 있겠소?"

"하루 머무는 것은 어려운 일이 아니지요."

"좋소. 그럼 내일 다시 이 자리에서 뵙시다. 내 가주께서 빙궁이 금문의 품에 들었다는 것을 고하고 다시 본 가의 행보를 청하겠소."

"알겠소이다. 그럼 부디 좋은 소식 기다리겠소."

석요송이 고개를 끄덕였다. 그러자 가이공이 훌쩍 자리에서 일어나더니 그대로 하늘로 솟구쳤다. 장신의 가이공이 허공으로 떠오르자 마치 장승이 움직이는 것처럼 느껴졌다. 가이공의 큰 몸은 한순간 석요송의 시야에서 사라졌다. 그의 신법이 워낙 빨라 그 큰 몸이 순식간에 장내를 벗어난 것이다.

"대단한 무공을 지녔군요."

금불현이 가이공의 무공에 감탄사를 흘려냈다. 그러자 후우노가 말했다.

"그가 무서운 것은 그의 무공보다 그의 심기외다."

"그렇게 느꼈어요. 외모와 달리 무척 노련한 자더군요."

금불현이 대답했다.

"오늘은 비후동의 숙영지로 갑시다."

후우노가 석요송을 보며 말했다. 그러자 석요송이 순순히 고개를 끄덕였다.

"하루 신세를 지지요."

"하하, 신세랄 것이 있소이까? 이젠 한배를 탄 사람들인데."

후우노가 호탕한 웃음을 흘리고는 발로 흙을 밀어 모닥불을 껐다. 그러고는 어두운 숲으로 석요송과 금불현을 이끌기 시작했다.

비후동의 사람들은 묵철가의 사람들이 머물고 있는 서쪽 숲의 가장 북쪽에 자리를 잡고 있었다. 애초부터 묵철가와 비후동이 순치의 관계였기에 한숲을 거처로 삼은 모양이었다.

숲에서 보면 숲 밖 초원에 자리를 잡고 숙영하는 자들도 모두 바라보였다. 숲을 떠난 잠자리는 낮에는 덥고 밤에는 추울 것이므로 필시 힘이 없는 중소문파의 사람들일 터였다.

비후동주 극함렬의 환대를 받고 저녁 요기를 마친 석요송과 금불현은 비후동의 사람들로부터 이십여 장 떨어진 곳에 작은 천막을 치고 야숙할 준비를 했다.

비록 비후동과 한배를 타게 되었지만 비후동의 문도들 사이에서 밤을 보내는 것이 아직은 불편했기 때문이었다.

"정말 별이 많아요."

작은 천막을 치고 그 앞에서 모닥불을 쬐며 금불현이 말했다. 석요송이 고개를 들어 하늘을 봤다. 모닥불의 불빛이 어둠을 쫓고 있었지만 그래도 하늘의 별은 성글다.

"초원은 다른 곳보다 하늘이 가까운 것 같아. 지난번 삼십육진의 일 때도 그러했지만… 그런데 이곳의 하늘은 조금 다른 듯도 하군."

석요송의 말에 금불현이 불현듯 입을 열었다.

"왜 초원의 문파들이 이곳에서 천제를 지내는지 아세요?"

"땅이 신령스럽더군."

석요송이 대답했다.

"그렇기도 하지만 다른 이유도 있어요."

"……?"

석요송이 무언의 질문을 던졌다. 그러자 금불현이 손을 들어 달빛 아래 보이는 북쪽의 산봉우리를 가리켰다. 천제의 마지막 날, 하늘에 제를 올릴 곳이다.

"천문산에서 천제를 올리는 것은 예로부터 현자들이 천문산을 찾아 별점을 쳤기 때문이에요. 천문산은 별점을 치기에 가장 좋은 장소로 알려져 있어요. 제단이 있는 부근에서 하늘을 보면 하늘이 둥근 원처럼 보이는데 세상의 별을 모두 빠짐없이 볼 수 있다고 알려진 곳이죠. 가장 가까이에서 가장 많은 별을 볼 수 있는 것이죠."

"그런 연유가 있었군. 어쨌든 참 신비하면서도 괴이한 땅이야."

"그것 아세요?"

"또 뭘?"

"아주 오래전 요동에도 그런 땅이 있었다는 거요."

"요동의 문파들에게도 천록야와 같이 신성한 땅이 있었다고?"

"예, 이미 수백 년 전에 그 땅의 신성함은 훼손되어 사라졌지만요."

"그곳에 어디지?"

"요하 상류에 구한산 신단평이란 곳이 있어요. 아주 오래 전 신인 도명이란 절대고수가 홀로 천하를 제압한 적이 있었데요. 신단평은 그의 전설이 어린 곳이죠."

그런데 그 순간이었다. 갑자기 석요송은 한쪽 가슴이 크게 떨리는 것을 느꼈다.

'뭐지?

석요송이 한쪽 가슴에 손을 대며 당혹해했다. 그러자 그의 손에 금온에게서 건네 받은 동경이 만져졌다. 그 대정심공이 기록된 동경이 마치 살아 있는 생물처럼 떨리는 듯했다.

"신인 도명에 대한 전설은 워낙 그 갈래가 여러 가지라 지금은 대부분 허황된 이야기로 치부되고 있어요. 하지만 수백 년 전에 그의 유물이 나타나 세상을 한 차례 뒤집었던 것은 맞는 것 같아요."

"어째서?"

"어머니가 그러시더라고요. 수백 년 전에 신인 도명의 무공을 쓰는 사람이 있었다고, 제 어머님이 양산종이라는 작은 종파의 무공을 이으셨다는 것은 기억하시죠?"

"그랬었지."

석요송이 처음 금불현을 만났을 때 그가 자신의 어머니에 대해 한 말을 기억하고는 고개를 끄덕였다.

"양산종에는 당시의 이야기가 제법 소상하게 전해진다고 해요. 그래서 어머니는 여전히 지금도 어딘가에는 신인 도명의 무공을 이은 사람들이 존재한다고 믿고 계시지요. 그것이… 어머님이 가장 걱정하는 거예요."

"그들의 존재가 금문에 위협이 된다고 생각하시는 건가?"

"그러신 것 같아요. 지금이라도 신인 도명의 무공을 쓰는 자들이 나타나면 금문의 수십 년 적공은 한순간에 무너질 수 있다고 생각하시죠."

"음… 그렇게 무서운 사람인가?"

석요송이 중얼거리며 다시 가슴을 매만졌다, 어느새 동경은 그 울음을 멈췄다. 당연히 석요송의 가슴도 더 이상 뛰지 않았다. 왜 지금 이 순간에 동경이 울었는지는 오직 동경 자신만이 알고 있을 터였다.

"언제 한 번 어머님을 뵙고 싶군."

석요송의 말에 금불현이 반색을 했다.

"그러세요. 지난번에는 양산에 가시는 통에 못 뵈었죠. 어머님도 무척 반가워하실 거예요. 어머님은 종종 형님 아버님에 대해 말씀하시곤 하셨거든요."

"그랬어?"

"그럼요. 천하에 다시없을 대장부라고 하셨지요."

"후후, 난 보지도 못한 아버지를 사람들은 참으로 많이 기억하는구나."

석요송의 말에 금불현이 대답했다.

"저도 그래요. 저도 제 아버지에 대한 것은 모두 타인에게서 들은 거지요. 서책을 읽듯이……."

동병상련의 마음이 두 사람 사이에 흘렀다. 마침 별똥별 하나가 하늘을 가로질렀다. 그러자 금불현이 흐르는 별을 보며 재빨리 합장을 했다.

"뭐라고 빌었어?"

석요송이 잠시 후 합장을 푼 금불현에게 묻자 금불현이 배시시 미소를 지으며 고개를 저었다.

"비밀이에요."

"대단한 걸 빌었나 보군."

"환상적인 일이죠. 실현만 된다면……."

금불현이 단호하게 고개를 끄덕였다.

가이공은 오지 않았다. 불안한 기운이 장내를 엄습했다. 그래서일까. 오늘은 푸른 모닥불이 더욱 차갑게 느껴진다.

"거절일까요?"

금불현이 차가운 침묵을 이기지 못하고 입을 열었다.

"아직은 더 기다려 보자."

석요송이 대답했다.

"이상한 일이오. 그 동안의 동정을 보았을 때는 필시 승낙을 하리라 생각했는데……."

후우노가 고개를 갸웃한다.

"다른 사정이 생겼을 수도 있지요."

석요송이 대답했다.

"다른 사정이라면……?"

"은올기의 사람이 왔을 수도."

"음, 그랬을 수도 있겠구려."

후우노가 고개를 끄덕였다. 묵철가로서는 금문과 은올기 양쪽의 제안을 모두 들어보는 것이 유리할 터였다. 그리하여 좀 더 좋은 조건을 내거는 쪽에 자신들이 힘을 보태려 할 것이다.

"실수를 할 요량인가."

석요송이 나직하게 중얼거렸다. 그러자 후우노가 조금 두려운 눈빛으로 석요송으로 보며 말했다.

"만약 그들이 은올기의 편에 선다면 어찌 그들을 상대할 것이오?"

"적이면 죽음뿐이요."

석요송이 담담하게 대답했다.

"그러나 묵철가의 존재감은 대막에서 만만히 볼 것이 아니외다. 묵철가의 역사가 그것을 말해주고 있지 않소이까? 그들을 멸문으로 몰아넣는다 해도 철씨의 피를 이은 생존자들이 남아 있다면 그들은 순식간에 대막 여러 문파를 규합할 수 있소. 그리고 이 넓은 초원을 옮겨 다니며 끊임없이 금문의 배후를 노릴 거요. 꼬리를 잡히지 않는 늑대들처럼 말이오."

"그렇다고 그들의 선택에 대한 대가를 치러주지 않을 수도 없소. 이는 천하 무문에 그 본보기를 보이는 일이기도 하니 말이오. 여하튼 어차피 우리가 선택할 수 있는 일은 없소. 선택은 묵철가 스스로 하는 것이고, 그에 대한 응징은 태상장로께서 결정할 일이니 말이오."

석요송의 말에 후우노가 천천히 고개를 끄덕였다.

"그건 그렇소만……."

그런데 그때 갑자기 어둠 속에서 검은 인영이 어른거리는가 싶더니 훌쩍 그들 앞에 한 사내가 모습을 드러냈다. 중키에 휘어진 도를 허리에 차고 있고, 손에는 작은 화살을 들고 있다.

"누구냐?"

후우노가 물었다. 그러자 사내가 가볍게 포권을 해 보이고는 입을 열었다.

"가주께서 전하라는 말이 있어 왔습니다. 전 묵철가의 전령입니다."

순간 후우노의 얼굴에 노기가 서렸다.

"전령?"

천하대사를 논하는 이 중차대한 일에 전령 따위를 보내다니 후우노로서는 노하지 않을 수 없었다.

"그렇습니다."

"말하라."

"가주께서 말씀하시길 금문의 초대는 고마우나 가주께서는 늙고 병들어 세상에 나서기가 힘들다고 하셨습니다. 해서 하늘에 제사나 지내고 조용히 물러가시겠답니다. 천하의 대사는 그저 흘러가는 대로 맡길 뿐이라고……."

"음… 거절인가?"

후우노가 침음성을 발했다. 사실 묵철가가 금문의 제안을 거절하면 가장 곤란해지는 쪽은 비후동이었다. 그동안 묵철가와의 관계를 생각하면 금문과 묵철가 사이에서 비후동의 처신이 무척 곤란해질 터였다. 행여나 묵철가가 은올기 쪽으로 기운다면 비후동은 묵철가와 생사를 건 싸움을 벌여야 할 수도 있었다.

물론 금문의 후원을 받는다면 묵철가와 싸워 나갈 수도 있을 테지만 금문은 요동에 뿌리를 둔 문파다. 초원과 요동은 하늘과 땅처럼 멀다. 오늘날 금문의 젊은 태상장로 금령이 이 초원에 모습을 드러내기는 했지만 그가 언제까지 초원에 머물지는 않을 터였다. 그 안에 초원의 패자가 결정된다면 다행이지만 싸움이 늘어진다면 비후동은 큰 위협에 처하게 될 것이 자명했다.

"전 물러가겠습니다."

문득 묵철가의 전령이 입을 열었다. 그러자 석요송이 떠나려는 전령에게 물었다.

"한 가지만 묻겠소."

"……?"

전령이 자신에게 질문을 하는 석요송의 심사가 이상하다는 듯 침묵으로 석요송을 바라봤다. 전령인 자신이 내부의 사정을 알면 얼마나 알 것이고, 또 설혹 석요송의 질문에 대한 답을 가지고 있다고 해도 적이 될 수도 있는 생면부지의 인물에게 그 답을 말해줄 리도 없지 않은가. 그러나 전령의 반응이야 어떻든 석요송은 질문을 던졌다.

"어제 오늘 묵철가에 손님이 오셨소?"

질문은 간단했다. 물론 대답도 간단할 것이다. 그러나 전령은 대답을 망설이다가 억지로 대답했다.

"제 소임은 가주의 전언을 전하는 것이라 본 가의 사정은 잘 모를 뿐더러 알더라도 말해줄 수 없습니다. 그럼!"

전령이 마치 석요송이 뒷덜미라도 잡아챌까 겁을 먹은 사람처럼 서둘러 장내를 벗어났다. 그러자 석요송이 곰곰이 생각에 잠겼다가 입을 열었다.

"아직은 은올기가 묵철가를 장악한 것은 아닌 것 같은데……."

"그렇죠?"

금불현도 동의했다.

"어찌하실 생각이오?"

후우노에게는 당장의 일이 급했다. 석요송이 후우노를 보며 물었다.

"묵철가주가 가장 아끼는 사람은 누구요?"

엉뚱한 질문이다. 후우노가 이 지경에 왜 그런 질문을 하냐는 듯 석요송을 보다 표정이 워낙 진지하자 의구심을 눌러 내리며 대답했다.

"인정으로야 소가주인 철잠이고, 가문의 무인으로는 칠대청랑과 양익의 수장들일 것이오."

"소가주 철잠은 이곳에 왔소?"

"왔을 거요. 천제는 대막무림의 향배가 결정되는 곳이라 묵철가의 소가주가 빠질 자리가 아니오."

"그를 만나봐야겠소."

순간 후우노가 화들짝 놀라 석요송을 바라봤다.

"그를 베시려는 거요? 그랬다간 영영 묵철가와 원한을 맺게 될 것이오."

"죽이지는 않을 것이오. 다만 경고를 할 뿐이지. 이대로 물러간다면 금문의 체면이 말이 아니지 않소? 또한 묵철가가 금문의 반대편에 섰을 때 일어날 일을 미리 가르쳐주는 것이 그들을 품으려는 사람의 도리 아니겠소?"

석요송이 한줄기 웃음마저 흘린다. 그런 석요송을 보며 후우노가 살짝 몸을 떤다. 이 진중하고 무거운 젊은 금문 고수의 내면에 이토록 차가운 살기가 숨어 있었다는 것이 그에게는 적지 않은 충격인 모양이었다.

"그의 천막을 가르쳐주실 수 있소?"

그러자 후우노가 가볍게 한 숨을 내쉬더니 입을 열었다.

"정 그리하시겠다면… 따라오시오."

후우노가 어두운 숲을 향해 몸을 날렸다. 석요송과 금불현이 재빨리 그 뒤를 따랐다. 그들이 떠난 자리에 미처 끄지 못한 푸른 모닥불이 서서히 사그라지고 있었다.

십여 채의 검은색 천막이 둥글게 원을 그리며 서 있다. 다섯 개의 모닥불이 천막과 천막 사이에서 피어오르고 있었다. 하나의 모닥불에 한 사람씩 다섯 명이 불을 지키며 번을 서고 있었다.

멀리 숲 너머로 펼쳐진 초원에선 몇 마리의 야생 야크와 사슴들이 아직 잘 곳을 찾지 못해 달빛 아래 어슬렁거리고 있었다. 평화로운 전경이다.

훌쩍!

석요송이 가볍게 몸을 날렸다. 그러자 거대한 나무가 석요송을 품에 안았다. 뒤이어 금불현 역시 석요송의 곁으로 다가섰다. 잠시 후 어둠 속에서 몸을 날려 두 사람을 따라온 후우노가 말했다.

"정녕 들어가시려 하시오?"

걱정스런 목소리다.

"묵철가의 소가주는 어디에 있소?"

석요송이 두말할 것 없다는 듯 물었다. 그러자 후우노가 어쩔 수 없다는 듯 손을 들어 한 채의 커다란 천막으로부터 십여 장 떨어진 곳에 세워진 다른 천막을 가리켰다.

"큰 천막은 묵철가의 가주 철우문이 머무는 곳이고 그 옆으로 십여 장 우측에 세워진 것이 소가주 철잠의 천막이오."

"그는 어떤 사람입니까?"

이번에는 금불현이 물었다.

"그에 대해 모르시오?"

오히려 이상하다는 듯 후우노가 물었다. 그러자 금불현이 고개를 저으며 대답했다.

"물론 강호에 떠도는 그에 대한 소문은 알고 있지요. 묵철가의 청랑검을 십이성 대성하였다는 것과 현문주인 철우문을 능가하는 호기의 소유자라는 것 정도는 알고 있습니다. 제가 궁금한 것은 곁에서 그를 지켜본 후 노사의 평가지요."

사람이란 겪어보지 않으면 모르는 법이다. 묵철가의 소가주 철잠 역시 마찬가지다. 강호의 평가와 후우노의 평가가 같을 수는 없다. 그러자 후우노가 잠시 생각에 잠겼다가 입을 열었다.

"대체로 무공에 대한 그의 소문은 사실이오. 그러나 그의 성정은 사실 소문과는 조금 다르오."

"어떻게 다르지요?"

"그는 사실 강호에 알려진 것보다 훨씬 진중한 사람이오. 어느 때 보면 묵철가의 사람 같지 않을 때가 있을 정도요. 생각이 깊고 신중하오. 그래서 우리 비후동에서도 그를 상대할 때는 여간 조심한 것이 아니었소. 그래서 말인데… 만약 목표를 그로 정했다면 생각을 달리하는 것이 어떻겠소?"

석요송에게 하는 말이다. 그러자 석요송이 나직하게 대답했다.

"그가 아니라면 묵철가의 가주에게 직접 경고할 수 없지 않겠소이까?"

"그, 그렇긴 하지만……."

기실 후우노는 철잠이 아니라 그 아랫사람에게 경고를 남기라고 한 말이었는데 석요송은 철잠이 아니면 묵철가주를 상대하겠다니 후우노로서도 더 이상 만류할 말이 없었다.

"이곳에서 기다려."

석요송이 금불현에게 말했다.

"혼자 가시려고요?"

"그게 좋겠어."

"그래도……."

"방해가 된다."

"쳇, 알았습니다."

금불현이 기분이 상한 표정으로 대답했다. 그러자 석요송이 다시 입을 열었다.

"주변에 이상이 생기면 신호를 줘. 그게 중요해."

"알았어요. 조심해서 다녀오세요."

금불현이 이번에는 정색을 한 표정으로 대답했다. 그런 금불현에게 눈길을 한 번 준 석요송의 나뭇가지에 거꾸로 매달리는가 싶더니 한순간 고목을 벗어나 묵철가의 숙영지를 향해 다가가기 시작했다.

"정말 괜찮겠소?"

후우노가 걱정스럽게 금불현에게 물었다. 그러자 금불현이 대답했다.

"이미 형님의 무공을 보셨지 않습니까?"

"그렇긴 하지만……."

"걱정 마십시오. 후 노사께서 보신 건 형님의 진실한 실력의 절반에도 미치지 않으니까요."

"그게 정말이오?"

후우노가 놀란 표정으로 물었다. 혼태를 상대할 때의 석요송은 그가 보았던 강호의 어떤 고수보다도 강한 사람이었다. 그런데 그게 석요송의 본 모습이 아니라니 후우노로서는 놀라지 않을 수 없었다.

"홀로 흑사풍을 상대한 형님이지요."

"음……."

후우노가 나직한 침음성을 흘렸다. 물론 석요송에 대한 이야기는 제법 알고 있었다. 그가 흑사풍을 상대로 혈사신보를 취했다는 소문 역시 들어 알고 있었다. 그러나 그것은 어디까지 소문일 뿐, 천하의 그 누가 흑사풍을 홀로 상대할 수 있단 말인가.

강호의 소문이란 항시 서너 배는 부풀려지는 법이므로 석요송의 소문 역시 그러리라 짐작하고 있던 후우노였다. 그런데 그게 사실이라면 정말 놀라운 일이 아닐 수 없었다. 그렇다고 그동안 보아온 금불현이 거짓을 말할 사람은 아니었다.

"정말 그가 홀로 흑사풍을 상대했소?"

"그랬지요. 오직 길잡이 한 명을 데리고 흑사풍의 천라지망을 뚫고 삼십육진을 고립에서 벗어나게 했지요."

"부풀려진 이야기라고 생각했는데……."

"지금은 그때보다도 더 강해졌을 겁니다."

"어떻게 그 나이에……?"

후우노가 믿을 수 없다는 듯 물었다.

"인검이지 않습니까? 도주께서 키우신. 인검이 정식으로 인정된 것도 금문 역사상 처음이고… 그럴 자격이 있어요, 형님은."

금불현이 마치 자기 일이나 되는 듯 뿌듯하게 말했다.

숲이 있어 숙영지가 아늑하다. 그러나 대신 그 숲 때문에 외인이 은밀히 접근하기도 수월했다.

석요송이 자신의 몸통만 한 기둥을 가진 나무 뒤에 잠시 멈춰서서 묵철가의 숙영지를 살폈다. 모닥불을 지키는 무사들의 표정이 엄정하다. 묵철가가 왜 북천십이문에서도 강자로 통하는지 알 수 있는 모습들이다.

'저들은 혈사신보의 권위도 두려워하지 않는다고 했던가.'

석요송이 경계를 서는 무사들의 모습을 보며 내심 묵철가의 저력에 감탄했다. 그러나 지금은 그들의 강인함에 감탄만 하고 있을 때가 아니었다.

석요송이 자세를 낮췄다. 그러고는 묵철가의 숙영지를 빙 돌아서 묵철가주 철우문의 천막 옆으로 이동했다. 모닥불의 불빛이 닿지 않는 곳, 그러나 하늘에서 뿌려대는 달빛을 피할 수는 없다. 석요송이 다시 나무 그늘 아래로 들어갔다.

그러고는 날짐승처럼 나무를 타고 오르기 시작했다. 석요송의 몸이 순식간에 무성한 나뭇가지들을 헤치고 위태롭게 자라 있는 커다란 나무의 꼭대기에 이르렀다. 그러고는 천천히 나무를 좌우로 흔들기 시작했다.

"도대체 뭘 하는 것이오?"

어둠 속에서 후우노가 걱정스런 눈빛으로 흔들리는 나무를 보며 입을 열었다. 석요송의 움직임을 금불현과 후우노는 놓치지 않고 있었다. 그래서 석요송이 묵철가의 진영 가까이에 이르러 나무 위로 올라 나무를 흔드는 것 또한 또렷이 보고 있었다.

"글쎄요."

금불현도 석요송의 의도를 알 수 없었다.

"저러다가 들키기라도 하면……."

사위는 바람 한 점 없이 고요했다. 그런데 갑자기 나무가 흔들린다면 누구라도 의심하지 않을 수 없다.

"나무 밑둥은 움직이지 않으니 묵철가의 무사들이 형님을 발견할 수는 없을 겁니다."

"그래서 도대체 왜 저런 위험한… 엇!"

한순간 후우노가 놀란 음성을 흘렸다. 석요송의 움직임보다 그의 목소리가 오히려 묵철가 고수들의 이목을 끌 것을 걱정해야 할 만큼 컸다. 그러나 금불현은 후우노를 탓할 수 없었다. 그녀 역시 후우노만큼이나 놀랐기 때문이다.

석요송의 몸이 흔들리는 나무의 탄력을 이용해 허공을 날았다. 그러고는 순식간에 십여 장을 넘게 날아가 밤새처럼 고요히 묵철가의 소가주 철잠의 막사 뒤로 떨어졌다. 주변을 경계하던 자들은 하늘에서 떨어져 내리는 석요송을 누구도 발견하지 못했다. 석요송이 나무에 오른 이유는 바로 이렇게 한 마리 은밀한 밤새가 되기 위해서였던 것이다.

第五章 철잠

　사내가 고개를 돌렸다. 밤새 소리일까. 천막 위쪽이 살짝 흔들린 것을 놓치지 않은 사내다. 그러나 사내는 금세 다시 호롱불 그림자 어른거리는 서책으로 시선을 돌렸다.

　천록야의 천제를 위해 모여든 고수의 모습으로는 어울리지 않는 모습이다. 검은 천막 속의 사내는 작은 서탁을 놓고 서책을 읽고 있었다. 천제에 모인 자들은 모두 무가의 사람들, 무가의 사람이라 하여 서책을 가까이하지 말란 법은 없지만 그래도 천제를 위해 모여든 천록야의 밤을 서책과 함께 보내는 무인은 그리 흔치 않을 터였다.

　한 번 주의가 흐트러졌던 사내는 금세 다시 서책 속으로 빠져들었다. 그런 모습을 보건대 사내가 글을 좋아하는 것은 분명해 보였다. 두툼한 손이 책장을 넘긴다. 역시 책을 읽는 자로서는 어울리지 않은 손이다. 마디가 굵고 굳은살이 박여 있는 손은 영락없이 무인의 손이다.

"흐음……."

사내는 제법 서책에 맛을 들였는지 가끔 고개를 끄덕이기도 하고 혹은 손을 들어 서책의 한 부분을 짚기도 했다.

그러나 또한 그가 무가의 자손임을 증명하는 모습도 있었다. 서책을 읽는 그의 옆에 한 자루 장도가 놓여 있었다. 장도는 초원에서는 흔히 볼 수 없는 것이었는데 그가 일반적인 초원의 무사와는 달리 특별한 도법을 수련했음을 말해주고 있었다.

장도 곁에는 또 철궁이 있었고, 작은 손도끼도 자리를 함께하고 있었다. 그의 곁에 있는 병기를 모두 걸친다면 그는 순식간에 천하에서 가장 용맹한 무사로 변신할 터였다.

그런 그를 향해 불현듯 한 자루 검이 다가왔다. 사내는 검이 그의 일장 안쪽까지 접근할 때도 여전히 서책을 보고 있었다. 그러다 검의 일 장 안에서 더욱 속도를 내자 번개처럼 도를 집어 들고는 훌쩍 호롱불을 뛰어 넘어 제비를 한 번 도는 것으로 검을 피해냈다.

팟!

검이 그가 있던 자리를 매섭게 갈랐다. 사내가 남긴 옷자락이 불청객의 검에 잘려나갔다. 위기일발의 상황이었지만 사내는 침착하기 그지없다.

"누구냐?"

사내가 도를 들어 사내를 겨누며 나직하게 물었다. 아마 천막 밖에 사람이 있어도 그의 말소리를 듣지는 못했을 터였다. 그런데 더 기이한 것은 그를 급습한 자의 태도였다. 불청객은 자신의 공격이 무위로 돌아갔음에도 전혀 당황하거나 두려움없이, 마치 친구의 거처를 찾은 사람처럼 여유있게 대답했다.

"금문에서 나왔소."

석요송이다.

"금문… 인내심이 없군."

사내가 중얼거렸다.

"이렇게 훌륭한 분이 묵철가에 계신 줄 알았다면 좀 더 서둘렀을 것이오."

석요송이 오히려 늦었다는 듯 말했다. 그러자 사내가 눈을 가늘게 뜨며 석요송을 살피더니 다시 물었다.

"금문에서 인검이 왔다고 하던데 그대가 바로 그 사람인가?"

석요송의 나이 어림을 알아챘기 때문일까. 사내의 말투가 한결 편안해졌다.

"그렇소."

석요송이 담담하게 대답했다.

"홀로 묵철가를 굴복시키러 왔는가? 아무리 금문의 인검이 무섭다고 해도 홀로 묵철가를 상대할 수는 없다. 이를 모른다면… 강호에서 목숨을 부지하고 살 자격이 없는 거지."

"묵철가를 굴복시키려고 온 것은 아니오."

"하면… 진정 날 암습해 죽이는 것이 목적이었나?"

"그도 아니오."

석요송이 고개를 저었다.

"그럼 날 찾아온 이유가 뭔가?"

"경고를 하러 왔소."

석요송이 대답했다.

"경고?"

"그렇소. 묵철가가 행보를 정하는 데 도움이 될 수 있도록 하나의 경고를 남기고 가야겠소."

"무슨 경고를 하겠는가?"

"내 경고는 말이 아니라 검이오."

석요송이 검을 들어 사내를 가리켰다. 그러자 사내가 볼을 씰룩였다. 이럴 때는 자존심 강한 강호 무사의 풍모가 그대로 드러나는 사내다.

"가능하겠나?"

사내가 물었다.

"아마도 그럴 거요."

"늦으면 곤란해. 수하들이 몰려올 거야."

"그 안에 끝내겠소."

대답이 채 끝나기도 전에 석요송의 검이 움직였다. 그의 검에서 가느다란 선이 흘러나와 사내를 향해 그어졌다. 그러자 사내가 대경하며 몸을 옆으로 뉘였다.

팟!

석요송의 검에서 뻗어나간 빛줄기가 사내의 옷깃을 스치고 지나는가 싶더니 기이하게 휘어져 사내의 허리를 감았다.

"웃!"

생물처럼 움직이는 석요송의 검초에 놀란 사내가 헛바람을 흘려냈다. 그런 사내를 향해 석요송이 재차 몸을 날렸다. 사내의 장도가 허공을 갈랐다. 날아드는 석요송의 몸이 반으로 갈리는 듯했다.

그러나 그 순간 다시 석요송이 검을 비틀자 사내의 장도가 석요송의 검기에 휘말려 방향을 잃고 애꿎은 바닥을 갈랐다.

퍽!

사내의 도에 땅이 파이는 소리가 일어났다. 순간 사내가 본능적으로 뒤로 몸을 날렸다. 그런 사내를 향해 석요송이 왼손을 쫙 폈다.

촤륵!

석요송의 손에서 다섯 줄기의 진기가 거미줄처럼 흘러나와 사내의 전신을 휘어 감았다.

"잇!"

사내가 벼락처럼 도를 휘두른다. 그러자 석요송의 지력이 이리저리 끊어졌다. 석요송의 공격도 사내의 방어도 놀랄 만큼 정묘하고 강렬하다. 그러나 사내가 석요송의 유뢰지를 막아내는 사이 그의 몸에 큰 허점이 드러났다. 석요송의 검이 그 허점을 갈랐다.

삭!

미세하면서도 소름끼치는 파열음이 일어났다. 사내의 옆구리가 길게 베어졌다. 검은 무복을 뚫고 피가 솟구쳤다. 그러자 석요송이 빙글 신형을 돌리며 검을 횡으로 휘둘렀다. 사내가 급히 도를 들어 올렸으나 석요송의 검에 밀려 그의 목 앞까지 석요송의 검이 다가섰다.

쩡!

뒤늦게 도검의 충돌음이 천막을 뚫고 사방으로 퍼져나갔다. 그러자 천막 밖에 소란스러워지더니 이내 밖에서 사람의 목소리가 들렸다.

"소가주님! 무슨 일이 있으신지요."

그러자 사내가 잠시 망설이듯 하다 대답했다.

"별일 아니다. 병기들을 손질하다 소리가 난 것이니 물러가라."

"알겠습니다. 그럼 편히 쉬십시오."

천막 밖에서 몰려왔던 사람들이 사라지는 기척이 느껴지고 나서야 석요송이 검을 거둬들였다.

"음……."

사내가 나직한 신음성을 흘리며 검상을 입은 오른쪽 옆구리를 감쌌다. 그러면서도 침착하게 석요송에게 질문을 던지는 사내.

"놀랍군. 정말 놀라워. 강호에 날 이렇게 궁지로 몰아넣을 사람이 있을 것이라고는 생각지 못했는데……."

"나도 묵철가 소가주의 무공이 이 정도일 줄은 몰랐소. 믿을지 모르겠지만 난 오늘 정말 최선을 다해 소가주를 상대했소."

"고마워해야 하는 건가?"

"그건 소가주의 마음이니 내가 상관할 바가 아니오. 단지 난 오늘 금문의 경고를 전한 것을 족하오. 하나 더 충고하자면 본문의 태상장로께서는 나와 같이 상대의 사정을 보아주는 분이 아니오. 그분을 적으로 돌린다면 묵철가는 멸문을 면치 못할 것이오. 그렇다고 은올기의 도움을 받는다면, 묵철가는 아주 오랫

동안 아니 문파가 존재하는 내내 은올기의 노예로 살아가야 할 거요. 은올기 역시 나보다는 수 배 독한 사람이니……."

"그를 보았나?"

"은올기 말이오?"

석요송이 되묻자 사내가 고개를 끄덕인다. 그러면서 서슴없이 도를 거둬 도갑에 꽂는 사내다. 적을 앞에 두고 하는 행동이 보통의 배포가 아니다.

찍!

사내가 옷을 찢어 상처를 살폈다. 그런 사내를 보며 석요송이 말했다.

"한 번 보았소."

"어떤 자인가?"

"효웅!"

석요송이 짧게 대답했다. 그러자 사내가 다시 물었다.

"그렇다면 금문의 새로운 태상장로는 어떤 사람인가?"

"패웅!"

역시 짧은 석요송의 대답이다. 그러나 사내는 들을 말을 다 들었다는 표정으로 고개를 끄덕이며 말했다.

"효웅과 패웅이라… 천하를 얻는 데는 효웅이 나을 수도 있지. 그러나 만약의 경우 패웅의 곁에 뛰어난 모사가 있다면 이야기는 달라지는데… 그대가 금문 태상장로의 모사이기도 한가?"

사내의 질문에 석요송의 고개를 저었다.

"아니오. 태상장로 곁에서 머리를 쓰는 사람은 따로 있소. 그야말로 태상장로님의 장자방이라 할 수 있소."

"그가 누구인가?"

"그에 대해 알려고 한다면 태상장로님을 만나면 되오."

지낭 단중자의 존재야 굳이 숨길 일이 아니다. 금문의 사람이라면 누구나 알고 있는 단중자다. 그럼에도 불구하고 석요송이 그에 대해 언급하지 않은 것은 사내의 반응을 보고 싶었기 때문이었다. 그가 금령을 만나겠다고 한다면 그의 마음속에 금문에 대한 호의가 생겼다고 판단해도 될 터였다.

사내가 아무런 대답 없이 침상에 걸터앉았다. 그러고는 묵묵히 상처를 치료하기 시작했다. 스스로 검상을 치료하는 손길이 능숙하다. 그러면서 사내가 입을 열었다.

"내가 누군지 알고 왔소?"

다시 사내의 말투가 변했다. 석요송에 대한 존중의 빛이 드러났다.

"묵철가의 소가주가 아니시오?"

"역시 알고 있군. 그러리라 생각했지. 그런데 왜 아버님이 아니라 나요?"

묵철가의 소가주 철잠이 물었다. 그러자 석요송이 덤덤히 대답했다.

"가주님을 공격했다면 그건 경고가 아니라 적임을 선언하는 것일 것이오."

"흐음… 그렇지. 아버님이 공격을 당했다면 나처럼 이렇게 암습자와 대화를 나누고 있지는 않았을 것이오. 후우… 금문에 그대와 같은 사람이 몇이나 있소."

"……?"

"인검은 그대 하나요?"

철잠이 다시 물었다. 그러자 석요송이 고개를 끄덕였다.

"다행이군. 그대와 같은 사람 둘이 있었다면 나 같은 사람은 금문에서 제대로 쓰이지 못했을 텐데……."

순간 석요송의 눈빛이 번쩍였다.

"금문과 손을 잡겠소?"

그러자 철잠이 빙그레 미소를 지었다.

"두고 봅시다. 내가 원한다고 되는 일이 아니오. 아버님의 결정에 따를 일이지. 그러나 최소한 난 그대의 적이 되고 싶지는 않소."

철잠의 대답에 석요송이 고개를 끄덕이며 말했다.

"가이공이란 사람에게 한 말이 있었소."

"음… 형제의 가문과 군신의 가문 말이오?"

"그렇소. 부디 실기를 하지 않길 바라오."

"내일 당장 아버님을 만나리다. 그리고 그 결과는 비후동에 전하겠소."

철잠의 대답에 석요송이 고개를 끄덕였다. 그리고는 가볍게 포권을 했다.

"이만 물러가겠소. 보중하시오."

"마중은 하지 않으리다. 잘 가시오."

철잠이 고개를 끄덕였다. 그러자 석요송의 신형이 그 자리에서 홀연히 사라졌다.

"어찌 되었어요? 잠시 소란이 일어 걱정했어요."

돌아온 석요송을 보고 금불현이 물었다. 그러면서도 그녀의 눈은 석요송의 몸에 상처라도 없는 지를 살피고 있었다.

"하루 더 머물러야겠어."

"왜요?"

"그가 자신의 아버지를 설득해보겠다고 하더군."

"철잠이 그랬소?"

듣고 있던 후우노가 놀란 표정으로 물었다.

"그랬소."

석요송이 대답했다.

"놀랄 일이군. 그가 그런 말을 하다니. 그는 본래 외골수라서 타인을 쉽게 받아들이는 사람이 아닌데… 그와 겨루셨소?"

"그는 가볍지 않은 부상을 입었소."

석요송이 대답했다. 그러자 후우노가 잠시 생각에 잠겼다가 말했다.

"그는 아마도 인검께 반한 모양이오."

"그게 무슨 소리예요? 그가 여자라도 된다는 말인가요?"

금불현이 의아한 표정으로 물었다.

"그게 아니라 그는 무척 자존심이 강한 사람이오. 도도하고, 독선적이어서 묵철가 내에서도 그를 쉽게 대하는 사람이 없소. 타고난 성품이 그렇소. 한 무리의 우두머리로는 나쁜 성격이 아니지. 어쨌든, 그래서 그는 친구가 드물다오. 누군가 그와 친분을 맺고 싶다고 해도 그가 만족할 만한 사람이 아니면 그는 절대 타인을 친구로 받아들이지 않소. 그런 그가 검상을 입고도 금문과의 화의를 묵철가주에게 주선하겠다고 했다면 그는 필시 인검께 반한 것이오. 사내로서 말이오. 아니면 무인으로서든지……."

"그런 건가요? 아무튼 결과는 좋은 거지요?"

금불현이 다시 물었다. 그러자 후우노가 크게 고개를 끄덕였다.

"그렇소이다. 이는 생각보다 훨씬 좋은 성과요. 묵철가주는 늙었소. 현재 묵철가의 대소사는 대부분 철잠 소가주에 의해 결정되고 있소. 그가 금문과의 화의를 생각했다면 반드시 그리될 것이오."

"횡재네요."

금불현이 석요송을 보며 말했다. 그러자 석요송이 고개를 저었다.

"아직은 속단하기 이르다. 노쇠했다고는 해도 묵철가의 가주는 철우문이지. 그가 어떤 결정을 할지 기다려보자."

"돌아갑시다."

후우노가 석요송을 보며 말하자 석요송이 고개를 끄덕였다. 후우노가 먼저 신형을 날렸다.

하루가 지나고 비후동의 진영에 모습을 드러낸 것은 다시 가이공이었다. 그는 먼저 비후동주 극함렬을 만난 후 따로 석요송을 만나기를 청했다. 석요송은 비후동의 숙영지에서 제법 떨어진 자신의 천막에서 가이공과 대면했다.

"지나친 일을 하셨더구려."

석요송을 만난 가이공이 차가운 어조로 말했다. 아마도 철잠을 벤 것을 두고 하는 말일 터였다.

"그대가 약속을 지켰더라면 내가 찾아갈 일은 없었을 것이오. 본래 금문은 타인의 조롱을 견디지 못하오."

"조롱이라니 말이 지나치시구려."

"어찌 조롱이 아니겠소? 약속한 장소에 겨우 전령 따위를 보내 본문의 물음에 답을 전했으니 이게 조롱이 아니면 뭐란 말이오?"

"그것은… 본 가의 실수임을 인정하오. 그러나 그렇다고 소가주께 그런 부상을 입힌 것은…….."

"만약 내가 가지 않았다면 태상장로께서 금문의 고수들을 이끌고 가셨을 것이오. 그랬다면 결코 묵철가 소가주의 부상 정도로 일이 끝나지는 않았을 것이오. 자, 그 말은 그만하고 이제 묵철가의 대답을 들읍시다. 가주의 선택은 무엇이오?"

석요송이 물었다. 그러자 가이공이 고개를 저으며 말했다.

"금문의 사람들은 무척 노련하다고 하던데 인검께서는 무척 호방하시구려. 알겠소이다. 가주님의 말씀을 전하겠소. 가주께서는 소가주님을 보내 금문의 태상장로께 인사를 시키도록 하겠다 하셨소."

가이공의 말에 석요송이 고개를 끄덕인다.

"고마운 말씀이시오."

석요송이 가볍게 고개를 숙여 보였다. 그러자 가이공이 재차 말했다.

"해서 가주께서는 이번 참에 인검께서 직접 소가주님을 안내해 금문의 태상장로님을 뵙는 것이 어떠한가를 물으라 하셨소이다."

"서두르는 이유라도 있소이까?"

석요송이 물었다. 그러자 가이공이 잠시 망설이는 듯하다가 입을 열었다.

"사실은 이틀 전 은올기의 사람이 왔었소이다."

"역시 그랬구려."

석요송등이 짐작한 대로였다. 가이공이 약속 장소에 나오지 않은 이유는 아마도 은올기가 뿌리치기 힘든 제안을 묵철가에 했기 때문일 터였다.

"오해는 마시오. 가주께서 은올기와 금문을 놓고 흥정을 하자는 것은 아니오. 단지 가주께서는 금문의 태상장로께 좀 더 확실한 대답을 듣고 싶으신 거요."

"이해하오. 어찌 내 한마디 말로 두 문파의 화의를 결정지을 수 있겠소."

"기분이 상하셨다면 용서하시오."

"아니오. 일이란 것은 언제나 확실히 하는 것이 좋지. 좋소, 이번에 내가 묵철가의 소가주님을 모시겠소."

"고맙소이다. 그럼 오늘 밤 소가주님을 모시고 오겠소. 은올기의 눈이 있으니 조심하지 않을 수 없소이다."

"그리하시오."

석요송이 고개를 끄덕였다.

석요송과 금불현은 서둘러 떠날 준비를 했다. 준비라야 대단할 것은 없었다. 그들이 묵었던 천막을 걷고, 몇 개의 물건을 꾸려 등에 메는 것이 전부였다.

천막을 걷은 두 사람은 비후동의 숙영지에서 묵철가의 소가주 철잠을 기다렸다. 철잠은 달이 뜨고 나서 왔는데, 철잠이 비후동의 진영에 도착하지 석요송과 금불현은 철잠과 가이공을 데리고 즉시 천록야를 벗어나기 시작했다.

*　　　*　　　*

금령이 작은 설산에 올라 턱을 괴고 생각에 잠겨 있었다. 그의 뒤에는 언제나처럼 지낭 단중자와 호원단주 범교가 시립해 있었다. 금령의 침묵은 무척 오래되었지만 지낭 단중자는 금령의 사색을 방해하지 않았다.

결국 긴 침묵을 깬 사람은 침묵을 시작했던 금령이었다.

"그러니까 묵철가의 소가주가 나를 보러 온다는 거지?"

이미 여러 번 확인한 사실이다. 그럼에도 금령이 다시 그 일을 물었다.

"그렇습니다."

지낭 단중자가 대답했다. 그의 표정이 자못 심각하다.

"참으로 대단하지 않소?"

금령이 단중자를 보며 물었다. 그러자 단중자가 고개를 끄덕였다.

"그러게 말입니다. 제가 생각했던 것 이상입니다."

"그래… 정말 그렇지. 그래서 그를 믿지 않을 수 없는데, 그래서 또한 그대는 그를 믿지 말라고 하는군."

금령이 알 수 없는 말을 흘렸다.

"그가 이곳에서 한 일을 보십시오. 그는 은올기의 세 제자를
죽였고, 빙궁의 소궁주를 구해 빙궁의 마음을 얻었으며, 비후동
을 신실한 그의 친구로 만들었습니다. 거기에 이제… 묵철가의
소가주를 데려오고 있습니다. 그 세 곳, 빙궁과 비후동 그리고
묵철가를 얻음으로써 천제에서 태상장로께서 북방무림의 주인
이 되시는 일은 칠 할 이상 가능해졌습니다. 이는 귈 장로께서
이끄는 이군 일백 고수가 온다 해도 성공을 장담할 수 없는 일
을 해낸 것이지요."

"그래서 그를 믿을 수 없다? 능력이 너무 뛰어나서?"

"그를 믿지 못하는 것이 아니라 사람의 마음을 믿지 못하는
것입니다. 이번에 그가 끌어들인 비후동과 빙궁, 그리고 묵철가
는 그의 말 한마디만 있으면 언제든 그의 세력이 될 수 있을 것
입니다. 이 세 문파가 금문과 손을 잡은 것은 결국 인검 때문이
었으니까 말입니다. 아마 개중에는 인검을 마음으로 따르는 사
람이 있을 수도 있습니다. 빙궁의 소궁주처럼 말이지요."

그러자 금령이 나직하게 한숨을 쉬고는 다시 침묵을 지켰다.
침묵이 길어지고 있을 때 문득 멀리서 한 떼의 사람이 모습을
드러냈다. 눈 위에 길게 발자국을 남기며 다가오고 있는 사람들
은 석요송과 그를 따라온 묵철가의 소가주 철잠 일행이었다.

"오고 있습니다."

입을 연 사람은 범교다. 그러자 금령이 눈을 들어 석요송을
바라보며 말했다.

"인검에 대한 일은 당장 결론을 낼 일이 아니오. 일단 이번 천록야의 일을 매듭지은 이후에 이야기해 봅시다."

"하지만 그때가 되면 늦을 수도 있습니다."

"그 또한 운명이겠지."

금령이 귀찮다는 듯 짧게 대답하자 단중자가 더 이상 입을 열지 않았다.

석요송은 눈 덮인 산등성이에서 자신을 기다리고 있는 금령을 바라보고 있었다.

"이럴 때 보면 또 소도주께서는 형님을 무척 존중하시는 것 같아요."

곁을 따르던 금불현이 말했다.

"무슨 말이냐?"

"소도주께서 누군가를 이렇게 친히 마중을 나올 사람인가요? 아마 형님이 아니셨다면 절대 마중을 나오지 않았을 거예요."

"날 마중하는 것이 아니라 묵철가의 소가주를 마중하는 것이다."

"과연 그럴까요?"

"무슨 말이 하고 싶은 거냐?"

석요송이 금불현의 돌아보며 물었다. 그러자 금불현이 침중한 어조로 대답했다.

"위험하단 말을 하고 싶은 거예요."

"위험하다? 역시 그리 생각하는 거냐?"

"이유를 불문하고 이건 본능의 문제예요. 한 산에 두 호랑이가 있을 수 없어요."

금불현이 말하자 석요송이 고개를 끄덕였다.

"어찌하면 좋겠느냐?"

"제일 좋은 방법은 결국 소도주로부터 멀리 떨어지는 것이지요. 곁에 있으면 지난번 비후동의 일처럼 계속해서 생사지경이 걸린 일에 내몰릴 거예요. 그것이 꼭 소도주가 아니더라도 소도주 곁에 있는 사람들은 끊임없이 형님을 견제할 겁니다."

"그렇겠지."

"칼바람은 피하는 것이 상책이죠. 맞서 싸우는 것이 호기롭게 보일 수도 있지만 그건 미련한 짓이에요. 형님께 천하대망이 있다면 모를까."

"그러나 인검이 어찌 주인의 곁을 벗어날까. 허락지 않을 게다."

"말씀을 드려보세요."

"어디로 가지?"

"장성을 넘는 것은 어때요?"

"장성을 넘어?"

석요송이 의외라는 듯 물었다.

"한 번도 가보지 못하셨죠?"

"그렇긴 하지."

"위험하긴 하지만 그래도 장성을 넘겠다면 허락하실 거예요."

"어째서지?"

"그곳에는 은올기의 세력이 있으니까요. 이 천록야에서 은올기가 죽지 않는다면 결국 그가 돌아갈 곳은 연경이에요. 연경으로 가야 은올기를 끝장낼 수 있지요. 더불어 그 근처에는 금천명과 금자명도 있을 가능성이 많아요. 그러니… 가시겠다면 아니 보내지는 않을 거예요."

"그렇군. 그곳이라면… 하지만 그 싸움에서 이길 수 있을까?"

"뭐, 이기든 지든 시간은 벌겠죠."

"생각해 보자."

석요송이 대답했다.

"정말요?"

"왜 놀라지?"

"전 형님이 거절하실 줄 알았어요."

"왜?"

"형님은… 형님은 사실 소도주님을 아끼시잖아요."

"내가 그래 보여?"

석요송이 되물었다. 그러자 금불현이 눈살을 찌푸리며 말했다.

"아닌 것 같아도, 또 누군가에는 그게 보여요. 아닌가요?"

그러자 석요송이 먼 산을 보며 말했다.

"나도 모르겠다."

석요송의 대답에 금불현이 씁쓸한 미소를 지으며 말했다.

"부디 소도주께서도 형님을, 형님이 소도주님을 아끼는 만큼 아끼길 바라요. 그래야… 모두가 평화롭죠."

"난 소도주와 내 인연이 하루 빨리 끝나기를 바랄 뿐이다."

"정말요?"

"그래."

그러자 금불현이 다시 한 번 석요송을 보고는 여전히 쓸쓸한 표정으로 말했다.

"안 좋은 말 한마디 더 하자면, 비록 그리 바라신다 해도 제가 보기에 두 분 인연이 그리 쉽게 끝날 것 같지는 않아요."

"정말 좋지 않은 말이구나. 그럼 모두가 불행해 질 수도 있으니까."

"그러게요. 그러니 조심하세요."

어느새 두 사람이 금령의 이십여 장 앞까지 당도했다. 금령이 천천히 걸음을 옮겨 일행에게로 다가왔다. 금령을 보자 석요송이 가볍게 포권을 해 보였다. 그러자 금령이 고개를 한 번 끄덕인다.

"묵철가의 소가주십니다. 금문의 태상장로시오."

석요송이 금령과 철잠을 서로에게 소개했다. 금령은 언제나처럼 은가면으로 얼굴 반을 가리고 있었는데 그 모습을 신기하게 바라보던 철잠이 석요송의 소개에 금령을 향해 정중하게 포권을 한다.

"태상장로를 뵙습니다."

정중하기 이를 데 없는 태도다. 역시 보기와 달리 심기가 깊은 철잠이다.

"대막의 영웅을 만나게 되어 영광입니다."

금령 역시 다른 사람을 대할 때와는 달리 정중히 철잠을 맞았다. 그러자 곁에 있던 단중자가 입을 열었다.

"자리를 옮기시지요."

"그럽시다."

금령이 고개를 끄덕이자 단중자의 안내로 일행은 야산을 내려가기 시작했다.

한 채의 화려한 천막이 산과 산 사이 눈 덮인 계곡에 서 있다. 금령은 철잠을 금문의 안가까지 데려가지는 않았다. 그래서 천막이 서 있는 곳은 석요송에게나 금불현에게나 낯선 곳이다. 아마도 금령은 철잠에게 금문의 안가를 보여줄 생각은 없는 모양이었다. 그곳에서 석요송은 눈에 익은 사람을 만났다.

"정말 철 대협을 데려오셨군요."

설궁이 놀란 표정으로 말했다. 그녀는 묵철가와 같은 북방무림의 사람이라 철잠에 대해 제법 많을 것을 알고 있었다. 또한 그와 안면이 적지 않았다.

"설 매를 이곳에서 보는군."

철잠이 훈훈한 미소를 지으며 설궁에게 말을 건넸다.

"철 대협께서 오실 줄은 몰랐어요. 말을 듣고도 믿기 어려웠죠. 그런데 정말 오시다니……."

"아니 올 수가 없더군. 빙궁이 금문과 손을 잡았는데 우리 묵철가만 홀로 버틸 수가 있나. 이쪽 아니면 저쪽인데 그래도 빙궁을 적으로 돌릴 수는 없었지. 흑사풍이야 애초부터 부랑배들이고……."

철잠이 짐짓 호기를 부렸다.

"어쨌든 잘 선택하셨어요. 저도… 철 대협과 적이 되는 것은 원치 않았으니까요."

"하하하, 그거 고맙군."

다시 철잠이 호탕한 웃음을 터뜨렸다.

"두 분 모두 안으로 드시지요."

지낭 단중자가 설궁과 철잠에게 천막 안으로 들기를 권했다. 그러자 철잠이 고개를 끄덕이다 문득 석요송을 보며 물었다.

"인검께서는……."

"여기까지가 내 일이오. 난 좀 쉬어야겠소."

석요송의 대답에 철잠의 표정이 살짝 변했다. 그의 얼굴에 의혹이 떠올랐다. 그러나 그도 잠시 고개를 한번 끄덕인 철잠이 대답했다.

"그렇구려. 먼 길 절 데려오시느라 피곤하실 터이니 쉬셔야지요. 잠시 후 다시 뵙지요."

철잠이 살짝 고개를 숙여 보인 후 단중자가 안내하는 대로 천막으로 들어갔다. 설궁 역시 석요송에게 가벼운 미소를 보이고는 철잠의 뒤를 따랐다.

"이거야 원……."

금불현이 투덜거렸다.

"또 왜?"

"매번 이런 식이잖아요. 중요한 자리에서 언제부터인가 형님을 배제하기 시작했다고요. 그걸 주도하는 사람은 항상 지낭 단중자인 것 같아요."

"나야 고마울 뿐이지."

"휴… 알았어요. 어디 가서 술이나 한잔해요."

"그럴까?"

석요송이 고개를 끄덕이고는 금령을 수행해 온 금문의 무사들이 모여 있는 곳으로 걸음을 옮겼다.

　삭풍이 살을 에인다. 그러나 석요송은 진기를 끌어 올리지 않았다. 칼 같은 추위는 그 나름대로 맛이 있다. 몸은 술이 녹였다. 독주가 들어가자 심장부터 뜨거운 기운을 일어났다.

　"나도 술꾼이 되어가는 건가?"

　술맛을 안다는 것은 두려운 일이다. 세상을 알게 되는 것이니까. 세상은 술처럼 쓰고 뜨겁다.

　"형님 여기 술 가져왔어요."

　금불현이 석요송의 곁에 엉덩이를 붙이고 앉으며 말했다. 벌써 다섯 병째다. 그러나 석요송이나 금불현이나 취기가 오르지는 않았다. 취기가 오르기에는 날이 너무 춥다.

　'마음이 추운 건가?'

　석요송이 문득 상념을 일으켰다. 마음이 추운 이유를 석요송 스스로 모르지 않았다.

　'이래서는 곤란하지.'

　석요송이 고개를 저었다. 그러자 금불현이 불쑥 물었다.

　"무슨 생각을 그렇게 하세요?"

　"응?"

　"고민이 있는 사람처럼……."

　"고민없는 사람이 세상에 있나?"

　"하긴요. 그런데 무슨 고민이세요?"

　"그저… 그렇군."

"말하기 싫으신 건가요?"

금불현의 표정이 살짝 변한다.

"그냥 혼자 생각이야."

석요송이 말꼬리를 잘랐다. 그러자 금불현이 다시 입을 열었다.

"아무리 그래도 전 알고 있지요."

"뭘?"

"결국 형님의 고민은 소도주님이시지요?"

"글쎄……."

석요송이 다시 말꼬리를 흐렸다. 그런데 그때 한 사내가 바람처럼 달려 석요송에게 고했다.

"태상장로님이 뵙자십니다."

"회합은 끝났나?"

"방금 전 끝이 났습니다."

"알겠네. 가지."

석요송이 훌쩍 자리를 털고 일어났다. 그러고는 사내를 따라 부리나케 눈밭을 걸어 내려갔다. 그러자 금불현이 석요송이 남겨 둔 술병을 들어 올리며 중얼거렸다.

"이렇게 부르면 언제라도 달려갈 사람이… 제길!"

여인의 입에서 나올 소리는 아니다.

금령은 꼿꼿하게 허리를 세우고 앉아 석요송을 맞이했다. 가면은 없었다. 언제부터인가 금령은 석요송을 홀로 마주할 땐 가면으로 얼굴을 가리지 않았다. 그래서 이제 석요송도 이 신비한

마력을 지닌 금령의 얼굴이 익숙하다. 그러나 익숙하다 해서 아름다움을 느끼지 못하는 것은 아니다.

'앞으로는 가면을 벗지 마십시오.'

목구멍까지 올라온 말을 다시 삼키며 석요송의 금령의 맞은편에 자리를 잡고 앉았다.

"수고했소."

"……?"

석요송이 무언으로 물었다.

"묵철가는 우리 금문과 손을 잡기로 했소. 형제의 가문이 된 것이지."

"잘됐군요."

석요송이 짧게 대답했다.

"모두 인검의 공이오."

"애초에 그리될 일이었습니다. 단지 전 심부름을 했을 뿐이지요."

그러자 금령이 고개를 저었다.

"아니오. 인검이 아닌 다른 사람이 갔다면, 그래서 철잠을 만나지 못했다면 묵철가는 결코 금문을 이렇게 쉽게 받아들이지 않았을 거요. 철잠이 그러더구려. 자신의 몸에 검상을 입힌 사람에게 반하게 될 줄은 몰랐다고. 그 이유로 금문으로 오게 되었다고."

"그가 그러던가요?"

"그러더구려."

"생각보다는 실없는 사람이군요."

"하하하, 그대가 그런 말도 할 줄 아는군."

금령이 석요송의 말에 한바탕 웃음을 터뜨렸다. 석요송으로서는 처음 보는 금령의 모습이다. 웃음이 너무 밝아 천막 안이 온통 빛으로 가득 찬 것처럼 보였다. 석요송이 슬며시 금령으로부터 시선을 돌렸다.

"이번 일 성공할 것 같소?"

금령이 웃음을 그치고 정색을 하며 물었다.

"나쁘지 않다고 생각합니다."

"음… 나도 그렇게 생각하오. 이 모든 일은 인겸이 해낸 일이지."

다시 금령이 석요송의 공을 치하한다. 석요송은 침묵을 지켰다. 그러자 금령이 다시 물었다.

"이번 천록야에서의 일이 성공한다면 북천십이로의 절반이 완성된다고 할 수 있소. 요동으로 돌아가는 길이 수월하다면 육할… 요동의 제 문파들은 한 번에 쓸어버릴 수 있다면 팔 할이고, 결국 문제가 되는 것은 장성 너머에 똬리를 틀고 있는 천랑원이 될 거요."

"은올기지요."

석요송이 금령의 말을 정정했다. 그러자 금령이 고개를 끄덕였다.

"맞소. 천랑원이 문제가 아니라 은올기 그가 문제지. 그래서 말인데……."

금령이 뭔가를 망설이는 듯 말꼬리를 흐렸다.

"하명하시지요."

석요송이 금령의 말을 재촉했다. 그러자 금령이 얼굴을 굳히며 말했다.

"지금부터 천록야의 일이나 북천십이로를 완성하는 일은 나에게 맡겨 두고 그를 맡아주시오."

"은올기 말입니까?"

석요송이 물었다.

"그렇소."

금령이 무겁게 고개를 끄덕였다.

'공교롭군. 나 또한 장성을 넘으려 하지 않았던가. 그나저나 역시 내가 부담스러워지고 있다는 말인데……'

석요송이 내심 생각하며 입을 열었다.

"알겠습니다. 그리하지요. 반드시 은올기의 목을 베어 오지요. 천록야에서 벨 수 있다면 좋겠지만 그 역시 여러 명의 수하를 데리고 있을 터이니 쉽지 않을 것이고, 이곳에서 어렵다면 장성을 넘어 연경으로 가지요."

석요송이 순순히 대답하자 금령의 눈이 잠시 흔들렸다.

"매번 이런 일을 맡겨 미안하구려."

"도검을 휘두르며 강호를 종횡하는 일보다는 오히려 이런 조용한 살행이 제 성미에 맞는 일이지요."

"날 원망치 않소?"

"원망할 일이 뭐가 있겠습니까?"

"그를 벤다면 강호무림을 얻은 공의 절반은 인검에게 있을 것이오. 바라는 것이 있소?"

금령이 물었다. 그러자 석요송이 그런 금령을 한동안 바라보다 불쑥 물었다.

"뭐든지 들어주시겠습니까?"

"뭐든지……."

금령이 고개를 끄덕인다. 그러자 석요송이 다시 입을 열었다.

"그를 벤다면 그의 목으로 인검의 굴레를 벗고자 합니다."

第六章　천록야

시월의 보름이다. 천록야를 둘러싼 산봉우리들 뒤쪽은 설원
이 펼쳐졌지만 천록야는 여전히 푸르다. 기이한 땅이다. 지금쯤
이면 장성 너머까지 눈발이 흩날릴 것이다. 그럼에도 천록야는
여전히 봄과 같다. 상춘의 땅이다.

천록야의 다섯 군데 숲엔 천막들이 빼곡하다. 숲만이 아니라
숲 주변의 초원에도 천막들로 그득하고 그 천막에 머물고 있는
사람들이 간혹 천록야를 가로지르며 중심에 호수를 만든 물줄
기를 따라 산보를 나서기도 했다.

사람이 없을 때의 천록야는 신비로 가득한 땅이지만 사람이
들어온 천록야는 온화하고 사람 머물기 좋은 땅이다. 이런 곳에
정착한 사람들이 없다는 것이 이상할 정도다.

하긴 북방무림의 천제가 열리는 땅이니 누가 감히 이곳에 정착해 마소를 먹이고, 땅을 갈고, 곡식 심을 생각을 하겠는가.

보름은 천제가 시작되는 날이다. 이레 동안 계속되는 천제의 시작은 언제나처럼 천제에 참여한 각 문파의 수장들이 호숫가에 모여 담소를 나누는 것이다. 그들은 이곳에서 엿새 동안 북방무림의 대소사를 논하는데 가끔은 문파간의 불화를 조정하기도 하고, 또 흥이 돋우면 각 문파의 후기지수들을 불러 비무를 시키기도 한다.

비무는 철저히 비무로 끝난다. 비무에서 상대의 피를 보는 사람은 그 즉시 천록야에서 추방된다. 신성한 땅에선 피 한 방울 흘리는 것도 불경이다. 그래서 북방무림의 후기지수들에게 천록야에서의 비무는 세상의 그 어떤 비무보다 어려웠다. 피를 보지 않고 상대를 이기는 것은 목을 베는 것보다 어렵기 때문이다.

간혹 천록야의 천제에서 피가 뿌려질 때도 있었다. 그런 경우는 대부분 대막의 문파들 중 패자가 되고자 하는 문파가 출현했을 때이다. 천제의 역사에서 피의 역사는 손으로 꼽을 만큼 적었으므로 그 연원을 알 수 없는 긴 세월을 이어온 천제는 역시 평화의 제식으로 인식되고 있었다.

그런데 오늘 기이한 일행이 천록야에 발을 들여놓으면서 이 평화로운 땅이 술렁이기 시작했다.

첫 번째 무리가 천록야에 모습을 드러낸 것은 오전 나절이었다. 그들은 남쪽에서 모습을 드러냈는데 질풍처럼 말을 달려 사막의 지배자인 흑사풍의 숙영지 곁에 새로운 숙영지를 세웠다.

본래 천제에 참여하는 것은 대막무림에 연을 둔 모든 문파에 허락되기는 하지만 그렇다고 누구나 천제에 참여하는 것은 아니었다. 적어도 대막에서 이름있는 문파들만이 천제에 참여한다.

간혹 이름없는 소문파가 이름을 얻기 위해 참여하는 경우도 있었지만 그런 경우 대부분 타 문파의 눈총을 견디지 못하고 천록야를 떠나게 마련이었다.

그런데 남쪽에서 나타나 흑사풍 곁에 진영을 세운 자들은 마치 그들이 이 천록야 천제의 주인이라도 되는 것처럼 행동했다. 몇몇은 천록야의 평원을 말을 몰아 질주하기도 했는데 그건 사실 무척 불경한 행동이었다.

그런데 그럼에도 불구하고 누구 하나 나서도 그들을 제지하지 못했다. 이유는 하나였다. 그들 곁에 머물고 있는 흑사풍에서 그들의 행보를 인정했기 때문이었다. 흑사풍이 인정한 이상 누구도 그들에게 시비를 논할 수 없다.

그들은 푸른 천막을 세웠는데 그 빛이 천제에 참여한 어느 문파보다 고귀하게 보이는 것도 다른 문파들이 이들에게 시비를 가리지 못하게 하는 이유 중 하나였다.

그렇게 그동안 천제에 모습을 보이지 않았던 새로운 세력이 나타난 그날, 오후가 되었을 때 또 다른 무리가 모습을 드러냈다.

그들은 묵철가의 안내를 받으며 동쪽에서 천록야로 들어왔는데 천록야로 들어온 그들은 동쪽 산기슭에 진영을 세웠다. 그들의 행보는 남쪽에서 들어온 자들보다는 조용했으나 그 기세는 남쪽에서 온 사람들 못지않았다. 금문이었다.

석요송은 자신의 천막에서 조용히 병장기들을 손질하고 있었다. 그런 석요송을 금불현이 물끄러미 바라보고 있었다.

"도대체 무슨 일이지요?"

금불현이 참지 못하고 물었다.

"뭐가?"

"갑자기 병기 손질이라뇨? 그리고 왜 소도주님 곁에 머물지 않으시는 거죠?"

"내가 소도주님 곁에 머물지 않은 것이 어디 하루 이틀이냐? 꽤 오래되었지."

"하지만 여긴 천록야라고요."

금불현이 반발하듯 말했다.

"천록야라고 다를 것이 있나?"

"사람들은 이제 형님을 일인지하 만인지상의 위치로 생각하고 있어요. 적어도 금문에서는요."

그러자 석요송이 고개를 돌려 정색을 하며 물었다.

"정말 그리들 생각하더냐?"

"네, 금문의 문도들도 이젠 형님에 대한 믿음이 절대적이에요. 그들도 누가 혈사신보의 반쪽을 가져왔는지, 누가 빙궁과 묵철가 그리고 비후동을 데리고 왔는지 알고 있으니까요."

"내가 모르는 사이에 너무 위험해졌구나. 역시… 우려할 만해."

석요송이 탄식을 흘렸다. 그러자 금불현이 물었다.

"병기를 손질하는 것과 상관이 있나요?"

"은올기를 벨 것이다!"

순간 금불현이 화들짝 놀랐다.

"은올기를요? 여기서요?"

"운이 좋으면 여기서 벨 수 있겠지. 그러나 은올기가 그런 기회를 주지는 않을 게다. 그를 베는 것은 다른 곳이야."

"그럼 어디요? 계획대로 연경에 가서요?"

"연경은 더 힘들지. 연경이야말로 그의 안방이 아니더냐?"

"그럼 도대체 어디에서요?"

"천제가 이레 동안 열리지?"

"그렇죠."

금불현이 고개를 끄덕였다.

"좋아, 그럼 나와 함께 사나흘 천록야를 떠나 있도록 하자."

"어디로 가시게요?"

"그의 무덤이 될 수 있는 곳으로……."

석요송이 대답했다.

"정말 그를 벨 수 있나요?"

"잘만 하면. 그도 설마 여기서 금문이 자신을 향해 살검을 빼들 거라고는 생각지 못할 거야. 그러니… 잘하면……."

"좋아요. 그런데 그를 베면 그땐 어쩌실 거예요. 그리되면 형님은 금문이 아니라 강호가 주시하게 될 거예요."

"그를 베면 떠날 거다."

순간 금불현의 눈빛이 번쩍였다.

"약조를 받았어요?"

금불현의 물음에 석요송이 가만히 고개를 끄덕였다.

멀리 저녁노을이 들어앉은 천록야가 내려다 보였다. 석요송이 있는 곳은 천록야를 둘러싼 다섯 개의 봉우리 중 남쪽 암봉의 정상이었다. 남쪽과 동쪽을 잇는 봉우리 사이로 작은 길이 그 꼬리를 보였다 감추었다를 반복하고 있었다. 석요송은 그 길을 유심히 바라보고 있었다. 그러다가 금불현에게 물었다.

"저 길은 어디로 이어지지?"

"홍안령 서쪽을 타고 내려가 장성까지 이어지죠. 그러나 초원의 사람들은 잘 이용하지 않는 길이에요. 장성까지 도착하는 데 시간이 너무 많이 걸리거든요. 초원을 질주하면 두 배는 빠르게 장성에 닿을 수 있죠."

금불현의 대답에 석요송이 고개를 끄덕였다.

"저 길을 따라가 보자."

"설마 저 길로 은올기가 움직일 거란 건가요?"

"아마도……."

"그럴 리가요. 저 길은 장성까지 멀기도 하지만 험하다고요. 간혹 홍안령 안쪽으로 들어가야 하기도 하고요. 편한 길을 놓아두고 그가 왜 저 길로 가겠어요?"

그러자 석요송이 나직한 음성으로 대답했다.

"편히 가는 자에게는 불편한 길이지만 도주하는 자에게는 안성맞춤인 길이지."

"도주요? 그가 왜 도주를 해요?"

"천록야에서 일이 잘못되면 그는 한순간에 대막무림의 공적이 될 것이다. 하면 그라도 도주할 수밖에!"

"그렇긴 하겠네요. 만약 그가 도주를 한다면 역시 사방이 뚫린 초원보다는 산길을 이용하게 될 것이고… 형님 생각이 맞아요. 이 길이 요충이네요."

"적당한 곳을 찾은 후 그를 만날 준비를 해야겠지."

"좋군요. 가요."

금불현이 신이 난 표정으로 말했다.

석요송와 금불현 두 사람은 이틀을 걸어 위와 아래가 천혜절벽인 작은 계곡에 도착했다. 북서쪽에서 시작해 남동쪽으로 빠져나가는 길이 있는 계곡이었다. 북동과 남서가 절벽으로 막혔으니 길을 막아 적을 상대하는 데에 무척 유리한 곳이다. 입구에 비해 출구가 좁은 것도 이득이었다. 만약의 경우라도 다수의 적을 상대하기 유리한 지형이다.

"마음에 드네요."

금불현이 주변을 돌아보며 먼저 입을 열었다.

"그렇지?"

석요송도 고개를 끄덕였다.

"사람이 좀 더 있으면 완벽한 함정을 준비할 수 있겠어요."

"그럴 수는 없다."

"밀영들도 동원하지 않는다는 건가요?"

"물론 일영과 몇은 데려오겠지만 모두는 어렵다. 소도주님을 지켜야 하니."

"호천단이 있는데……."

"살검은 언제나 어둠 속에서 삐져나오는 법이니까."

석요송이 대답했다. 그러자 금불현이 조금 이상한 눈초리로 석요송을 바라보며 물었다.

"형님… 정말 금문을 떠날 생각이시군요."

"장난인 줄 알았어?"

"그건 아니지만 설마했지요. 결국 이 모든 일을 홀로 하신다는 것은 금문과의 거래를 완벽하게 끝내겠다는 의미이시군요."

금불현의 말에 석요송이 검을 지팡이 삼아 짚고 서서 남쪽으로 이어진 발아래 절벽을 내려다보며 말했다.

"그래, 이곳에서 금문과의 인연을 정리하겠다."

석요송의 표정이 워낙 단호해서 금불현도 더 이상 말을 붙이지 못했다.

석요송이 위태롭게 절벽을 타고 올랐다. 계곡으로부터 십여 장 높이의 절벽 위까지 오른 석요송이 고개를 들어 절벽 아래 금불현이 서 있는 곳을 내려다보았다.

"조금 더 앞쪽으로 와봐."

석요송이 금불현에게 소리쳤다. 그러자 금불현이 성큼성큼 다섯 걸음을 옮긴 후 석요송에게 물었다.

"됐어요?"

"그래, 됐다."

석요송이 고개를 끄덕였다. 그러자 금불현이 다시 소리쳤다.

"화살을 쓰시려고요?"

"그래야지. 너도 한몫해야 한다."

"저요?"

금불현이 화들짝 놀라며 되물었다.

"그럼 이 일을 나에게만 맡겨둘 참이었어?"

석요송이 되물었다. 순간 금불현의 얼굴에 환한 미소가 드리워졌다.

"히하, 그럴 수야 있나요? 당연히 내가 도와드려야지요. 하하하!"

금불현의 웃음소리가 절벽을 타고 청량하게 퍼져나갔다. 그런 금불현을 보며 석요송이 빙그레 미소를 지었다.

*   *   *

천제가 시작된 지 나흘이 지났다. 이제 삼 일 후면 천문산에 올라 제를 지내고 이번 천제는 끝이 날 터였다.

지난 나흘간 천록야의 호수가에서는 각 문파의 수장과 고수들이 뒤엉켜 친분을 나누고 강호의 대소사를 논했다. 그러나 강호의 일을 논하면서도 그들의 관심은 온통 두 무리의 사람들에게 향해 있었다.

남쪽에 진영을 세운 청색 천막의 무리와 동쪽에 진영을 세운 금문의 문도들이었다. 그리고 관심은 남쪽의 진영을 세운 사람들에게 좀 더 향해 있었다. 금문의 사람들이야 이미 천록야에 들어오는 순간부터 그 정체를 알 수 있었지만 남쪽에 진영을 세운 자들의 정체를 아는 사람은 천록야에 모인 고수들 중 그리 많지 않았다.

그런데 더 기이한 것은 천제가 시작되었음에도 불구하고 금문도 남쪽 진영의 무리도 사람들 앞에 그 모습을 드러내지 않는다는 것이었다. 그들은 마치 천록야에 오기는 했지만 천제에 참가하지는 않을 사람들처럼 자신들의 진영에 틀어박힌 채 밖으로 나와 대막 무림의 고수들과 친교를 나누지 않았다.

그들의 불출은 천록야를 긴장감에 빠져들게 만들었다. 천제가 흥청망청한 잔치는 아니었지만 그래도 북방무림의 큰 행사이므로 제법 소란스럽게 마련인데 이번 천제는 두 무리의 불청객들로 인해 차가운 긴장감이 감돌뿐이었다. 그래서 간혹 벌어지는 비무조차도 단 한 번도 이뤄지지 않았다. 그러자 급기야 천제에 참가한 문파들 사이에서 불평의 목소리가 흘러나오기 시작했다.

"천록야의 천제는 우리 북방무림에 뿌리를 둔 문파만이 참가할 수 있소. 그런데 이번 천제는 참으로 이상하오."

고비 서쪽에 위치한 왕후문의 문주 이광융이 입을 열었다. 호수의 물결이 햇살을 받아 찬란한 아침이다. 이광융은 작정을 하고 나온 사람처럼 표정이 굳어 있었다.

"뭐가 말이오?"

서북 산속의 문파인 아라문의 문주 아시용이 물었다.

"그 뿌리가 대막이 아닌 두 곳의 사람들이 와 있으니 말이오."

"음… 혹 금문과 남쪽에 진영을 둔 자들을 말함이오?"

다시 아시용이 물었다. 말을 서로 주고받는 품이 아마도 이미 서로 뜻을 맞추고 나온 듯 보였다.

"그렇소이다. 대저 금문은 백두의 북쪽 창해 인근에 뿌리를 둔 문파요. 물론 당금의 무림에서는 그 세가 크게 번성해 요동 전체를 발아래 두고 있다지만 그렇다고 천제에 참가할 문파는 아니요."

"음, 그도 그렇소. 하지만 그들에 대한 보증을 묵철가에서 했으니 그들이 천제에 참여하는 것은 큰 문제가 없지 않소?"

"그들이 천제에 참여하는 것 자체가 문제가 아니라 그들의 의도가 문제요. 도대체 그들이 왜 이 천록야에 왔는지 그 이유를 모르겠소이다."

이광용의 말에 아시용이 고개를 끄덕인다. 그러면서 은근히 묵철가주 철우문을 보며 물었다.

"문주께서 금문의 행보에 대한 설명을 해주실 수 있겠습니까?"

그러자 철우문의 눈이 차갑게 변하더니 아시용을 보며 말했다.

"내가 그걸 두 사람에게 설명해야 하오?"

그러자 이상용이 서둘러 손을 저으며 말했다.

"무, 물론 제가 어찌 감히 대묵철가주께 설명을 강요할 수 있겠습니까? 제 말은 그것이 아니라 다른 문파들이 걱정을 하고 있으니 그저 아시는 게 있으면……."

아시용이 말꼬리를 흐렸다. 대막에서 감히 묵철가의 가주를 압박할 사람은 없다. 아시용이 꼬리를 내리자 철우문이 무겁게 입을 열었다.

"금문이 이곳에 온 이유는 차차 알게 되실 거요. 그것보다는 흑사풍의 대천성께서 함께 데리고 온 자들이 누군지를 말씀해 주시는 것이 순서가 아니겠소? 금문이야 그 정체가 명확히 드러 난 곳이니 그들의 의도가 궁금할 뿐이지만 흑사풍이 데려온 사 람들은 그 정체조차 모르고 있지 않소?"

철우문의 지적에 흑사풍의 대천성 금아불이 고개를 끄덕이며 입을 열었다.

"물론 나도 오늘쯤은 그들에 대해 이야기를 할 생각이었 소."

그러자 다시 왕후문의 문주 이광융이 입을 열었다.

"도대체 그들의 정체가 뭐요? 그들은 어느 문파에서 나온 사 람들이오?"

"그들은 한 문파에 속한 사람들이 아니오. 그들은 그저 강호 의 이인 한 분을 따르는 사람들이오."

"그러니까 그 말은 그들이 한 문파에 속한 사람들이 아니지 만 한 사람을 따르는 자들이란 말이구려."

"정확히 말하자면 그렇소."

"그렇다면 그들은 이 천록야에 올 자격이 없는 사람들 아니 오? 지금까지 천제에 문파가 아니라 한 개인이 참가한 예가 없 소."

이광융이 따지듯이 물었다. 그러자 금아불이 미소를 지으며 대답했다.

"물론 지금까지의 관례를 보자면 그렇소이다. 하지만 그들이 따르는 분은 조금 특별한 분이오. 그래서 아무도 이 천제에 참가할 자격을 논할 수 없는 분이라 생각하오."

"그가 어째서 특별하다는 거요?"

이번에는 아라문의 문주 아시용이 물었다. 그러자 금아불이 아주 천천히, 그러면서도 세상에서 가장 중요한 비밀을 말하는 사람처럼 무겁게 말했다.

"그분은… 혈사신보의 주인이시오."

"아… 혈사신보!"

"혈사신보…….."

"음…….."

곳곳에서 침음성과 탄성이 일어났다. 사람들의 반응만 보아도 혈사신보가 대막무림에서 갖는 의미를 짐작할 수 있다. 그런 중인들의 반응을 보며 다시 금아불이 말했다.

"물론 혈사신보의 맥이 끊긴 지 수백 년이 지나 지금은 혈사신보의 가치를 아는 사람이 그리 많지 않겠지만 이곳에 모인 분들은 모두 일문의 수장들이시니 결코 혈사신보의 권위를 무시하실 수 없을 것이오. 그러니 당대의 혈사신보 주인이 천제에 참여하는 것을 반대할 사람은 없으리라 생각하오."

금아불이 좌중을 돌아보며 말했다. 그는 마치 이미 대막무림이 혈사신보의 주인 수중에 들어가 있는 것처럼, 그리고 자신이 그를 대리하는 것처럼 도도한 태도로 말을 하고 있었다. 그런데 그때 문득 묵철가주 철우문이 입을 열었다.

"이것 참 공교롭구려."

"무엇이 말이오?"

자신이 의도하는 대로 장내의 사정이 이어지는 것을 방해하는 듯한 철우문의 말에 금아불이 싸늘한 어조로 물었다.

"지금 혈사신보의 주인이라고 했소?"

"그렇소."

"허허, 그렇다면 당대의 혈사신보 주인은 두 사람이란 말이오? 강호에 크게 소문이 나지는 않았지만 얼마 전 사막의 한 고성에서 혈사신보가 발견되었고, 그것이 금문의 태상장로 손에 들어갔지 않았소? 그 일은 대천성께서 현장이 있었으니 더 잘 아실 터인데… 오늘 다시 혈사신보의 주인이 나타났다고 하니 혈사신보의 주인이 둘이란 말이오?"

"아, 금문이……."

"금문이 혈사신보를……!"

다시 곳곳에서 탄성이 이어진다. 기실 대막의 고성에서 흑사풍의 저지를 뚫고 석요송이 혈사신보를 취해 금문의 태상장로에게 전한 일은 흑사풍을 비롯한 강호의 몇몇 사람들만이 아는 일이었다. 흑사풍도 금문도 그 일에 대해선 강호에 소문을 흘리지 않았던 것이다.

"이건 경우가 다르오."

금아불이 무겁게 말했다.

"그게 무슨 소리요? 경우가 다르다니?"

철우문이 물었다. 그러자 금아불이 고집스런 표정으로 말했다.

"세상에 혈사신보의 주인은 하나요. 금문은 혈사신보의 주인이 될 수 없소. 그건 마치 보물을 탈취한 도둑이 자신들이 애초부터 그 보물의 주인이었음을 고집하는 것과 같소. 애초에 그 혈사신보는 주인이 따로 있는 물건이었소. 그런데 그걸 금문이 중간에 가로챈 것이오."

"혈사신보의 주인이 따로 있다라……. 내 강호의 보물에 애초부터 정해진 주인이 있다는 말은 들어보지 못했소. 강호의 보물은 결국 가진 자가 주인인 것이오. 이런 강호의 이치를 누구보다 더 잘 아는 사람이 대천성이 아니시오?"

철우문이 말에 금아불이 얼굴을 붉히며 고집을 피웠다.

"그건 출처가 불분명한 보물의 경우나 그렇지 한 문파의 신물과 같은 물건을 어찌 취한 자가 주인이라고 할 수 있겠소. 그렇다면 소림의 녹옥불장을 취한 사람이 소림의 방장이 된다는 말인데 그게 과연 타당한 일이겠소?"

"그러니까 그 말은 혈사신보는 애초부터 한 가문의 신물이었다는 것이오?"

"혈사신보는 오직 일맥으로 전해지는 보물이오."

금아불이 단호하게 말했다.

"그 일맥이 지금 남쪽에 있는 사람들을 이끄는 사람이란 말이오?"

"그렇소."

금불현이 대답했다. 그러자 철우문이 고개를 갸웃했다.

"그런데 말이오. 혈사신보가 유일맥으로 전해져 온다는 그들의 주장을 어찌 믿을 수 있소? 그리고 만약 그 말이 진실이라면 왜 그들은 사막의 고성에 숨겨진 혈사신보의 반쪽을 지금껏 찾지 못하고 있었던 것이오? 더군다나 지난 수백 년간 그들은 혈

사신보의 주인으로서 강호에 나선 적이 없지 않소? 그런데 지금
와서 자신들이 혈사신보의 유일맥이라고 주장을 한다면 그 말
을 누군들 믿을 수 있겠소?'

철우문의 반박에 장내의 사람들이 저마다 고개를 끄덕였다.
혈사신보는 전설의 물건이다. 그 전설의 물건을 지닌 자들이 어
찌 수백 년을 침묵했을까 하는 의문은 당연한 것이었다. 철우문
의 반박에 금불현이 궁색한 변명을 한다.

"나 역시 그 이유는 자세히 모르겠소. 하지만 그들에게 나름
대로의 사정이 있었다고 하더구려."

"그런 식이라면 세상에 변명하지 못할 일이 어디 있겠소?"

철우문이 차갑게 말했다. 그러자 금아불이 눈을 가늘게 뜨고
적의를 드러내며 말했다.

"그래서 철 문주께서 하시고 싶은 말이 무엇이오?"

그러자 철우문이 좌중의 고수들을 돌아보며 말했다.

"혈사신보는 전설이오. 세상에는 수많은 전설이 있소. 그러
나 전설이 전설인 이유는 그것이 현실이 아니라 과거의 일이기
때문이오. 혈사신보의 주인이 대막의 역사를 좌우했던 것도 이
미 수백 년 전의 일이오. 더군다나 혈사신보의 주인은 무림이
아니라 속세의 일에 관여해 왔던 것이 또한 사실이오. 물론 혈
사신보의 권위 또한 아주 무시할 수는 없으니 신보를 지닌 사람
들이 천제에 참여하는 것은 인정합시다. 그러나……"

철우문이 잠시 말을 끊고는 다시 한 번 좌중을 둘러보았다.
사람들의 시선이 철우문에게 집중되었다.

"그러나 말이오. 수백 년 동안 대막무림에 모습을 드러내지

않았던 혈사신보의 주인이 이제 와서 대막 무림의 주인을 자처하는 것은 용납할 수 없는 일이오. 당대에 이르러서는 혈사신보는 전설일 뿐인 것이오."

철우문의 일장 연설이 끝이 나자 이곳저곳에서 동조하는 목소리가 일어났다.

"맞는 말이외다. 혈사신보가 언젯적 물건이오. 과거는 과거일 뿐이외다."

"맞소이다. 그저 천제에나 참여하는 것으로 만족해야 할 것이오."

상황이 철우문의 의견에 동조하는 듯 돌아가자 금아불이 살짝 아미를 모으더니 낮고 두려운 음성으로 말했다.

"그런데 말이외다."

금아불의 말에 장내의 소요가 잠시 가라앉았다. 그러자 금아불이 계속해서 말을 이었다.

"그런데 여러분은 수백 년 전 왜 혈사신보의 주인이 대막무림의 주인이 되었는지 혹시 잊은 것이 아니오?"

그러자 철우문이 물었다.

"대천성께서 하시고자 하는 말씀이 무엇이오?"

"철 가주께서 아시다시피 혈사신보의 주인이 대막무림을 움직인 것은 혈사신보 그 자체가 어떤 신령스런 힘을 지니고 있기 때문은 아니었소. 그보다는 그 신보의 주인이 타의 추종을 불허하는 능력을 지녔기 때문이었소이다. 철 가주 말씀대로 신보의 존재야 전설 속에 묻어둘 수 있다지만 그 주인의 능력은 전설이 아니라 현실이오."

그러자 철우문이 차갑게 물었다.

"그러니까 대천성의 말은 신보의 주인이 힘으로 대막무림을 제압할 것이란 말이오?"

"꼭 그렇다기보다는 혈사신보의 주인을 과거의 인물로 치부할 수는 없다는 말을 하려는 거요. 그분이 대막무림의 일에 관여하려 한다면 당연히 여기 모인 사람들만큼의 기회는 주어야 한다는 것이 내 생각이오."

금아불의 말에 왕후문주 이광융이 물었다.

"그 말은 혈사신보의 주인에게 천제의 제주가 될 기회를 주어야 한다는 말이오?"

천록야의 천제는 매번 제주를 선출한다. 제주의 역할은 마지막 날 천문산에서 올리는 제사를 주관하는 일에 국한되지만 그 상징적인 의미가 적지 않아 다음 번 천제가 열릴 때까지는 대막무림의 우두머리로 인정받는 것이 상례였다.

"그분도 동등한 권리는 있다고 생각하오."

금아불이 완곡하게 말했다. 그러자 다시 장내의 웅성거림이 시작됐다. 보통의 경우 한 문파의 수장이 천제의 제주가 되는 것은 그리 문제될 것이 없지만 만약의 경우라도 혈사신보의 주인을 자처하는 인물들 중 한 명이 천제의 제주가 된다면 그들은 필시 대막무림을 손에 넣으려 할 터였다.

장내의 고수들은 모두 노련한 사람들이기에 그 이치를 모를 리 없었다. 그러나 또한 금아불의 주장을 반대할 수도 없었다. 그가 혹사풍의 대천성이기 때문이기도 했고, 아무리 과거의 물건이라도 혈사신보라는 물건은 쉽게 무시할 수 있는 것이 아니었다.

그런데 그때 이상한 일이 벌어졌다. 지금까지 줄곧 금아불과 대립을 했던 철우문이 문득 입을 열어 금아불의 의견에 동조를 하고 나섰던 것이다.

"그 부분에 있어서는 내 생각도 대천성과 같소. 아무리 혈사신보의 권위가 잊혀졌다고 해도 우리 대막무림이 그를 완전히 부정하면 뿌리를 부정하는 것과 같으니 강호인들의 웃음거리가 될 거요. 그러니 적어도 혈사신보를 지닌 사람들에게 천제의 제주가 될 기회는 주도록 합시다."

그러자 금아불이 철우문을 뚫어지게 바라보며 물었다.

"그 말은 금문의 태상장로에게도 기회를 주자는 말이오?"

"그렇소. 그래야 공평하지 않겠소?"

"그러나 금문은……."

"금문이 아니된다면 당연히 은올기, 은 노사도 아니되오!"

순간 금아불의 얼굴이 딱딱하게 굳었다.

"그대가 어찌……?"

"세상에 비밀란 없소. 또한 그가 한 문파의 주인이 아니라는 것은 맞지만 연경의 천랑원과 밀접한 관계가 있다는 것을 부인할 수도 없을 것이오."

순간 금아불이 경악스런 표정을 지었다.

"철 가주 그대는……?"

"그러니 금문의 태상장로를 이 자리에 초대하는 것을 반대할 생각일랑 마시오. 난 그에 대해 대천성이 아시는 것보다 많을 것을 알고 있소."

순간 흑사풍의 대천성 금아불의 말문이 막혔다. 은올기가 연경 천랑원과 관련이 있다는 것은 흑사풍에서도 극소수만이 알고 있는 사실이었다. 그런데 그 사실을 철우문이 알고 있느니 그로서는 경악스런 일이 아닐 수 없었다.

그런데 그때 문득 비후동주 극함렬이 입을 열었다.

"혈사신보의 주인들에 대한 일은 그렇고, 지금 대요의 황실이 움직인 강호인들이 초원의 남쪽을 어지럽히고 있다고 하니 이 일은 어찌 처리했으면 좋겠소이까?"

그러자 장내의 사람들 얼굴에 어두운 그림자가 드리워졌다.

"음, 그 또한 큰일이오. 요 황실이 그들을 대막 깊숙이 보낸다면 어쩔 수 없이 그들과 충돌할 수밖에 없는 실정 아니오?"

왕후문의 이광용이 말했다. 그러자 문득 빙궁의 궁주 설유가 입을 열었다.

"그 일은 크게 걱정할 일이 아니오."

"어째서 그렇소이까? 물론 빙궁이야 먼 설국에 자리를 잡고 있으니 그곳까지야 위험이 미치겠소이까 마는……."

"하하, 그렇게 따지면 이문야말로 먼 서역에 있으니 더 안전하겠지요. 그러나 내가 걱정할 일이 아니라고 한 것은 그 때문이 아니오."

"하면 달리 이유가 있소이까?"

이번에는 여전히 불쾌한 표정을 감추지 않고 있던 금아불이 물었다. 그러자 설유가 웃으며 대답했다.

"그들은 절대 대막 깊숙이 들어올 수 없소. 이유는 간단하오.

대요가 과거의 그들이 아니기 때문이오. 대요가 천하의 패권을 잡을 때 그들은 초원의 이리나 늑대처럼 사나웠소. 그러나 천하를 손에 넣고 권력의 향락에 빠져 지내는 동안 그들은 겁쟁이로 변했소이다. 더군다나 작금에 이르러서는 더더욱 그렇소. 사방에서 대요를 노리는 자들이 승냥이처럼 이빨을 드러내고 있소. 그런 그들이 대막 깊숙이 들어올 일은 없을 거요."

설유가 단정적으로 말했다. 그러자 초원의 강자들이 저마다 안도의 숨을 내쉬며 고개를 끄덕인다.

"그럼 우린 천제에만 집중하면 되겠구려."

철우문이 물었다. 그러자 설유가 대답했다.

"그렇소. 그러나 물론 경계를 늦추면 안 되오. 섞어도 준치라고 요 황실이 천하의 정세를 제대로 파악하지 못하고 대막으로 들어올 수도 있으니 말이오. 각자의 자리에서 단단히 경계를 하는 것으로 합시다."

"보자. 그럼 그 일에 대한 논의도 끝이 났고… 이젠 정말 천문산에서 제사만 지내면 되겠구려."

철우문의 말에 설유가 빙그레 웃으며 말했다.

"역시 그러기 위해선 먼저 제주를 뽑아야겠지요."

금포를 입은 노인의 옷자락이 바람에 날렸다. 특히나 그의 왼쪽 팔을 감싼 옷자락은 더욱 흩날렸다. 그러나 그는 팔을 내려 바람을 피할 수 없었다. 이유는 간단했다. 그는 왼팔이 없었다.

"그래서 결국 금문의 그 애송이도 함께 거론되었다는 것이구려."

금포의 노인이 입을 열었다. 그러자 방금 전 호숫가에서 회합을 마치고 돌아온 금아불이 대답했다.

"그렇습니다, 보주!"

대막의 지배자 중 일인이라는 금아불의 행동치고는 비굴할 정도로 정중하다. 그러자 금포의 노인이 신형을 돌렸다. 은올기다.

"잘됐군."

은올기가 말했다.

"일이 어렵게 되지 않았습니까?"

금아불이 물었다.

"뭐가 말이오?"

"금문이 끼어들어서야⋯⋯."

"아니오. 오히려 잘된 일이오. 산을 떠난 어린 호랑이는 사냥하기 쉬운 법이지. 금령이라고 했던가. 그 아이는 자신이 요동을 벗어난 것이 얼마나 위험한 일인지 곧 알게 될 거요."

그러자 금아불이 다시 물었다.

"이참에 금문의 태상장로를 제거하시겠다는 말씀이신지요?"

"그렇소. 이런 기회가 없소."

"하지만 그녀는⋯⋯."

"물론 그 아이가 무공이 제법 대단하고 곁에 고수들이 많다는 것은 알고 있소. 그러나⋯ 금온이 아닌 이상 절대 날 상대할 수는 없소. 일단⋯ 후군을 천록야 가까이로 부르시오."

"각 문파의 수장들이 알면 반발을 할 것입니다."

"그런들 어찌하겠소? 이미 호랑이굴에 들어온 것을! 그들이 반발을 해봤자 이미 때는 늦은 것이오. 이곳에 모인 모든 고수들을 합쳐야 겨우 이삼백. 은밀히 이동한 흑사풍과 혈림의 고수들은 이백은 충분히 넘소. 더군다나 천록야에 모인 문파 중 우리와 뜻을 함께하는 문파도 적지 않으니 일의 승패는 이미 결정되어 있소."

"알겠습니다."

그때 한 명의 중년인이 두 사람 곁으로 다가섰다. 그러자 은올기가 물었다.

"여전히 소식이 없느냐?"

"그렇습니다."

"음… 도대체 뭘 하고 있는 것이야!"

은올길의 언성이 커졌다. 그러자 중년인이 고개를 숙이며 입을 열었다.

"죄송합니다. 사부님! 이제(二弟)가 이리 무책임하게 움직일 줄은 저도 미처 몰랐습니다."

"흥, 우질 그놈은 행보가 너무 가벼워. 신중치 못하게⋯⋯. 아무튼 빙궁의 소궁주가 빙궁 무리에 섞여 나타나지는 않았다는 거지?"

"그렇습니다."

"좋아, 그렇다면 도주는 했으되 돌아오지는 못한 거다. 여전히 우질과 숨바꼭질을 하고 있을 것이야. 우질 이놈은 그 계집을 잡지 못했으니 겁이 나 내게 전서도 보내지 못하고 있겠지. 어리석은 놈! 하여튼 사로잡힌 자들을 구하려 하지 않는 것을 보면 빙궁에서도 아직은 이 일을 모르는 것이니 천제가 끝날 때까지만 이대로라면 큰 위협은 아니군."

"그러하기는 하나 만약의 경우도 대비를 해야 할 것 같습니다."

사내가 말했다. 그러자 은올기가 고개를 끄덕이며 말했다.

"맞는 말이다. 천록야는 묘한 땅이다. 나가는 길이 쉽지 않아. 다행이 혈림의 고수들을 은밀히 불러들였으니 일이 생겨도 큰 위험을 없을 게다. 공! 너는 본 림과 흑사풍의 고수들이 천록야 외곽으로 오면 그들을 통솔해라."

"혈림의 고수들을 말입니까?"

사내의 눈빛이 번쩍였다. 한 줄기 기쁨이 사내의 동공을 스치고 지나갔다.

"그래, 이제 너도 혈림의 고수들을 부릴 때가 되었지."

"허나 그들이 제 명을 따르겠습니까?"

사내가 망설이며 말하자 은올기가 사내에게 한 자루 검을 던졌다. 허공을 날아간 검이 허공에서 두어 바퀴 회전하더니 사내의 손에 빨려 들어갔다.

"혈사검이면 충분하리라."

"사부! 은혜에 감사드립니다."

사내가 그 자리에 부복했다.

"은혜는 무슨! 어차피 세월이 흐르면 네 것이 될 검이다. 이제부턴 더욱 신중하게 행동하라. 혈사신보의 주인 자리가 그리 녹록한 게 아니니라."

"명심하겠습니다, 사부!"

"한 가지 당부를 더 하마!"

"가슴에 새기겠습니다."

"네 사제들이 부족한 점이 많더라도 그들을 잘 구슬려 데리고 있도록 하거라. 우질 역시 아주 쓸모없는 놈은 아니야. 만약 네가 그들을 핍박한다면 그들은 필시 네게 반발해 혈사신보의 주인 자리를 놓고 너와 대립할 것이다. 그때가 되면 나도 너희들의 경쟁에 관여할 수 없다. 이는 혈림의 전통이니……."

"제가 어찌 사제들을 함부로 대하겠습니까?"

"좋아, 그럼 가보거라."

은올기의 말에 사내가 다시 한 번 머리를 땅에 대 보이고는 그 자리에서 사라졌다. 그러자 그 모습을 보고 있던 혹사풍의 대천성 금아불이 말했다.

"헌원공 대협으로 후계를 정하신 겁니까?"

그러자 금아불이 고개를 저었다.

"아직은……."

"그런데 왜 혈사검을……?"

"검이 검일 뿐이오. 혈사검을 들었다고 혈사신보의 주인이 되는 것은 아니오. 내가 공에게 혈사검을 준 건은 저 아이는 본래 칭찬을 들어야 힘을 내는 아이라 그리한 거요."

"그, 그러시군요. 외람되지만 하면 제자분들 중 누구에게 마음을 두고 계신지……?"

"모두 아니오."

"예?"

"그 녀석들이 재주는 제법 뛰어나도 혈사신보의 주인이 될 재목들은 아니오. 녀석들은 단지 그저 사람들에게 보이는 눈가림일 뿐이지. 내 후계자로 눈여겨보는 사람은 달리 있소."

"그, 그러시군요."

금아불이 식은땀을 흘리며 대답했다. 제자조차도 하나의 도구로 생각하는 은올기의 성정이 새삼스레 두려운 것이다. 그런데 그런 금아불에게 은올기가 뜻밖의 말을 했다.

"그대의 제자는 잘 지내오?"

"…섭몽을 말씀하시는 건지요?"

"그렇소."

"언제 섭몽을 보셨습니까?"

"…잘 지내오?"

다른 질문은 필요없다는 듯 은올기가 다시 물었다. 그러자 금아불이 얼른 대답했다.

"홀로 폐관에 들어갔습니다. 지난번에 금문의 소도주에게 한 팔이 잘린 이후 새로운 무공을 수련하겠다고……."

"음, 역시 좋은 재목이야. 무인이 팔을 잃으면 의기소침하여 의욕을 잃어버리기 십상인데… 이번 일이 끝나면 한 번 봅시다."

"예?"

이번만큼은 다시 묻지 않을 수 없었다. 그러자 은올기가 정색을 하며 말했다.

"대천성께서는 가장 중요한 것을 내게 내줘야 할 수도 있소. 난… 그대의 제자를 신보의 후계자 재목 중 한 사람으로 생각하고 있소."

　은올기의 말이 끝나는 순간 금아불이 그 자리에 부복했다.

　"보주의 은혜 백골난망(白骨難忘)이옵니다."

第七章 천제의 제주(祭主)

　서쪽에서 태양이 빗살처럼 드리워지고 있었다. 대막무림의
고수들 사십여 명이 천록야의 호수가에 둘러앉아 있었다. 그들
의 신분을 생각하자면 양모를 걸친 푹신하고 안락한 의자에 앉
아 있어야겠지만 그들은 그저 호수 주변에 널려 있는 바위나 나
무 등걸에 앉아 있었다.

　석요송은 멀리 금문의 숙영지에서 천록야의 호수를 바라보고
있었다. 그의 곁에 언제나처럼 금불현이 있었는데 오늘은 웬일
인지 지낭 단중자 역시 석요송 곁에 머물고 있었다. 천제의 회
합에는 오직 각 문파의 수장만이 참가하기 때문에 언제든 금령
을 따라붙는 지낭 단중자도 오늘만큼은 금령의 곁을 지킬 수 없
었던 것이다.

　"얼마나 되었죠?"

금불현이 불쑥 입을 열었다.

"이제 반 시진이 지났으니 시작이라고 할 수 있소."

단중자가 대답했다. 기실 석요송과 금불현은 지금 막 금문의 막사에 도착한 참이었다.

"그런데 갔던 일은?"

단중자가 조심스럽게 물었다. 아마도 인검 석요송을 금령의 곁이 아닌 외부로 돌게 한 사람 중 한 명이 자신이라는 생각 때문인지 석요송을 대하는 것은 평소의 그답지 않게 조심스러웠다.

"잘되었소."

석요송이 짧게 대답했다. 그러자 단중자가 묵묵히 고개를 끄덕였다. 외유에서 돌아온 석요송이 왠지 조금 변해 있는 듯 느껴졌기 때문이었다. 예전과는 다른 강렬함 같은 것이 느껴지는 석요송이다.

단중자는 그것이 금령과 자신에 대한 반발심 때문이라고 생각했지만 기실 석요송의 마음은 그런 것이 아니었다. 그는 금령을 걱정하고 있었고, 그 긴장감이 자신도 모르는 사이에 밖으로 표출되고 있었던 것이다.

지금까지 금령이 홀로 고수들 사이에 던져진 적이 있었던가. 비록 그녀가 천의무봉의 무공을 지니고 있다고 해도 그녀의 곁에는 항상 그를 도와주는 사람들이 있었다. 그런데 지금은 그녀 홀로 은올기며 혹은 대막무림의 강자들을 상대하고 있었다.

'누구보다 강한 사람인데 걱정이 되다니 우습군.'

문득 석요송이 자신의 상태를 깨닫고는 쓸쓸히 웃음을 흘렸다. 그 또한 자신의 마음을 이제는 서서히 깨닫고 있었다.

'제길… 정이라니!'

석요송이 내심 투덜거렸다. 어느새 그는 금령에 대해 정을 느끼고 있었다. 함께한 시간이 가져온 정이 아니라 여인에 대한 사내의 정이다. 그리고 그건 무척 위험한 일이다. 자신에게도 금령에게도…….

"제주를 결정하는 일이 그렇게 중요한가요?"

문득 금불현이 물었다. 그러자 기다렸다는 듯이 단중자가 대답했다.

"중요하오. 소도주님이나 은올기 두 사람 중 한 사람이 제주가 된다면 그 사람이 곧 대막무림을 얻게 될 거요."

"그런 정도인가요?"

"평소에도 천제의 제주는 대막무림의 당대 패자로 인정받았소. 하물며 혈사신보를 지닌 사람이 제주가 된다면 그 권위가 오죽하겠소?"

"지난번의 제주가 누구였죠?"

"묵철가의 가주 철우문이었소."

단중자가 손을 들어 호숫가를 가리켰다. 그러자 이리저리 흩어져 앉아 있는 고수들 사이에서 한 사람이 우뚝 서 있는 것이 보였다. 묵철가의 가주 철우문이다.

철우문은 차갑게 가라앉은 장내의 분위기를 둘러보며 이런저런 이야기들을 끄집어내고 있었다. 그러나 사람들의 관심은 온통 천제의 제주를 결정하는 일에 가 있었기에 그의 말들은 허무

하고 공기 중으로 사라졌다.

그러자 어느 순간 철우문이 가볍게 한숨을 쉬며 사람들이 관심을 보일 일을 끄집어냈다.

"모든 분들의 관심이 한곳에 모여 있으니 내가 다른 말들을 한다 해도 제대로 논의가 될 수 없을 것 같구려. 좋소. 그럼 지금부터 이번 천문산 제사의 제주를 정합시다. 아시겠지만 제주가 되기 위해선 적어도 세 문파 이상의 추천이 있어야 하고, 또한 천록야에 모인 문파 절반의 동의를 얻어야 하오. 이제 각자 자유롭게 이번 천제의 제주가 될 만한 분을 추천해 주시기 바라오."

철우문이 말을 마치고 사람들을 돌아보았다. 한 동안 누구도 나서서 입을 여는 사람이 없었다. 그러다가 문득 한 사내가 자리에서 일어나면서 입을 열었다.

"유월문의 서서요. 난 묵철가주께서 여전히 이번 천제에서도 제주를 맡아주시는 것이 좋다고 생각하오. 삼 년 동안 대막무림에 특별한 변화가 없었고, 강호천하가 남쪽과 동쪽에서 준동하려는 기운을 보이니 역시 이럴 때는 대막의 오랜 적자이신 묵철가의 가주께서 구심점이 되어주셔야 하지 않겠소?"

유월문은 북해 인근의 문파였는데 예전부터 묵철가를 추종하는 문파 중 하나다. 그런데 유월문주 서서의 추천을 받은 철우문이 고개를 저었다.

"불초한 이 몸을 추천해주신 것은 감사하지만 이번만큼은 사양할 수밖에 없겠구려. 이미 난 두 번의 제주를 지냈소이다. 그러니 어찌 다시 제주가 되는 과분한 영광을 누리겠소. 이번만큼은 나 철우문, 천제의 제주를 맡지 않겠소이다."

철우문의 말에 장내의 고수들이 나직하게 고개를 끄덕인다. 예로부터 천제의 제주는 두 번까지는 허용해도 세 번은 허용치 않은 전례가 있었다.

"묵철가주께서 사양을 하시니 제가 다른 분을 한 번 추천하지요."

어제부터 부쩍 많이 나서고 있는 왕후문의 이광융이다.

"말씀해보시오."

철우문이 고개를 끄덕였다.

"외람되지만 어제 곰곰이 생각을 해보니 이번 천제의 제주는 아무래도 혈사신보의 주인께서 맡으셨으면 좋겠더구려."

순간 사람들의 표정이 일변했다. 몇몇은 이광융을 기이한 시선으로 바라보며 불평을 늘어놓기도 했다. 그도 그럴 것이 이광융은 어제 혈사신보의 주인들이 천제에 참여하는 것에 대해서 썩 좋지 않은 감정을 드러냈던 사람이었다.

그런데 그런 그가 혈사신보의 주인을 천제의 제주로 추천하려 하니 이상한 일이 아닐 수 없었다. 이런 경우는 대부분 이미 혈사신보의 주인과 내밀한 약속이 있는 경우가 보통이다.

"혈사신보의 주인이라면 지금 이곳에 두 분이 있소. 그중 누굴 추천하시려오?"

철우문이 물었다. 그러자 이광융이 잠시 망설이는 듯하다 결심을 한 듯 입을 열었다.

"내가 추천하고자 하는 분은 혈사신보의 오랜 적자이신 은올기 노사시오."

순간 사람들의 시선이 일제히 오늘 처음 이 천록야의 회합에 모습을 드러낸 노인에게로 향했다. 금포를 화려하게 차려입은 은올기다. 금포를 입은 은올기의 모습은 무척 고귀해 보여서 보통 사람이라면 그를 보는 순간 저절로 고개가 숙여지는 위험을 지니고 있었다.

이광용의 추천을 받은 은올기가 가볍게 고개를 까딱이는 것으로 추천에 대한 고마움을 표시했다. 보통의 경우라면 한두 번 사양하는 것이 예법이지만 은올기는 마치 당연히 자신이 천제의 제주가 되어야 한다는 듯 덤덤하게 이광용의 추천을 받아들이는 것이었다. 그때 다시 한 사람이 일어나 입을 열었다.

"나 금아불도 이번 천제의 제주로 은 노사를 추천하는 바이오. 은 노사께서는 혈사신보의 주인이실 뿐 아니라 강호의 현자로 천하정세에 밝으시니 필히 우리 대막무림에 좋은 길을 알려주실 것이오."

금아불의 말은 은올기의 역할을 천제의 제주를 넘어 대막무림의 조언자까지로 확대하는 것으로 무척 의미심장한 말이었다. 그러자 기다리지 않고 다시 한 사람이 일어났다.

"나 사다난 역시 은 노사를 이번 천제의 제주로 추천하는 바에요."

대막무림에서 흔희 보기 힘든 여고수다. 그런데 사다난이라고 이름을 밝힌 여인이 말을 하자 사람들 사이에서 작은 소요가 일었다.

여고수 사다난은 월곡의 곡주인데 월곡은 산서 북부의 장성 바로 너머에 있는 문파로 신비지문을 자처하는 곳이었다. 대체로 중원무림과 대막무림의 경계에 있는 문파임에도 대대로 천록야의 천제에 참여해 온 월곡은 대막무림의 일에 극히 말을 아끼는 곳이기도 했다.

그런데 그런 월곡의 곡주가 나서서 은올기를 추천하니 사람들이 은올기를 보는 시선이 새삼 달라질 수밖에 없었다.

"이로써 은 노사에 대한 세 문파의 추천이 있었소. 이제 다른 분들의 추천을 받겠소. 은 노사가 아닌 다른 분을 제주로 추천할 사람이 있다면 어서 말씀해 주시오."

철우문이 좌중을 돌아보며 말했다. 그러자 비후동주 극함렬이 일어서며 말했다.

"혈사신보 반쪽의 주인이 제주로 추천되셨으니 나머지 반쪽의 주인께서도 마땅히 제주가 되실 수 있을 것이오. 난 금문의 태상장로님을 제주로 천거하는 바이오."

비후동주의 말에 사람들이 놀란 표정을 지으며 극함렬을 바라봤다. 사람들은 누구나 비후동과 묵철가의 관계를 알고 있었다. 그 둘은 순치의 관계이며 불가분의 관계인 문파들이었다. 지금까지 묵철가가 대막무림의 우두머리로 행세한 것에는 비후동의 도움이 적지 않았다.

그런데 비록 철우문이 사양을 했다고 해도 비후동이 묵철가가 아닌 다른 문파의 수장을 천제의 제주로 천거하는 일은 이상한 일이 아닐 수 없었다.

잠시 극함렬의 의도를 살피던 사람들의 시선이 자연스럽게 묵철가주 철우문에게로 향했다. 비후동주의 말에 철우문이 어찌 반응할지 모두들 그게 궁금한 모양이었다. 그러자 철우문이 빙그레 미소를 지으며 입을 열었다.

"비후동주께서 확실히 세상의 재미를 아시는 분이시구려. 나 또한 이 두 분의 혈사신보 주인분들 중 누가 천제의 제주가 될 수 있는지 몹시 궁금하오. 그래서 나 역시 금문의 태상장로님을 제주의 후보로 천거하는 바이오."

철우문의 말에 그제야 사람들이 제각기 고개를 끄덕였다. 철 우문까지 이리 말했다는 것은 이미 철우문과 극함렬 사이에 모종의 약속이 되어 있었다는 말이 된다. 그리고 그건 한 가지 사실을 더 의미하는 데 금문의 젊은 태상장로 금령이 아무런 준비 없이 천록야에 온 것이 아니라는 점이다. 그녀는 이미 묵철가와 비후동을 자신의 편으로 끌어들인 상태일지도 몰랐다.

사람들은 새삼스레 금문의 저력에 놀라고 있었다. 아무리 금 문이 당금강호에서 가장 강대한 세력을 지니고 있다고 해도 대 막에서 묵철가와 비후동을 품는 것은 결코 쉬운 일이 아니었다. 그런데 어느새 그들은 대막의 패자를 자처하는 묵철가를 손에 넣지 않았던가. 이러면 철우문이 굳이 제주의 자리를 사양한 것 도 당연한 일이 된다.

뒤늦게 금문의 저력을 깨달은 사람들이 은가면의 여인 금령 을 바라봤다. 한쪽 얼굴을 가린 금령이었지만 두 눈에서 흘러나 오는 기도는 만만치가 않다. 그저 눈을 뜨고 있는 것만으로도 사람들을 긴장시키는 금령이었다.

그런데 그때 다시 한 명의 사내가 신형을 일으켰다.

"나도 금문의 태상장로님을 제주의 후보로 천거하는 바요. 비록 금문이 요동에 위치해 있다고는 해도 북천십이문의 수장

이 금문임을 부인할 사람은 없을 거요. 그러니 당연히 금문의
태상장로께도 제주가 될 자격이 있다고 할 수 있소."

홍안령 남쪽에 기슭에 위치한 우설문의 문주 황거다. 우설문
은 금문이 대막의 고성을 떠나 야천릉에 터전을 잡은 이후 줄곧
금문의 삼십육진과 밀접한 관계를 맺어온 문파였다.

"우설문의 황문주께서 추천을 하셨으니 이로써 금문의 태상
장로께서는 제주가 되실 조건을 만족하셨소이다. 다른 사람을
추천할 분 계시오?"

철우문이 좌중을 돌아보며 물었다. 그러자 이번에는 순백의
노고수 한 명이 일어나며 말했다.

"나는 빙궁의 설 궁주를 제주로 추천하는 바이오. 대저 천제
의 제주란 우리 북방무림을 대표한다고 할 수 있소. 그러니 아
무리 혈사신보의 주인 분들이라 해도 이렇게 갑자기 천제의 제
주가 되실 수는 없는 일 아니겠소? 묵철가주께서 제주가 되시길
사양하셨고, 흑사풍의 대천성께서는 은 노사를 추천하셨으니
두 분이 제주가 되실 수는 없고… 해서 난 북방무림의 세 기둥
중 한곳인 빙궁의 설 궁주님을 제주로 추천하는 바요."

빙궁과 평소 교분이 두터운 설화문의 문주 왕의가 빙궁의 궁
주 설유를 추천하자 다시 한 사람이 일어났다.

"나 역시 설 궁주님을 추천하오."

그는 북방의 거친 침엽수림에 위치한 철림의 문주 차간이다.
평소는 그는 호방한 성품으로 유명했는데 빙궁과는 사이가 그
리 좋은 편이 아니었다. 그럼에도 오늘은 빙궁의 궁주 설유를
추천하는 차간이다.

"우리 자운산장 역시 설 궁주님을 추천하는 바이오. 뭐니뭐니 해도 빙궁은 우리 북방무림의 중심이지요."

자운산장의 장주 아금이다. 자운산장은 빙궁과 친분이 두터 웠으니 그가 설유를 추천하는 것은 그리 놀랄 일이 아니었다. 세 명의 추천이 있자 설유가 자리에서 일어나 정중하게 포권을 취해 자신을 추천해준 사람들에게 감사를 표했다. 그러자 철우 문이 다시 입을 열었다.

"지금까지 모두 세 분이 천제의 제주로 추천되셨소이다. 자, 이제 다른 사람을 추천해 주시오."

철우문의 말에 사람들이 저마다 웅성거리며 이런저런 의견을 나누었으나 누구도 더 이상 제주의 후보를 추천하지는 않았다.

"더 이상 추천하실 분이 없으시오?"

철우문이 물었다. 장내의 사람들 중 입을 여는 사람은 없었 다. 그러자 철우문이 고개를 한 번 끄덕이고는 선언하듯 말했 다.

"좋소. 이것으로 이번 제주에 천거된 분은 세 분으로 결정되 었소. 혈사신보의 주인이신 은올기 노사, 그리고 또 다른 한 분 의 혈사신보주 금문의 태상장로님, 그리고 빙궁의 궁주이신 설 유 노사시오. 이제 이 세 분 중에 한 분을 이번 천제의 제주로 정 하도록 하겠소이다."

철우문이 고개를 돌려 누군가를 바라봤다. 그러자 여러 고수 들의 뒤쪽에서 중년 사내 한 명이 앞으로 오더니 어린아이 크기 의 항아리 세 개를 가지고 왔다. 세 개의 항아리는 각기 그 색이 달랐는데, 하나는 순백색의 자기였고, 다른 하나는 청색의 청자였다. 그리고 나머지 하나는 검은빛이 도는 토기였는데 세상에서 보기 힘든 물건이었다.

사내는 그 세 개의 항아리를 철우문 앞에 놓고 물러났다. 그러자 철우문이 갑자기 청색의 항아리를 들더니 호수 쪽으로 던졌다.

웅!

묵직한 파공음이 일며 항아리가 허공을 날아가더니 거짓말처럼 호수 안에 반듯하게 세워졌다.

첨벙!

뒤늦게 항아리가 물에 빠지면 만든 소리가 들렸다. 그러자 기다리지 않고 철우문이 다시 두 개의 항아리, 백자와 검은색 항아리를 호수로 던졌다.

다시 두 번의 첨벙거리는 소리가 들리더니 백자와 검은색 항아리가 청자 항아리 옆에 나란히 세워졌다.

항아리를 던져 호수 속에 세우는 철우문의 무공은 놀라운 것이어서 몇몇 사람이 감탄사를 흘려냈다. 그렇게 항아리 세 개를 호수에 세운 철우문이 이번에는 금령과 은올기 그리고 설유를 보며 말했다.

"전례에 따라 제주로 추천된 분들은 각기 자신의 실력을 대막의 형제들게 보여야 하오. 그렇다고 도검을 들고 젊은 애들처럼 무공을 뽐낼 수는 없는 일, 전통대로 호수 속에 들어 있는 세 개의 항아리 중 마음에 드는 항아리를 하나씩 건져 오시면 되오. 그러면 형제들이 세 분의 무공을 가늠하고 자신의 마음에 흡족한 분의 항아리에 자신의 화살을 하나씩 넣을 것이오. 그 화살의 수가 이곳에 참가한 사람 숫자의 절반을 넘으면 제주가 되는 것이오."

철우문이 금령과 은올기 그리고 설유를 돌아보며 잠시 말을 끊었다가 다시 입을 열었다.

"만약 누구도 절반을 넘지 못하면 가장 적은 숫자의 화살을 받은 사람이 나머지 두 사람 중 한 분에게 자신에게 주어진 화살 전부를 건넬 수 있소. 이리되면 결국 절반이 넘는 화살을 받는 분이 생기게 되오. 그럼 그분이 제주로 결정되는 것이지요. 자, 이제 세 분은 각자 마음에 드는 항아리를 건져 오시기 바라오."

철우문이 말을 마치고 서너 걸음 뒤로 물러났다. 그러자 사람들이 호기심 가득한 시선으로 금령과 은올기 그리고 설유를 번갈아 바라봤다.

십여 장 안쪽 호수에 있는 항아리를 가져오는 것은 그리 쉬운 일이 아니다. 물론 발을 적시고 옷을 적시면 누구나 가져올 수 있지만 그래서는 제주가 될 사람의 체면이 서지 않는다. 그러므로 세 사람의 무공이 이 한 번의 시험에서 여실히 드러날 것은 자명했다.

금령 등 삼 인 중 누구도 먼저 앞으로 나서지 않았다. 사람들은 무던히 침묵을 지키며 세 사람의 행보를 살폈다. 그러자 사람들의 기대를 더 이상 무시할 수 없었는지 설유가 먼저 앞으로 나섰다.

"부족하지만 내가 먼저 시험을 받겠소."

설유가 좌중의 고수들을 향해 포권을 취하더니 서너 걸음 빠른 속도로 앞으로 전진하다가 그대로 호수를 향해 몸을 날렸다.

호수로 날아가는 설유의 모습이 한 마리 새 같다. 설유는 허공에서 가볍게 한 바퀴 제비를 돌더니 사뿐히 검은색 항아리 위에 내려섰다. 그러고는 여유있게 손을 뻗어 흰색 항아리를 집어들더니 그대로 호수 변 초지를 향해 항아리를 던졌다.

웅웅!

백자 항아리가 허공에서 빙글빙글 돌더니 깃털처럼 가볍게 철우문의 발아래 내려앉았다. 그러자 설유가 검은 항아리를 박차고 허공으로 떠올랐다. 그러고는 재차 오른발로 왼쪽 발등을 차자 그의 신형이 새처럼 빠르게 호수를 건너 땅 위에 내려서는 것이었다.

"아!"

"오오!"

설유가 보여준 가벼운 몸놀림에 사람들 사이에서 탄성이 일어났다. 비록 평범하게 보이는 움직임이었지만 본래 비범함은 평범함 속에 감춰져 있는 법이라서 설유가 보여준 움직임은 기실 누구도 쉽게 흉내 낼 수 없는 것이었다.

"궁주의 놀라운 신위에는 감탄할 수밖에 없구려."

설유가 땅에 내려서자 철우문이 입을 열었다.

"보잘것없는 재주를 보였으니 부끄러울 따름이외다."

설유가 빙긋 미소를 지었다. 그러자 철우문이 고개를 저으며 말했다.

"당금무림에 누가 감히 궁주와 같은 신위를 하찮게 본단 말이오. 자, 두 분 중 어느 분께서 또 형제들의 눈을 즐겁게 해주시겠소이까?"

철우문이 금령과 은올기를 보며 물었다. 그러자 은올기가 먼저 앞으로 나섰다.

"이 몸은 팔이 하나 없어 무공으로는 보여줄 재주가 많지 않으니 내가 먼저 항아리를 가져오리다."

은올기의 말에 철우문이 고개를 끄덕였다.

"은 노사께서 어떤 고절한 절기를 보여주실지 기대가 큽니다."

"하하하, 늙은이 재주가 뭐 대수로울 것이 있겠소."

은올기가 짐짓 사람 좋은 웃음을 흘리고는 천천히 걸음을 옮겨 호수 앞으로 다가섰다. 그러고는 훌쩍 몸을 날렸다. 그의 신형이 수면과 아주 가까운 높이에서 허공을 날기 시작했다.

그의 몸은 금세 물속에 빠질 듯하면서도 쉽게 빠져들지 않았는데 한순간 그의 발이 수면을 가볍게 찼다. 그러자 날아가는 속도가 좀 더 빨라지더니 순식간에 청색 항아리 위에 내려섰다.

청색 항아리 위에 내려선 은올기가 가볍게 손을 휘저었다. 그러자 물속에 서 있던 검은색 항아리가 그의 손에 딸려 올라왔다.

"아! 격공을……."

"섭물의 기예군."

사람들이 저마다 탄성을 흘렸다. 은올기가 물을 차고 항아리가 있는 곳까지 가는 신법도 설유가 허공을 날아 단번에 항아리에 도달하는 것보다 쉬운 것이 아니었다. 대저 물위를 걷는 무인은 극히 드물어서 같은 거리라도 허공을 나는 것보다 어려운 법이었다. 거기에 손을 대지 않고 항아리를 물속에서 뽑아 올렸으니 그야말로 기예중의 기예다.

보통의 고수들도 땅 위에서는 진기로서 손을 대지 않고 항아리를 움직일 수 있지만 물속에 박혀 있는 항아리는 그 수압 때문에 훨씬 고강한 공력이 있어야만 허공을 격하고 취할 수 있었다. 그런데 은올기는 한 손으로도 그러한 기법을 능숙하게 사용했으니 그의 무위를 능히 짐작할 수 있는 것이었다.

항아리를 한 손에 든 은올기가 다시 몸을 날려 호수를 건너기 시작했다. 역시 건널 때와 마찬가지로 수면을 몇 번 찼는데 항아리를 든 상태에서 보여주는 그의 신법은 맨몸으로 건널 때보다 몇 배는 더 어려운 것이었다.

턱!

한순간 은올기기 철우문 앞에 내려섰다. 그리고는 가볍게 항아리를 내려놓았다.

"오늘 이 철모가 안계를 넓히는군요. 은 노사의 무공에는 감탄하지 않을 수 없습니다."

철우문이 진심으로 말했다. 그러자 은올기가 의미심장한 어조로 말했다.

"우리가 친구가 될 시간은 아직 많이 남아 있소이다."

아마도 앞서 묵철가가 은올기가 내민 손을 거절한 것을 두고 하는 말일 터였다. 그러자 철우문이 미소를 지으며 대답했다.

"그렇지요. 시간은 많이 있지요."

"하하하, 좋은 인연이 되기를 바라겠소."

은올기가 흡족한 미소를 지으며 자신의 자리로 들어갔다. 그러자 이제 사람들의 시선은 금령에게로 향했다. 남은 사람도 금령 하나, 남은 항아리도 청자 항아리 하나였다.

사람들의 시선을 한 몸에 받으며 금령이 자리에서 일어났다. 그러고는 천천히 호수가로 다가갔다. 난감한 일이다. 이제 물속에 들어 있는 항아리는 청색 항아리 하나, 다른 사람들은 한쪽 항아리에 올라 원하는 항아리를 건져 올린 후 밟고 있는 항아리를 지지해 도약할 수 있었지만 금령에겐 밟고 설 항아리가 없었다. 오직 건져 내야 하는 항아리만 있을 뿐이다.

어쩌면 다른 도구를 이용할 수도 있었다. 그러나 그것은 사람들의 기대에 어긋나는 일이다. 그렇다 십여 장이나 떨어진 거리의 항아리를 진기로 끌어올 수도 없었다.

팟!

사람들의 호기심 속에 금령이 신형을 날렸다. 그녀의 몸이 물찬 제비처럼 물 위를 날았다.

탓!

수면을 가볍게 차는 것으로 중간에 한 번의 도약을 한 금령이 가볍게 청색항아리 위에 내려섰다. 그러나 그녀가 뽑아 들어야 할 항아리도 자신이 밟고 있는 청색항아리다.

자신이 밟고 있는 항아리를 무슨 수로 뽑아 올릴까. 그러면서도 물에 빠지는 일은 없어야 한다. 그런데 그 순간 금령이 훌쩍 허공으로 솟구쳐 올랐다. 그러자 거짓말처럼 그의 발을 따라 물속에 있던 청자 항아리가 물 위로 떠올랐다.

"아!"

"오!"

사람들 사이에서 탄성이 일었다. 발끝에 진기를 모아 그 힘으로 청자 항아리를 물속에서 끄집어내는 것은 내력도 내력이지만 무척 정교한 내기의 사용이 있어야 가능한 일이었다. 그런데 금령은 그 일을 아주 자연스럽게 해내고 있었다.

턱!

일단 물 위로 떠오른 청자 항아리를 금령이 가볍게 발로 차서 방향을 틀었다. 그러자 청자 항아리가 옆으로 뉘여 졌다. 항아리는 옆으로 뉜 채 물 위에 떴고 금령이 가볍게 그 위에 내려서더니 발을 앞으로 굴렸다. 그러자 거짓말처럼 청자 항아리가 물 위를 굴러 호수 변으로 떠가기 시작했다.

"아……!"

"좋구나."

사람들 사이에서 감탄사가 일어났다. 땅을 향해 빠르게 물 위를 구르는 항아리 위에서 금령이 팔짱을 낀 채 여유있게 발을 움직여 항아리를 조종했다.

그리고 순식간에 항아리와 금령이 땅에 닿았다. 금령이 훌쩍 항아리에서 땅으로 내려서더니 한 손을 휘둘렀다. 그러자 항아리가 새털처럼 가볍게 움직여 금령의 손에 들어왔다. 금령이 손에 잡힌 항아리를 철우문의 발아래 내려놓았다. 순간 철우문이 정중하게 금령을 향해 포권을 해 보였다.

"오늘 금문 태상장로의 무공에 이 늙은이가 안계를 넓혔소이다. 진정 감복했소."

그러자 금령이 대답없이 가볍게 고개를 숙여 철우문의 칭송에 답을 하고는 사람들의 시선을 한 몸에 받으며 본래 자신이 있던 자리로 돌아갔다.

금령까지 놀라운 기예로 항아리를 건져오자 철우문이 잠시 뜸을 들이다가 사람들을 향해 말했다.

"이번 천제에 제주로 추천되신 세 분의 기예를 즐겁게 보았소이다. 이제 우리의 몫이 남았소. 제주를 뽑을 시간이오. 모두들 자신의 화살 하나씩을 자신이 원하는 분의 항아리에 넣어주시오."

철우문이 말을 마치고는 자신이 먼저 화살을 뽑아 금령의 청자 항아리에 꽂았다.

순간 조금 떨어진 곳에서 철우문의 행동을 보고 있던 은올기의 표정이 차갑게 변했다. 앞서 자신이 보냈던 사람을 그냥 돌려보내는 것으로 묵철가가 자신의 수중에 들어오는 것을 거부한 줄은 알고 있었지만 그렇다고 철우문이 이렇게 노골적으로 금령을 지지할 줄은 몰랐던 것이다.

그러나 그렇다고 이 자리에서 자신의 분기를 표출할 수는 없었다. 은올기가 재빨리 흑사풍의 대천성 금아불에게 눈짓을 했다. 자칫 마음을 정하지 못했던 고수들이 분위기에 휩쓸려 금령을 선택할지도 모르기 때문이었다.

은올기의 의사를 알아챈 금아불이 훌쩍 앞으로 나와 은올기의 검은색 항아리에 화살 하나를 넣으며 말했다.

"아무래도 난 노련하신 은 노사께서 제주가 되시는 것이 합당할 것 같소이다."

보통의 경우 그저 묵묵히 자신이 선택한 사람의 항아리에 화살이 꽂는 것이 보통이지만 금아불은 입을 열어 은올기를 선택하는 이유까지 밝혔다. 그만큼 금령이 보여준 무공으로 인해 금령을 선택하는 사람이 많아질 것이라는 걱정 때문이었다.

철우문과 금아불이 각기 제주가 될 사람을 선택하자 이제 다른 고수들도 망설이지 않고 나와 자신의 의사를 표현하기 시작했다.

세 가지 색의 항아리에 꽂혀드는 화살의 숫자가 점점 늘어났다. 대략 삼십여 개의 화살이 순식간에 세 개의 항아리에 꽂혔다. 사람들의 눈에도 그 개수는 쉽게 드러났다. 얼추 보면 빙궁의 궁주 설유를 선택한 화살의 숫자가 금령과 은올기의 항아리에 들어 있는 화살보다 절반 정도 적어 보였다.

"모두 끝내셨소?"

더 이상 항아리로 나와 화살을 넣는 사람이 없자 철우문이 좌중을 돌아보며 물었다. 철우문의 질문에 사람들의 침묵이 이어졌다. 그러자 철우문이 고개를 끄덕이며 말했다.

"좋소. 이제 그 결과를 봅시다. 음······."

철우문이 세 항아리로 다가가 화살들을 살피다가 입을 열었다.

"얼추 보아도 어느 분도 절반 이상의 화살을 얻지 못하셨소. 그리고 아무래도 이번 천제의 제주는 빙궁의 궁주께서 뽑으셔야 할 것 같소. 설 궁주, 아쉽게도 설 궁주께서 얻으신 화살이 가장 적소이다."

철우문의 말에 설유가 미소를 지으며 앞으로 나섰다.

"애초에 혈사신보의 주인 두 분과 제주의 자리를 놓고 겨룰 수 있었던 것만 해도 내겐 큰 영광이었소이다. 그런데 다시 내 손으로 이번 천제의 제주를 뽑게 되었으니 오늘 이 설유가 하늘의 복을 듬뿍 받은 모양이오."

설유에게선 자신이 제주가 되지 못한 것에 대한 아쉬움 같은 것은 찾아 볼 수 없었다.

"설 궁주께서는 어느 분을 제주로 뽑으시려오?"

철우문이 물었다. 그러자 설유가 문득 금령과 은올기를 돌아봤다. 그런데 그때 은올기가 묘한 웃음을 지으며 한 자루 검을 슬쩍 들어보였다. 순간 설유의 표정이 변했다.

검은 백설처럼 흰 검집을 지니고 있었는데 그 검은 설유에게 너무 낯이 익은 물건이었다. 그도 그럴 것이 검의 주인이 바로 그의 딸이 설궁이기 때문이다.

은올기는 자신이 제주를 뽑힐 것을 의심치 않았다. 비록 제자 우질이 여전히 돌아오고 있지 않지만 또한 설궁 역시 천록야에 모습을 보이지 않았다. 그리고 이미 어젯밤 은밀히 빙궁에 사람을 보내 자신이 설궁을 데리고 있노라 전한 은올기였다. 그러니 설유는 자신을 제주로 선택하지 않을 수 없을 터였다.

설궁이 사로잡혔을 때 빼앗아 둔 검을 급히 천록야로 가지고 오게 한 것도 오늘 설유를 협박하는 좋은 도구가 되고 있었다. 설유가 그런 은올기를 차갑게 노려봤다. 그러나 은올기는 설유의 시선을 여유롭게 받아내며 한 차례 고개를 끄덕일 뿐이었다.
세상의 어느 부모도 자식의 목숨을 앞에 두고 모험을 하지는 못
한다.

설유가 살짝 입술을 깨물었다. 그러고는 자신의 화살이 들어
있는 백자 항아리로 다가가 단번에 화살들을 모아 쥐었다.

"어느 분을 제주로 정할 지 결정하셨소?"

철우문이 화살을 집어든 설유를 보며 물었다. 그러자 설유가
무겁게 고개를 끄덕였다.

"그렇소."

"어느 분을 선택하셨소?"

철우문이 짐짓 긴장한 듯한 표정으로 물었다. 그러자 설유가
머리 위로 여섯 대의 화살을 모아 잡은 손을 들어 올리더니 서
슴없이 푸른색 항아리에 화살을 꽂아 넣었다.

"아!"

"금문을!"

예상치 못한 결과였을까. 이곳저곳에서 놀란 소리가 흘러나
왔다. 설유가 선택한 것은 금령이었다. 순간 은올기의 얼굴이
검게 변했다. 그의 눈에 감출 수 없는 살기가 일어났다.

그런 은올기를 설유가 바라봤다. 그러자 은올기가 들고 있던
검을 검집째 구부리더니 그 자리에 던져 버렸다. 역시나 무서운
공력이다. 그러나 설유는 그런 은올기의 행동에 어떤 반응도 보
이지 않았다. 대신 그는 자신의 선택한 제주 금령을 보며 가볍
게 포권을 한 후 말했다.

"금문이 비록 요동에 뿌리를 둔 문파이기는 하나 사해는 동

도요. 강호는 한 형제와 다름없지요. 당금무림은 수십 년 간 혼란이 이어지고 있소이다. 이런 혼란한 시기에는 굳은 심지를 지닌 문파가 나와 중심을 잡아주는 것도 좋소. 제가 은 노사가 아니라 금문의 태상장로님을 선택한 것은 바로 그런 힘이 금문에 있다고 믿기 때문이외다. 개인의 능력으로야 은 노사께도 그 자격이 없다고 할 수 없소. 그러니 동도분들께선 이런 나의 마음을 헤아려주시기 바라오."

설유의 말에 사람들이 저마다 고개를 끄덕였다. 설유의 말이 무척 타당해 보이기 때문이었다.

혼란한 무림이다. 요동은 요동대로, 대막은 대막대로. 또한 장성 부근은 장성 부근대로… 황하 이남의 무림까지 모두 주인이 없는 무주공산의 시대가 이어지고 있지 않은가. 이런 때에 한 문파가 나와 강호의 질서를 회복하는 것도 의미있는 일일 터였다.

"설 궁주의 고견에 감탄할 뿐이오. 어느 누가 자신의 명예를 버리고 타인을 앞에 세워 강호의 정의를 지키려 하겠소. 아마도 설 궁주가 아니라면 감히 그러한 마음을 내기 어려울 것이오."

이미 정해진 일이건만 철우문이 짐짓 감탄사를 흘리며 설유의 행동을 치하했다. 그러자 사람들이 저마다 고개를 끄덕이며 설유의 인품을 칭찬해 댔다.

그렇게 잠시의 시간이 흐른 후 철우문이 손을 들어 사람들을 진정시켰다. 그러고는 금령을 보며 말했다.

"이제 금문의 태상장로께서는 이번 천제의 제주가 되셨소이다. 제주는 작게는 천문산에서의 제사에 주인이 되고, 크게는 대막무림의 행보를 조율하시게 되오. 앞으로 기대가 크오이다. 이제 제주가 되셨으니 형제들께 한 말씀 해주시기 바라오."

철우문의 말에 금령이 앞으로 걸어 나왔다. 그러고는 좌중을 돌아보며 말했다.

"부족한 저를 천제의 제주로 뽑아주니 큰 영광이오. 하지만 비록 내가 혈사신보를 지니고 있고, 또한 금문이라는 문파의 힘을 빌어 제주가 되기는 했으나 아직 강호경험이 일천하니 어찌 대막무림의 행보를 조언할 수 있겠소. 난 그저 제상에 술이나 따르고 여러 노고수분들의 조언을 얻어 그 의견을 여러분들과 공유하는 일이나 할 것이니 너무 하는 일이 없다고 나무라지 마시기 바라오. 천제를 준비하고 대막무림의 행보를 결정하는 것은 역시 대막무림의 큰 기둥이신 묵철가와 빙궁 그리고… 혹사풍의 수장들께서 논의하시는 것이 좋을 것이오. 나야 그저 귀동냥이나 하겠으니 세 분께서는 이런 내 뜻을 받아주시기 바라오."

금령의 말에 장내의 고수들이 한편으로는 안도의 숨을 내쉬고 또한 한편으로는 금령의 말에 탄복한 듯한 표정을 지으며 연신 고개를 끄덕였다.

장내의 고수들 중 대부분은 금령이 천제의 제주가 된 것을 기회로 대막무림을 손아귀에 넣으려 할 것이라는 의구심을 가지고 있었는데 금령이 스스로 자신을 낮추며 제주로서의 일을 묵철가주 등에게 넘기니 오히려 금령에 대한 믿음이 새롭게 생기는 모양이었다.

"음… 제주의 뜻을 잘 알겠소. 그럼 제주의 말씀대로 천제를 준비하는 것은 우리 세 사람이 하도록 하지요. 그리고 천제가 끝난 후 하룻밤 시간을 내어 향후 대막무림의 행보를 결정하도록 하십시다. 모두 동의하시오?"

철우문이 사람들을 돌아보며 묻자 좌중의 고수들이 일제히 대답했다.

"그렇게 하십시다."

"그게 좋을 것 같소!"

사람들의 저마다 동의를 하자 철우문이 고개를 끄덕이며 다시 입을 열었다.

"좋소, 그럼 오늘은 이만 회합을 파하고, 내일 천문산에서 보십시다. 모두들 편히 쉬시오!"

철우문이 파회를 선언하자 사람들이 제각기 자리에서 일어나 호숫가를 떠나기 시작했다. 은올기 역시 노기 가득한 표정으로 자리에서 일어나 장내를 떠나려다 말고 문득 설유에게 말을 건넸다.

"빙궁주께서는 참으로 특이한 분이시오."

"무엇이 말이오?"

설유가 물었다. 그러자 은올기가 차갑게 말했다.

"아무리 강호의 인정이 박하다 한들 혈육과 수하의 안위를 그리 가볍게 생각할 줄은 몰랐구려."

은올기의 말에 설유가 가볍게 희미한 미소를 지었다.

"설마 내가 어찌 혈육과 수하의 안위를 가볍게 생각하겠소."

순간 은올기의 표정이 딱딱하게 굳었다. 그러자 설유가 은올기의 짐작을 확인해줬다.

"내 딸아이와 수하들은 모두 무사하니 너무 걱정 마시구려."

순간 은올기의 표정이 한 차례 흔들리더니 찬바람이 일게 신형을 돌려 자신의 막사로 향하기 시작했다. 그의 뒤를 흑사풍의 대천성 금아불이 급히 따랐다.

"준비를 해야겠구려."

철우문이 말했다. 그러자 설유가 금령을 보며 물었다.

"그들을 막아낼 수 있겠소이까?"

그러자 금령이 대답했다.

"금문의 고수들이 길목을 막을 것이오."

"하지만 그 숫자가……."

"이쪽도 적지 않으니 걱정마시오."

"하면 미리 준비를 해두셨다는……?"

설유가 물었다. 그러자 금령이 고개를 끄덕였다.

"아… 천하의 고수들이 강호를 종횡하는 것을 이토록 모르고 있었으니……."

설유가 나직히 탄식을 흘렸다. 그러자 금령이 다시 말했다.

"은올기가 준비한 자들은 천록야에 들어서지 못할 것이오. 또한 그들의 길이 막혔다는 것을 알면 은올기는 오늘 밤 중으로 이곳을 빠져나갈 것이오. 그는 내일 천문산의 제사에 참여치 않을 것이오."

"과연 금문이오. 철저히 준비를 하셨구려."

설유가 감탄과 두려움이 묻어나는 목소리로 말했다.

탕!

은올기의 주먹이 서탁을 박살 냈다. 그의 동공에서 붉은 혈광이 번뜩였다. 그의 주위로 모여든 자들이 모두 두려움에 떨었다.

"우질에게선 아직도 소식이 없는 게냐?"

"예, 보주!"

사십대의 중년 사내가 얼른 대답했다.

"공에게서는……?"

"아직……."

"도대체 뭣들 하고 있단 말이냐?"

은올기가 손을 말아주고 노기를 흘렸다. 그의 노기에 장내의 사람들이 고개를 들지 못한다. 그런데 그때 한 사내가 급히 천막 안으로 들어왔다.

"보주!"

"무슨 일이냐?"

"대제자께서 전갈을 보내셨습니다. 길이… 막혔답니다."

"길이 막혀?"

"그렇습니다. 금문의 고수와 다른 문파의 고수 수백이 출몰해 길을 막았답니다."

쾅!

다시 한 번 서탁의 남은 부분이 무너져 내렸다. 그런데 잠시 후 다시 한 명의 사내가 뛰어들었다.

"보주!"

"또 무슨 일이냐?"

"안가에서 전서가 왔는데 빙궁의 고수들이 안가를 급습했다고 합니다."

"아……!"

은올기가 더 이상 노기를 흘리지 못하고 나직하게 탄식을 흘렸다. 그러자 금아불이 조심스럽게 말했다.

"보주… 아무래도 이리되면……."

순간 은올기가 손을 들어 금아불의 말을 막았다. 금아불이 급히 입을 닫았다. 침묵이 장내를 차갑게 휘어 감았다. 그러다 결국 은올기가 입을 열었다.

"물러난다! 은밀히 움직여라. 저들의 공격이 있을 수도 있으니……!"

第八章 추격

　날이 밝자 사람들은 한 가지 사실에 놀랐다. 어제까지 천록야 남쪽에 세워졌던 은올기의 진영에 사람이 보이지 않았던 것이다. 그 옆 흑사풍의 숙영지에는 몇몇 흑사풍의 고수가 남아 있었지만 은올기의 진영에선 사람을 찾아볼 수 없었다.

　보통의 경우라면 사람이 떠나면 막사도 함께 사라져야 하는데 막사는 고스란히 남아 있는 것이 또한 이상했다. 그건 곧 은올기가 막사를 걷을 여유도 없이 급히 천록야를 떠났다는 의미다.

　그리고 그날 정오가 되기 전 또 하나의 소식이 천록야의 고수들에게 전해졌다. 천록야에서 오십여 리 떨어진 곳에서 정체불명의 고수들이 일대 대회전을 벌였다는 것이다. 죽은 자의 숫자가 일백에 이르렀고, 싸움은 하루 종일 이어졌다고 하는데 이후에는 또 싸운 자들이 씻은 듯이 사라졌다는 소식이었다.

천문산에서 제사를 올리는 일만 남은 천제의 마지막 날 전해진 소식들은 그래서 천록야에 모인 사람들을 불안하게 만들었고, 그 불안함은 기이하게도 제주 금령에 대해 대막 고수들의 기대감을 높여주는 계기가 되고 있었다.

"그는 떠났소?"

천문산으로 향하며 금령이 물었다. 그러자 지낭 단중자가 대답했다.

"그렇습니다."

"성공할 수 있을 것 같소?"

"은올기는 만만한 상대가 아니지요."

"그를 홀로 보내는 것이 맞았을까?"

"부단주가 함께 가지 않았습니까?"

"불현… 아직은 어리지."

금령이 낮게 대답했다.

"제 생각에는 오십 대 오십인 것 같습니다."

"그렇소?"

"물론 은올기의 능력이 대단하기는 하지만 이미 사기가 많이 꺾여 있을 겁니다. 궐 장로께서 이끄는 이군이 그의 수하들에게 큰 타격을 입혔으니 그의 마음이 몹시 조급할 것입니다. 조급한 자는 결국 실수를 하게 마련이지요."

"우리 쪽 피해가 많지 않아 다행이오."

금령이 다른 말을 했다.

"철저히 기습을 했으니까요."

"음… 이로써 대막의 일이 잘 마무리되었으면 좋겠는
데……."

"오늘 천문산에서의 제사만 잘 끝나면 되니 걱정 마십시오."

"사람들을 내어 놓겠소?"

금령이 다시 물었다.

"이미 빙궁주와 묵철가주께서 동의한 일이니 반드시 사람들
을 내어 놓을 것입니다."

"호천단이 단번에 커지겠구려."

"이백여 명으로 늘어나겠지요."

"나쁘지 않구려."

"좀 더 사람을 들여 오백여 명 정도의 호천단이 만들어진다
면 그들이 강호천하를 태상장로께 드릴 것입니다."

"좋소. 기대해 봅시다."

석요송이 고개를 끄덕이고는 시선을 들어 신비로운 산 천문
산을 바라봤다. 그러고는 다시 고개를 돌려 남동쪽, 아마도 석
요송과 금불현이 달리고 있을 그 길을 아련한 눈으로 응시했다.

석요송과 금불현은 최대한 속도를 뽑아내고 있었다. 일단 도
주자들의 방향을 확인하는 것이 중요했다. 그들이 두 사람이 원
하는 길로 도주한다면 앞서 가 그들을 기다릴 수 있을 테지만
중간에 그들이 방향을 틀 수도 있었다.

다행히 지금까지는 두 사람이 생각한 방향으로 은올기가 움
직이고 있었다. 은올기를 수행하는 자의 숫자는 의외로 적어서

스무 명이 채 되지 않았다. 아마도 추격자들의 눈을 피하기 위해 행장을 단출하게 꾸린 듯 보였다.

"쉬지를 않네요."

금불현이 초조한 빛으로 말했다. 이렇게 뒤만 쫓다가는 두 사람이 준비한 것들이 무용지물이 될 수 있었다.

"마음이 급할 거야. 준비했던 자들도 궐 장로님에게 기습을 당해 일패도지했으니, 얼른 이 대막을 벗어나고 싶겠지."

"이대로라면 함정이 쓸모없게 되지 않을까요?"

"두고 보자고."

석요송이 속도를 줄이지 않고 질주하며 말했다.

"공에게서는 연락이 없었느냐?"

은올기가 속도를 줄이며 물었다. 그러자 그의 곁을 그림자처럼 호종하는 노고수 혼태가 입을 열었다.

"아직……."

"무사할까?"

"대공자께서는 일을 허투루 하지 않으시니 걱정 마십시오."

"음… 그렇긴 하지. 생각해 보면 어리석은 일이었어."

"무슨 말씀이신지?"

"일에 문제가 생겼다는 점을 몰랐던 것 말이야."

"천록야 밖에서 일어난 일을 어찌 아실 수 있겠습니까?"

혼태의 말에 은올기가 고개를 저었다.

"아니, 모른 것이 더 이상했지. 애초에 우질에게서 연락이 끊긴 순간 일이 잘못되었다는 것을 깨달아야 했어. 우질 놈이 아무리 겁이 많은 녀석이라고 하더라도 연락을 끊을 녀석은 아니거든."

"그야 그렇습니다만……."

혼태가 머리를 주억거렸다. 그러자 은올기가 탄식을 흘렸다.

"아, 그 할애비에게 팔을 잘리고 이제 다시 그 손녀 딸년에게 일패도지하고 있으니 나 은올기의 체면이 말이 아니구나!"

"패하는 일이야 병가지상사 아닌지요?"

"하하하, 혼태 그대가 날 위로하는군."

"죄, 죄송합니다. 제가 감히……."

"아니, 아니야. 자네와 같은 사람이 내 곁에 있어서 나도 좋아. 그나저나 쉴 곳을 찾아보게."

"괜찮을까요?"

혼태가 걱정스런 표정으로 뒤를 돌아보며 물었다. 그러자 은올기가 고개를 저으며 말했다.

"간밤에 떠난 길이네. 더군다나 천문산의 천제가 있으니 추격을 하지는 않을 거야. 이리 서두르는 것은… 그저 이곳을 빨리 떠나고 싶을 뿐이기 때문이네."

"알겠습니다. 그럼 앞서 가 쉴 곳을 찾아보겠습니다."

혼태가 머리를 숙여 보인 후 훌쩍 몸을 날렸다. 그러나 은올기가 서서히 움직이는 속도를 줄였다.

"쉴 곳을 찾는 것 같아요."

금불현이 반색하며 말했다. 은올기가 속도를 줄이고 혼태가 앞서 나가는 것을 보며 한 말이었다. 그러자 석요송이 고개를 끄덕였다.

"그렇군. 우리도 이젠 쉴 수 있겠군."

"언제 앞서 가실 거예요."

"서둘지 않아도 돼. 계곡까지는 아직 제법 남았으니……."

"하지만 쉬고 나면 저들이 다시 속도를 내지 않을까요?"

"그럴 일은 없을 거야. 한 번 휴식을 맛본 사람은 마음이 풀어지게 마련이지. 언제든 우리가 앞서갈 기회가 있을 거야. 저들을 앞서가는 것은 최대한 계곡에 가까워져서 할 일이야. 아직은 갈림길이 몇 곳 있으니까."

"알았어요."

금불현이 고개를 끄덕였다. 그때 은올기를 앞서 갔던 혼태가 돌아왔다. 혼태는 은올기에게 몇 마디 말을 하더니 이내 은올기를 이끌고 길 옆 숲으로 향했다.

잠시 후 은올기 일행이 작은 샘가에 자리를 잡고 앉았다. 지난밤부터 이어온 도주라 그런지 사람들의 얼굴에는 지친 기색이 역력했다. 은올기 등은 마른 건량을 요기하고 나서 각자 운기에 들어갔다.

무인에게 최고의 휴식이라 내기를 정갈히 하는 것이다. 그리하여 이내 숲은 사람이 없는 것처럼 변했다. 몇 마리 새가 날아들어 은올기 일행 주변을 맴돌 정도였다.

석요송과 금불현도 오랜만에 휴식을 취하기 시작했다. 휴식은 대략 반 시진 정도 이어졌고, 기력을 회복한 은올기와 그 수하들이 다시 남쪽을 향해 움직일 때 석요송과 금불현도 다시 길을 떠났다.

　　　　*　　　*　　　*

"호잇호잇!"

　짐승 모는 소리가 천록야를 가득 메웠다. 질풍처럼 일어난 다
섯 줄기의 고수가 초원을 가로지더니 천록야의 남산 자락을 에
워쌌다. 그 가운데에 흑사풍의 진영이 그물에 걸린 고기처럼 들
어앉았다.

　흑사풍의 무사들이 두려움에 떨며 막사에 뛰어나와 사주를
경계했다. 한 명 한 명이 일류 고수들인 그들이었지만 자신들을
에워싼 백여 명의 고수 앞에서는 주눅이 들 수밖에 없었다. 흑
사풍 고수들의 숫자라야 겨우 스물 정도, 각파가 천록야에 데리
고 들어올 수 있는 고수의 숫자가 한정되어 있었기에 그들로서
는 최대한의 인원을 확보한 것이 그 정도였다.

　"무슨 일이오!"

　흑사풍의 구성 중 일인인 갈생이 노성을 터뜨리며 자신들을
둘러싼 고수들을 노려봤다. 그러자 묵철가주 철우문이 앞으로
나서며 물었다.

　"대천성은 어디 있소?"

　"대천성께서는 이곳에 아니 계시오. 그런데 이게 무슨 짓이
란 말이오. 어찌 천록야에서 이런 참담한 일을 벌이시는 것이
오?"

　갈생이 따져 물었다. 그러자 철우문이 차갑게 대답했다.

　"천제의 규칙을 어긴 것은 흑사풍이 먼저요."

"흑사풍의 무슨 규칙을 어겼다는 것이오?"

"천록야 남쪽에서 일단의 소요가 일어났소. 정체불명의 고수들과 흑사풍의 고수들이 합세해 천록야로 진격하고 있었소. 대저 천록야의 천제에 무인을 동원하는 일은 대대로 금지된 일이오. 그런데 흑사풍에서 그 규칙을 어겼으니 어찌 가벼운 일이라 할 수 있겠소. 대천성께 이 일에 대한 연유를 들어야겠소."

철우문의 목소리가 차갑다 못해 살기가 느껴졌다. 순간 갈생은 일이 이미 틀어졌다는 것을 깨달았다. 이들은 말로써 설득이 되지 않을 것이다. 남은 것은 살아남는 것일 뿐, 애초에 천록야에서는 혈사를 일으키지 않을 것이라 판단하고 계속 천록야에 머물며 다른 문파들의 동향을 살피고 있었던 것이 실수였다.

"이미 말했지만 대천성께서는 이곳에 아니 계시오."

"어디로 가셨소?"

갈생이 입을 닫는다.

"어디로 가셨소?"

철우문이 다시 물었다.

"천록야를 떠나셨소."

갈생이 그제야 대답을 했다. 그러자 철우문이 살기 어린 표정으로 주변을 돌아보며 말했다.

"대막의 형제들에게 연통을 돌려 흑사풍의 대천성을 추격해야 할 것이오. 그가 감히 대막의 규칙을 어기고 외인까지 끌어들여 천록야를 범접하려 한 것은 결코 용납할 수 없는 일이오."

"맞소이다. 반드시 그를 찾아내야 하오."

설유가 맞장구를 쳤다. 그러자 갈생이 이를 갈며 소리쳤다.

"흑사풍을 멸절시키는 것이오?"

그러자 철우문이 대답했다.

"더 이상 대막에 흑사풍은 존재하지 않을 거요. 그대는 선택을 하시오. 순순히 항복을 하겠소? 아니면⋯⋯."

순간 갈생이 소리쳤다.

"흥, 당신들이라고 뭐가 다른가? 금문을 끌어들이지 않았던가?"

"그건 흑사풍이 은올기라는 자를 데려왔기 때문에 부득이한 일이었다. 더군다나 금문의 태상장로께서는 이번 천제의 제주로 뽑히셨으니 어찌 남이라 할 수 있을까?"

"흥, 핑계가 좋구나!"

갈생이 철우문을 노려보며 소리쳤다.

"죽겠다는 말이군."

철우문이 차갑게 말을 내뱉었다. 그 순간 갈생이 소리쳤다.

"모두 흩어져라. 각자 살길을 찾아라. 살아난다면 구채에서 본다!"

날카롭게 소리친 갈생이 스스로 먼저 신형을 날렸다. 그러자 철우문의 묵직한 음성이 들렸다.

"항복하면 살려주고 반항하는 자는 모두 베시오. 단 한 명도 천록야를 벗어나지 못하게 해야 하오."

철우문의 말이 떨어지기도 전에 이미 곳곳에서 도주하려는 흑사풍의 고수들과 그를 막으려는 대막무림의 고수들 사이에

칼부림이 벌어지기 시작했다.

차차창!

멀리서 들려오는 병장기 부딪히는 소리가 아련하다. 전장은 점점 천록야를 벗어나고 있었다. 대막의 고수들은 사냥에 나선 사냥꾼들처럼 빈틈없이 흑사풍 고수들을 몰아쳤다. 흑사풍 고수들 중 살아서 천록야를 벗어난 자가 채 다섯이 되지 않았다. 추격은 계속될 것이고 아마도 이것으로 흑사풍은 대막에서 한동안 그 이름이 지워질 터였다. 물론 금아불이 살아 있다면 다르겠지만.

"이렇게 흑사풍의 역사가 막을 내리는 건가?"

금령이 무심한 눈으로 천록야 남쪽을 바라보며 말했다. 그러자 지낭 단중자가 입을 열었다.

"시간이 조금 걸릴 것입니다. 또 그들은 거점이 서역에도 있으니 일부는 살아남을 수도……."

"그러나 다시 대막의 강자로 재기하는 것은 어렵겠지."

"그렇긴 하지요."

"혈림에 대해선 알아봤소?"

금령이 단중자에게 물었다. 그러자 단중자가 대답했다.

"그 실체를 안 지가 얼마 되지 않아 아직은 정확한 실체를 파악하지 못하고 있습니다. 퀼 장로께서 그들 중 몇을 사로잡았다고 하니 그들을 조사하면 얼추 그 실체가 드러날 것입니다."

"혈림의 실체를 아는 것이 중요하오. 천랑원 말고 은올기가 쓸 수 있는 세력이 있다는 것은 위험한 일이지."

"인검이 그를 제거할 수 있지 않을까요?"

단중자가 금령에게 물었다. 그러자 금령이 고개를 갸웃하며 대답했다.

"글세… 쉽지는 않을 거요. 오히려 인검이 위험할 수도 있지."

"그래도 인검인데 그럴 리가 있겠습니까?"

"세상에는 변수가 많으니까. 아무튼… 우린 우리의 일을 해야지. 내일 모든 일을 마쳐야 하오. 지체할 시간이 없어."

"알겠습니다."

"소집은 천록야 밖에서 합시다."

"이유라고 있으신지요?"

"그들이 우리에게 복종한다고 해서 우리가 함부로 천록야의 전통을 깰 수는 없소. 이곳에 금문의 고수들을 들이는 일은 조심해야 하오. 차라리 천록야 밖에서 회합을 하는 것이 좋을 것이오."

"그렇군요. 알겠습니다. 명대로 따르겠습니다."

단중자가 깊게 고개를 숙였다.

천록야를 중심으로 하루 동안 거친 사냥이 이어졌다. 흑사풍의 고수들이 곳곳에서 쓰러졌다. 은밀히 천록야로 접근했던 흑사풍의 고수들은 금문의 장로 궐후가 이끄는 고수들에게 기습을 당해 일차적으로 손해를 입었고, 연후에는 대막 고수들의 사냥에 쫓겨 사방으로 흩어졌다.

그렇게 하루가 지나자 천록야 주변에서는 더 이상 흑사풍의 그림자를 찾아볼 수 없었다. 대신 그 자리를 금문의 고수들이 채웠다.

천록야로부터 삼십여 리 떨어진 곳의 작은 야산 기슭에 하나 둘 대막의 고수들이 모여들기 시작했다. 흑사풍의 고수들을 쫓아 천록야를 벗어난 사람들이었다.

그렇게 모여든 사람들은 이미 산기슭을 가득 메우고 있는 한 떼의 사람을 볼 수 있었는데 청색무복을 차려입은 그들은 금령을 에워싸고 푸른색 깃발을 휘날리고 있었다. 금문의 고수들이다.

금령을 따라 천록야에 들어선 금문 고수들은 채 스물이 되지 않았지만 천록야 인근에는 금령을 따라 홍안령을 넘은 호천단의 일군 고수들과 은밀히 산맥을 타고 이동해 천록야로 접근한 궐후가 이끄는 이군의 고수들이 포진해 있었다. 그들이 오늘은 그 모습을 온전히 드러내고 대막의 고수들을 맞이하고 있었던 것이다.

푸른 깃발 아래 하나의 태사의가 놓여 있다. 그곳에는 금령이 앉아 있었는데 그녀 주변으로 수십 개의 빈 의자가 둥글게 원을 그리며 놓여 있었다.

한 순간 한 명의 노고수가 범처럼 장내에 날아들어 금령 앞에 섰다. 철우문이다.

"제주, 다녀왔습니다."

"수고하셨습니다. 앉으세요."

금령이 고개를 끄덕였다. 그러자 철우문이 금령과 가장 가까운 의자에 자리를 잡고 앉았다. 연이어 설유가 장내로 날아들었다. 설유는 아무런 말없이 그저 금령에게 고개를 숙여 보였다. 그러자 다시 금령이 입을 열었다.

"수고하셨습니다. 다른 분들이 오실 때까지 잠시 기다리지요."

금령의 말에 설유가 다시 한 번 고개를 숙여 보이고는 하나의 의자를 차지하고 앉았다. 그렇게 철우문과 설유를 시작으로 대막이 고수들이 하나둘 장내에 도착했다. 그리고 그들은 하나씩의 의자를 차지하고 금령의 주위에 둥글게 둘러앉았다. 하늘은 차고 높았으며 금문의 깃발이 대막의 하늘에 휘날리고 있었다.

대략 한 시진 정도가 지나가 이젠 빈 의자는 더 이상 없었다. 장내 고수들 숫자는 금문의 고수 수백과 대막의 고수 수백이 모여 족히 오백여 명은 됨직했다.

"올 사람은 다 온 것 같습니다."

문득 주변을 돌아보며 설유가 말했다. 그러자 금령이 고개를 끄덕이며 태사의에서 일어났다. 그러고는 자신을 중심으로 모여 있는 대막의 고수들을 향해 정중하게 포권을 했다.

"먼저 오늘 적들을 소탕하는 데 힘을 보태주신 여러분께 감사드리는 바이오."

금령이 흑사풍의 토벌에 나섰던 대막 고수들의 노고를 치하한 후 두어 걸음 앞으로 나섰다. 은빛 가면으로 얼굴의 반을 가린 금령의 모습이 오늘 따라 더욱 신비롭게 보였다.

"난 강호천하를 보고 있소."

다시 금령이 입을 열었을 때 사람들은 금령의 신비감에서 깨어나 절대패자의 기운에 몸을 떨었다.

"그러나 지배자로서가 아니라 형제로서, 그리고 친구로서 여러분과 강호에 나서기를 바라고 있소."

금령의 말에 좌중의 고수들이 자신들도 모르게 안도의 숨을 내쉬며 고개를 끄덕인다.

"여러분을 친구로 얻음으로써 난 천하의 반을 얻었음을 선언할 수 있소."

이는 대막무림을 치켜세우는 말이다. 금령의 말을 듣는 대막의 고수들 얼굴에 가벼운 자부심이 깃든다.

"이제 난 말머리를 돌려 요동을 평정한 후 장성을 넘을 것이오. 내 목적은 북천십이문을 형제로 두는 것이오. 당연히 이를 거부하는 문파는 멸할 것이오. 다행히 이 대막에서 묵철가와 빙궁을 친구로 얻었으니 마음이 무척 흡족하오."

금령의 말에 철우문이 입을 열었다.

"저희들 역시 제주를 모시게 되어 큰 영광입니다. 제주께서 강호천하를 눈에 두시고 있으시니 저희들이 어떤 도움을 드리면 되겠습니까?"

"고마우신 말씀입니다. 그러나 제가 대막의 형제들을 사귀려 한 것은 어떤 도움을 받고자 함이 아닙니다. 그저 적이 아닌 친구이길 바랐을 뿐이지요."

그러자 이번에는 설유가 입을 열었다.

"물론 제주께는 저희들의 도움이 없어도 강호를 경영하실 충분한 능력이 있음을 알고 있습니다. 그러나 대막의 형제들 중에도 천하를 향한 제주의 행보에 동참하고 싶은 사람이 있을 것이니 이들의 바람을 외면치 말아주십시오."

설유의 말에 금령이 고개를 끄덕였다.

"물론 스스로 나의 행보에 동참하겠다는 분을 거부치는 않겠소. 그러나… 너무 많은 분이 터전을 버리고 떠나면 대막이 황량할 테니 각 문파에서 십여 명 안쪽으로만 합류해 주시기 바라오."

그러자 자리에 앉아 있던 고수들이 일제히 자리에서 일어나 포권을 하며 대답한다.

"제주의 넓으신 아량에 감사드립니다."

대막 고수들의 목소리가 우렁차게 산을 뒤흔들었다. 그런 고수들을 보며 금령이 한줄기 미소를 짓고 있는데 다시 철우문이 물었다.

"이제 어디로 향하실 생각이신지요?"

"남쪽으로 이동해 공손세가로 갈 것입니다."

금령의 말에 철우문이 고개를 끄덕였다.

"옳은 행보십니다. 물 흐르듯 움직이는 것이 좋지요. 그런데 언제 떠나실지… 저희들에게도 시간을 주셔야 사람을 추려 제주를 호종할 수 있을 터인데……."

"남쪽에 본문의 근거지가 하나 있습니다."

"야천룽을 말씀하시는 것인지요?"

"그렇습니다. 그곳에서 이달 보름에 보기로 하지요. 야천룽에서 공손가까지는 빨리 말을 달리면 닷새 거리이니 준비를 하기에는 좋은 장소이지요."

"알겠습니다. 그럼 그리 알고 야천룽으로 사람들을 보내겠습니다."

"먼저 가서 기다리지요."

금령이 가볍게 고개를 끄덕였다. 철우문이 다시 입을 열었다.

"오늘은 대막의 무림이 근 이백여 년 만에 처음으로 하나가 된 날이니 잔치 상을 준비하여 형제들을 배불리 먹이도록 허락해 주십시오."

"어디 제 허락이 필요한 일인가요? 나도 좋은 술을 미리 준비해 왔으니 금문의 술도 한 번 즐겨보시기 바랍니다."

"하하하, 역시 제주께선 이번 행사에 처음부터 자신이 있으셨군요. 미리 축하주를 준비하셨으니……."

철우문의 말에 장내의 고수들이 일제히 웃음을 터뜨렸다.

그날, 흥건한 잔치가 초원에서 벌어졌다. 수십 마리의 양이 잡혔고, 사냥해온 사슴과 멧돼지 고기도 불에 구워졌다. 초원의 각 문파와 금문에서 준비한 술은 끝없이 사람들을 입을 유혹했다. 잔치는 밤이 깊도록 이어졌다.

*　　　*　　　*

석요송과 금불현은 눈이 덮이기 시작하는 산을 지나고 있었다. 은올기를 앞서 온 것이 두시진 전이다. 흥안령 높은 곳으로 올라 은올기를 추월한 두 사람은 며칠 전 미리 봐두었던 장소로 뒤를 돌아보지 않고 달렸다. 은올기가 택한 길이 두 사람이 예상했던 길임을 확인하는 순간 두 사람은 더 이상 은올기의 뒤를 따를 필요가 없었던 것이다.

"사사삭!

눈 밟히는 소리가 기분 좋게 들려온다. 산 위, 눈 덮인 봉우리로부터 불어오는 찬바람이 정신을 맑게 만든다. 두 사람이 큰 바위를 날아 넘었다. 순간 그들 앞에 한 사람이 나타났다. 일영이다.

"어서 오십시오."

일영이 석요송에게 고개를 숙여 보인다.

"준비는?"

석요송이 물었다.

"모두 끝났습니다. 고기가 그물에 들어오기만을 기다리면 됩니다."

"수고하셨소."

"그리고 천록야에서 소식이 왔습니다."

"어찌되었소?"

석요송이 다시 물었다.

"모든 것이 계획대로 되었다고 합니다. 흑사풍은 궤멸되었고, 은올기의 수하들도 오 할은 죽음을 당했다고 합니다. 태상장로께서는 명실상부 대막 무림의 주인이 되셨지요. 야천릉에서 이달 보름 대막의 고수들을 소집할 것이라고 합니다."

"음, 그건 이미 계획되어 있었던 일이고……. 그럼 이곳에서 이제 마지막 사냥만 끝나면 모든 것이 완벽하군."

"반드시 성공할 것입니다. 걸려들면 빠져나갈 수 없는 그물이니까요."

일영이 자신있게 말했다. 그러자 석요송이 대답했다.

"방심하면 안되오. 상대는 은올기요."

"알겠습니다."

"갑시다."

석요송의 말에 일영이 앞서서 눈길을 달리기 시작했다.

휘이잉!

차가운 바람이 불어와 은올기의 소맷자락을 날렸다. 안에 든 것이 없는 소맷자락이 맥없이 바람에 흩날렸다.

"춥군."

은올기가 몸을 움츠렸다.

"적당한 곳을 찾아 쉴 준비를 하겠습니다."

혼태가 대답했다.

"그러세. 공은 어찌 되었을꼬?"

은올기가 다시 물었다. 그러자 혼태가 대답없이 낯빛을 흐렸다. 그러자 은올기가 고개를 저으며 자신의 물음에 자신이 답을 했다.

"살아는 있겠지. 전서가 끊겼다는 것은 상황이 다급하다는 의미, 그러나 공은 자신의 몸은 확실히 챙기는 아이니 살아 있을 거야."

"아마도 그럴 것입니다."

혼태가 대답했다. 그러자 은올기가 고개를 돌려 금아불에게 물었다.

"혹사풍을 재건할 수 있겠소?"

그러자 금아불이 무뚝뚝하게 대답했다.

"흑사풍은 결코 멸하지 않습니다. 이미 천록야를 떠날 때 일이 생길 경우를 대비하고 왔습니다. 제삼의 안가에서 모여 세를 회복할 것입니다."

"그렇소? 그곳이 어디요?"

은올기의 물음에 금아불이 아무런 대답을 하지 않았다.

"말해줄 수 없소?"

"그곳은 흑사풍 최후의 비처라 외인에겐 말할 수 없는 곳이지요."

"외인이라. 후후 역시 그렇군. 비록 그대가 날 주군으로 따르고 있다고는 해도 흑사풍에 난 외인이지."

은올기의 자조 섞인 웃음에 금아불이 흠칫했다. 그러나 그럼에도 불구하고 그는 흑사풍의 최후의 거점에 대해선 입을 열지 않았다. 은올기도 더 이상 그 위치를 묻지 않았다. 대신 은올기가 다른 말을 꺼냈다.

"추격에서 자유로워지면 그대는 대막으로 돌아가 흑사풍을 재건하시오."

"그래야지요."

금아불이 당연한 일이라는 듯 대답했다. 그러자 은올기가 그런 금아불을 흘깃 보더니 다시 입을 열었다.

"금문은 천록야의 일이 마무리되면 아마 요동으로 돌아갈 거요. 아직 요동에는 금문에 대적하는 문파가 적지 않소. 모용세가를 비롯해 장백파가 있고… 또, 공손… 응?"

갑자기 말을 하다 말고 은올기가 고개를 갸웃한다. 그러자 혼태가 급히 물었다.

"무슨 일이라도……?"

"가만… 잘하면 그 계집에게 제법 큰 타격을 줄 수도 있을 것 같군."

"무슨 말씀이신지요?"

"내가 그 계집이라면 필시 요동으로 돌아가는 길에 공손가를 얻으려 할 것이야. 공손가는 요동과 장성 그리고 대막으로 이어지는 길의 중심에 있으니 그곳을 놓아둘 리 없지. 더군다나 돌아가는 길에 있고……."

"그렇군요."

혼태가 고개를 끄덕였다. 그러자 은올기가 단호하게 말했다.

"공손가로 가지."

순간 금아불이 난색을 흘렸다.

"이 상황에서 다시 금문과 대적을 한단 말씀입니까?"

"물론 지금 상황에서 금문과 전면전을 할 수는 없소. 하지만… 적어도 이 은올기가 죽지 않았음을 알려줄 수는 있지."

"그러나 무슨 힘으로……."

금아불이 걱정스런 표정으로 물었다.

"공손가의 가주는 귀가 얇은 사람이오. 그를 충동질하면 제법 재밌는 그림을 그릴 수 있을 거야. 물론 그래서 금령 그 계집을 제압하면 좋겠지만 비록 그것이 불가능하다 해도 제법 타격을 줄 수 있겠지. 하면 금문이 요동의 제 문파들을 제압하는 데 어려움을 겪을 것이고 난 그 사이 세를 정비해 금문을 섬멸할 계획을 세울 수 있을 것이오."

"……."

은올기의 말에 금아불이 아무런 말도 하지 않았다. 그러자 은올기가 물었다.

"대천성께서는 내 생각이 미덥지 않소?"

"아, 아닙니다."

금아불이 얼른 고개를 저었다. 비록 천록야에서 실패를 했다고는 해도 여전히 은올기는 은올기였다. 그의 무서움을 강호에서 가장 잘 아는 사람이 있다면 그 사람은 바로 금아불일 터였다.

사실 흑사풍이 대막의 장자인 묵철가나 전통의 문파 빙궁과 어깨를 나란히 한 것도 은올기의 도움이 없었다면 불가능한 일이었을 것이다.

"아마 내게 실망했을 거요."

은올기가 금아불을 보며 말했다. 그러자 금아불이 얼른 대답했다.

"그럴 리가 있겠습니까. 오늘날 흑사풍이 북천십이문의 일파를 이룬 것은 모두 보주의 덕분인데요."

"그걸 기억하고 계시다니 다행이오. 아무튼… 금문은 내 일생일대의 적이오. 그들을 제압하지 못한다면… 무림일통은 고사하고 지금의 성세도 지켜내지 못할 것이오. 그러니 조금 더 고생합시다."

"알겠습니다, 보주!"

그때 앞서 길을 열고 있던 사내가 급히 달려왔다.

"쉬어갈 만한 곳이 있습니다."

"어디냐?"

혼태가 은올기를 대신해서 물었다.

"이백여 장 앞에 있습니다."

사내가 대답하자 혼태가 은올기를 바라봤다. 그러자 은올기가 고개를 끄덕였다.

"날도 저무니 쉬어가지."

"알겠습니다. 안내하라."

혼태의 명에 사내가 고개를 숙여 보이고는 서둘러 길을 열기 시작했다.

석요송과 금불현은 위태로운 절벽 위쪽에 몸을 숨기고 있었다. 미리 보아두었던 터라 자리를 잡고 적을 기다리는 것은 어려운 일이 아니었다. 애초에는 이삼일 견뎌낼 생각도 있었기에 건량과 추위를 피할 모포도 준비되어 있었다.

"오고 있습니다."

한순간 석요송 앞에 일영이 혼령처럼 나타나 말했다.

"얼마나 남았소?"

"대략 백여 장입니다."

"좋소. 밀영들은 좀 더 철저히 은신하시오."

"알겠습니다. 그런데 언제 공격하실지……?"

"출구를 막고 있다가 그들의 절반이 지나가면 그 중간을 끊읍시다."

"알겠습니다. 그리 준비하지요."

일영이 고개를 숙여 보이고는 허깨비처럼 그 자리에서 사라졌다. 일영이 사라지고 난 후 채 이각이 지나지 않아 한 떼의 사람이 절벽 중간으로 난 길을 타고 절벽 사이 계곡으로 들어왔다. 그러자 석요송의 귀에 은올기의 목소리가 바로 옆에서 말하는 것처럼 들렸다.

"좋군. 하루 쉬어가도 되겠어."

"알겠습니다, 보주!"

누군가 은올기의 말에 대답했다. 순간 금불현이 석요송을 보며 낮게 말했다.

"이곳에서 자고 갈 생각인가 봐요."

"그런가보군."

"그럼 어쩌죠? 저들이 출구를 나설 때를 노려 공격하기로 했잖아요?"

"어쩔 수 없지. 방법을 바꿀 수밖에……."

"어떻게요?"

"잠든 틈을 노린다. 다행히… 이곳에는 쓸 만한 것들이 많군."

석요송이 주변을 돌아보며 말했다.

일영과 밀영들은 절벽 위쪽 은신처로 돌아왔다. 이 일에 동원된 밀영은 일영을 포함해 모두 다섯, 그들 모두가 살수행에 무척 능한 사람들이었다.

석요송과 그 일행은 은올기가 불을 피워 저녁을 지어먹는 모습을 지켜보며 건량을 씹었다.

"참 팔자 좋군요. 쫓기는 와중에도 불을 피워 저녁을 지어 먹다니……."

금불현이 은올기의 대범함에 놀란 것인지 아니면 구수한 밥냄새가 부러운 것인지 투덜거리는 소리를 했다.

"더 이상 추격이 없다고 생각한 것일 수도 있지."

"그럴까요?"

"벌써 삼 일째니까."

"그럼 오늘 제대로 뜨거운 맛을 보겠군요."

"불현……."

"하실 말씀이 있으세요?"

금불현이 석요송을 돌아보며 물었다. 그러자 석요송이 조심스럽게 말했다.

"오늘은 뒤로 물러나 있는 것이 어떻겠느냐?"

"그게 무슨……?"

"위험한 사람이다."

석요송이 정색을 하며 말했다. 그러자 그제야 석요송의 말을 이해한 금불현이 화를 내는 대신 빙그레 미소를 지었다.

"날 걱정해 주시는 거예요?"

"음……."

"헤헤, 고맙지만 사양할게요. 이런 고난은 함께 겪어야지요."

"굳이 네가 나서지 않아도 된다."

"저도 금문의 무사예요. 호천단의 사람이고요."

"그렇긴 하다만……."

석요송이 말꼬리를 흐렸다. 그러나 더 이상 금불현에게 뒤로 물러나 있기를 권하지는 않았다.

은올기는 밤늦게까지 잠을 이루지 못했다. 그는 수하들의 태반이 잠든 시간에도 숙영지를 서성이며 달구경을 했다. 물론 그의 눈에 달의 아름다움이 들어왔을 리는 없었다. 수하 혼태가 두어 번 잠자리에 들기를 권하고 나서야 은올기는 자신의 천막으로 들어갔다.

천막을 치고 잠을 자는 사람은 은올기뿐이었다. 다른 수하들은 맨땅에서 모포를 뒤집어쓰고 노숙을 하고 있었다. 급히 떠나느라 야숙할 준비가 미진한 일행이었다. 불을 피우지 않았다면 겨울 추위에 몸들이 얼어버렸을 테지만 불과 두툼한 모피가 추위에서 그들을 지켜주었다.

달이 밝았다. 차가운 공기가 달빛을 더욱 밝게 했다. 몇몇 무사들은 달빛이 너무 밝아 깊게 잠이 들지 못하다가 결국은 졸음에 겨워 잠에 빠져들었다.

어디선가 밤새 소리가 들렸다. 그러자 밤새 몇 마리가 울음에 호응해 위쪽 절벽에서 노숙지 아래 수백 장 밑으로 깎여 내려간 절벽을 따라 날아 내렸다.

그런데 그 순간 밤새와 섞여 갑자기 매서운 파공음이 일어났다.

파아앗!

퍼퍽!

"악!"

"욱!"

벼락같은 비명 소리가 일어났다. 순간 잠에 들었던 무사들이 깨어났다.

차앙!

무사의 본능은 놀랍다. 잠결에도 자신을 향해 날아드는 화살을 쳐내는 무사들도 있었다.

퍼퍽!

몇 대의 화살이 은올기가 잠들어 있는 천막에 꽂혔다.

"보주님을 지켜라!"

어느새 정신을 차린 혼태가 소리쳤다. 그러자 천막 안에서 한마디 목소리가 들려왔다.

"내 걱정은 마라. 각자 몸을 지켜!"

은올기의 목소리에 그가 무사함을 확인한 혼태가 노기를 담은 시선으로 절벽 위를 올려다봤다.

"결국 이곳까지 따라왔구나. 지독한 놈들! 모두 죽여주마! 날 따라라!"

혼태의 노성이 흘러나오더니 그가 산짐승처럼 절벽을 타고 오르기 시작했다. 그러자 검은 그림자들이 절벽 사이에서 어른거리더니 다시 혼태를 향해 화살이 쏟아져 내렸다.

차창!

혼태가 세 대의 화살을 쳐냈다. 그러고는 화살을 쏘아대는 자를 향해 벼락처럼 도를 휘둘렀다. 그런데 그 순간 그의 발 아래쪽 절벽에서 한 줄기 빛이 솟구쳤다.

팟!

"억!"

혼태의 입에서 비명이 터져 나왔다, 동시에 그가 허벅지에서 피를 뿌리며 절벽 아래로 떨어져 내렸다. 그런 그를 향해 다시 화살이 비 오듯 쏟아졌다.

第九章 대호 사냥

혼태가 땅 위를 나뒹굴었다. 그러자 금아불이 재빨리 혼태를
일으켰다.

쐐액!

순간 한 자루 강전이 날아들어 금아불의 가슴을 파고들었다.

"흥!"

순간 금아불의 입에서 한마디 차가운 냉소가 흘러나오더니
그가 재빨리 화살을 낚아챘다. 그리고는 도리어 화살이 날아오
는 절벽 위를 향해 던졌다.

팡!

강렬한 파공음이 일더니 금아불이 던져낸 화살이 밀영 중 한
명의 팔을 스치고 지나갔다.

"조심하라!"

일영이 밀영들에게 다급히 소리쳤다. 그러고는 슬쩍 아래 상황을 살피더니 다시 명을 내린다.

"암기로 공격한다!"

일영이 명이 떨어지자 이번에는 밀영들이 암기를 던져 대기 시작했다. 달빛이 밝다지만 밤은 밤이다. 어스름한 밤공기를 뚫고 닥쳐오는 암기는 화살의 위험을 수 배 능가한다.

퍼퍽!

"욱!"

"악!"

다시금 은올기의 수하들이 몇 명 쓰러졌다.

"절벽 밑으로 피하라!"

은올기가 장내의 상황을 면밀히 살피더니 재빨리 명을 내렸다. 그러고는 자신이 잠자던 천막의 한쪽 끝을 매섭게 잡아챘다.

펄럭!

은올기의 손에 딸려 나온 천막이 깃발처럼 펄럭인다. 순간 절벽 위에서 쏟아져 내려오던 암기들이 단번에 천막에 휘어 감겼다. 그 사이 은올기의 수하들이 절벽에 바싹 붙어 암기를 피했다.

"입구와 출구를 봉쇄하시오."

이번에는 석요송이 명을 내렸다. 그러자 밀영 두 사람이 좌우로 이동하더니 미리 준비해 두었던 바위들을 굴렸다.

쿠쿠쿵!

거대한 바위들이 떨어져 내리며 계곡의 입구와 출구가 봉쇄

됐다. 그러자 은올기의 얼굴이 어둡게 변했다. 어둠 속에서의 공격도 공격이지만 이리되면 독 안에 든 쥐다. 더군다나 얼마나 많은 적이 와 있는지도 알 수 없었다.

"상황이 좋지 않습니다."

금아불이 말했다. 그러자 은올기가 잠시 생각에 잠기더니 옆을 돌아보며 물었다.

"어떠한가?"

"견딜 만합니다."

암습자들을 공격하려 하다가 오히려 허벅지에 큰 상처를 입은 혼태가 대답했다. 그러자 은올기가 고개를 끄덕이더니 훌쩍 공터로 뛰어나갔다.

쐐애액!

은올기를 향해 기다렸다는 듯이 암기가 쏟아져 내렸다. 그러자 은올기가 다시 들고 있던 천막을 휘둘렀다.

퍼퍼퍽!

천막이 은올기를 대신해 암기들을 막아냈다. 순간 은올기가 큰 소리로 외쳤다.

"잠깐 내 말을 들어라."

은올기의 외침에 석요송이 손을 들어 밀영들의 공격을 제지했다. 더 이상 암기 공격이 이어지지 않자 은올기가 다시 소리쳤다.

"얼굴을 보여라."

은올기의 말에 석요송이 준비한 천으로 얼굴을 가리고 절벽 사이에서 몸을 일으켰다.

"어디서 온 자들이냐? 정체를 밝혀라."

은올기가 다시 소리쳤다. 그러자 석요송이 대답했다.

"정체를 밝힐 것 같았으면 얼굴을 가렸겠소?"

순간 은올기의 표정이 살짝 변했다. 아마도 목소리로 정체를 짐작하려는데 쉽사리 알 수가 없는 모양이었다.

"금문이냐?"

지금으로선 자신을 암습할 곳이 금문밖에 없다고 생각하는 은올기였다. 석요송의 가부를 대답하는 대신 다른 말을 했다.

"항복하시겠소?"

생뚱한 말에 은올기가 딱딱하게 표정을 굳히더니 갑자기 커다란 웃음을 터뜨렸다.

"하하하! 감히 이 은올기에게 항복을 하라고?"

"아니면 죽을 거요."

석요송이 냉정하게 대답했다.

"겨우 함정 따위로 날 죽일 수 있을 것 같으냐?"

"앞뒤의 길은 막혔고, 위와 아래는 절벽이니 과연 어디로 빠져나갈 것이오? 나는 새가 아닌 이상!"

"천하에 이 은올기를 가둘 그물은 없다. 모두 창룡진을 펼쳐라!"

갑자기 은올기가 명을 내렸다. 그러자 절벽에 바싹 붙어 위에서 내려오는 암기 공격에 대비하고 있던 은올기의 수하들이 기이한 형태의 진을 형성했다. 앞쪽에 많은 숫자를 두고 뒤쪽에는 사람을 거의 두지 않는 형태의 진이었는데 이는 한눈에 보다도 적진을 돌파할 때 쓰는 진영이 분명했다.

"길을 연다!"

은올기가 짧게 말했다.

"존명!"

은올기의 수하들이 대답을 하고는 무서운 속도로 동쪽으로 난 길을 향해 돌진하기 시작했다.

"가자!"

석요송의 명이 떨어지기도 전에 일영이 밀영들을 이끌고 동쪽 길로 달렸다. 달리면서도 밀영들은 은올기의 수하들을 향해 암기를 던지는 것을 잊지 않았다. 그런데 이번만큼은 암기가 제대로 된 위력을 발휘하지 못했다. 돌진하는 수하들 곁을 따라 달리며 은올기가 천막을 휘둘러 암기들의 대부분을 막아내고 있었기 때문이었다.

"이대로 가다가는 위험하겠어요."

밀영들의 뒤를 따르면 금불현이 말했다. 석요송도 상황이 심상치 않음을 알고 있었다. 앞뒤 길을 막은 것은 돌이다. 만약 말을 타고 이동하기는 불가능한 방어막이다. 그러나 사람이라면 다르다.

특히나 강호의 무림인은 방해만 없다면 돌 더미 정도는 쉽게 날아 넘을 수 있다. 말을 버렸으되 사람은 빠져나갈 수 있는 함정인 것이다.

지금 출구를 향해 돌진하는 은올기 수하들의 숫자는 열서너 명이 되었다. 반면 밀영들은 다섯, 숫자로 보건대 정면으로 맞서서 그들의 탈주를 막을 수는 없다. 더군다나 화살과 암기의 공격이 은올기가 휘두르는 천막에 막혀 무용지물인 상황이라면 더더욱 그러했다.

한순간 석요송의 눈빛이 반짝였다. 기실 이런 상황은 그가 이미 예상했던 일이었다. 그리고 그의 내심에는 이에 대한 대비도 들어 있었다.

팟!

석요송이 한순간 속도를 올렸다. 그러자 그의 신형이 밀영들을 넘어 먼저 동쪽 출구의 위쪽에 도달했다. 석요송은 출구 위쪽에 도착하자마자 검을 빼 들었다. 그러고는 독수리처럼 아래로 날아 내려갔다.

"혼자서는 위험해요!"

멀리서 금불현의 목소리가 들린다. 그런데 몸은 날린 석요송이 내려선 곳은 은올기와 그 수하들이 달려오는 곳이 아니었다. 석요송은 절벽 앞쪽으로 툭 튀어 나온 바위 위에 내려서더니 천신처럼 우뚝 서서 다가오는 은올기를 바라보며 검을 머리 위로 치켜들었다.

"맹랑한 자가 아닌가. 제가 아무리 대단한 무공을 지녔더라도 저 거리에서 검기를 흘려낼 수는 없다. 모두 두려워 말라."

은올기는 십여 장이 넘는 높이에서 검을 들어 위협하는 석요송의 행동을 자신들을 겁주기 위한 허장성세라고 생각했다. 그 거리에서는 그 누구도 검기로 상대를 공격할 수 없다. 이기어검을 수련한 전설의 고수라면 몰라도 말이다.

그런데 석요송은 다른 사람들이 전혀 예상치 못한 방법으로 은올기를 공격했다.

웅!

석요송의 검이 머리 위에서 아래로 떨어져 내렸다. 그러자 그의 검에 푸릇한 검기가 만들어지더니 이내 무서운 속도로 검에서 떨어져 나와 자신이 서 있던 바위의 뿌리 부분을 가격했다.

쿠르르!

지진이 난 듯 땅이 진동했다. 그러더니 이내 바윗덩어리들이 무너져 내리기 시작했다. 석요송의 강력한 검기에 격중된 바위들이 절벽 아래로 떨어져 내리기 시작한 것이다.

"피햇!"

하늘에서 떨어지는 바윗덩어리를 본 은올기가 다급하게 소리쳤다. 그러자 단단한 진을 형성해 질주하던 그의 수하들이 사방으로 흩어졌다.

"크악!"

"아……!"

그 와중에 바위를 피하지 못하고 쓰러지는 자도 여럿 있었다. 천지가 함몰되는 듯 쏟아져 내리는 바위에 은올기의 수하들은 속수무책이었다.

"암기를 던져!"

그 사이 어느새 계곡의 출구에 도착한 일영이 밀영들에게 명을 내렸다. 그러자 밀영들이 바위 더미에 몰려 우왕좌왕하는 은올기의 수하들을 향해 암기를 쏟아내기 시작했다.

"컥!"

"억!"

다시금 비명이 터져 나왔다. 은올기의 수하들이 속절없이 쓰러졌다. 떨어져 내리는 바위 사이로 파고드는 암기는 아무리 고수라도 쉽게 피할 수 있는 것이 아니었다.

그리하여 순식간에 십여 명이 목숨을 잃었다. 개중에는 남쪽 아래로 깎아져 내려간 수백 척의 절벽 아래로 떨어진 자도 있었다. 그나마 무공이 뛰어난 자들은 가까스로 몸을 피해 계곡의 출구를 막고 있는 돌무더기 아래로 접근했다.

"이젠 검을 써야 할 때요."

석요송이 일영에게 말했다. 그러자 일영이 낯빛을 굳히며 대답했다.

"알겠습니다. 모두 검을 뽑아라!"

일영의 말에 밀영들이 일제히 병기를 뽑아 들었다. 그러고는 동료들의 죽음을 뒤로하고 바위를 타고 오르는 은올기의 수하들을 향해 도검을 휘두르기 시작했다.

"놈!"

은올기의 시선은 처음부터 석요송에게 고정되어 있었다. 이제 수하들의 죽음은 더 이상 그의 관심사가 아니었다. 오늘은 그 자신이 강호에 나온 이후 가장 최악의 수모를 당한 날이다. 이렇게 속절없이 누군가에게 당했던 적이 있었던가. 그의 한 팔이 잘려나간 낙성곡에서조차 이렇게 비참한 패배는 아니었다. 그 분기가 석요송을 향한 살기로 이어졌다.

"반드시 베겠다."

은올기가 노성을 흘리며 석요송을 향해 몸을 날리려는 순간 그 앞을 금아불과 혼태가 막았다.

"때가 아닙니다."

금아불이 말했다.

"비키시오. 놈을 두고 이대로 도주할 수는 없소."

그러자 금아불이 침착하게 말했다.

"장부의 복수는 십 년도 늦지 않습니다. 지금 이곳을 벗어나지 못하면 기회가 없을 겁니다. 더군다나… 저들이 금문의 종자들이라면 반드시 그 후군이 있을 것입니다."

금아불의 말을 혼태가 거든다.

"대천성님의 말이 맞습니다. 수하들의 피를 부디 헛되이 하지 마시기 바랍니다."

혼태의 말에 은올기가 시선을 돌렸다. 그나마 얼마 남지 않은 수하들이 밀영들의 도검에 하나둘 죽어가고 있었다. 무공으로는 그의 수하들도 밀영들에 뒤질 것이 없었으나 살법을 수련한 밀영들이 이런 난전에서는 더 큰 위력을 발휘하는 법이다.

"이……!"

은올기가 이를 갈았다.

"보주, 시간이 없습니다."

금아불이 재촉했다. 그러자 은올기가 얼굴을 딱딱하게 굳히더니 매몰차게 신형을 돌렸다.

"언젠가 네놈의 가죽을 벗겨주마!"

은올기의 입에서 표독스런 음성이 흘러나왔다. 그러자 어느새 그들의 머리 위로 떨어져 내리던 석요송이 일갈했다.

"목을 두고 가시오."

"놈!"

은올기가 더 이상 참지 못하고 다시 신형을 돌려 석요송을 상대하려는 데 한순간 그 앞으로 혼태가 달려 나갔다.

"대천성께 보주님을 부탁하오!"

혼태의 말을 들은 금아불이 얼른 은올기의 소매를 잡았다.

"혼 노사의 뜻을 헤아리십시오!"

"음……! 혼태 반드시 살아오라!"

은올기가 석요송을 향해 달려드는 혼태에게 소리치고는 신형을 돌려 출구를 가로막은 돌 더미를 오르기 시작했다.

석요송은 살짝 눈살을 찌푸렸다. 자신을 향해 날아오르는 자는 이미 자신에게 검상을 입은 자다. 그 상세가 범상치 않아 자신의 상대가 될 수 없음에도 불나방처럼 석요송을 향해 달려들고 있었다.

'그도 수하들에게는 목숨을 바칠 만한 주인이었던가.'

석요송이 새삼스레 은올기의 진가에 탄식하며 검을 뻗어냈다.

츄악!

석요송의 검에서 흘러나온 검기가 무서운 속도로 혼태의 이마를 찔렀다.

"헛!"

경악스러울 만큼 빠른 석요송의 검초에 놀란 혼태가 본능적으로 고개를 돌렸다.

삭!

순간 석요송의 검이 혼태의 어깨를 잘랐다.

팟!

피가 솟구친다. 그럼에도 혼태는 남은 한 손으로 석요송을 향해 검을 휘둘렀다.

창!

석요송이 재빨리 검을 들어 혼태의 검을 쳐냈다. 혼태의 신형이 휘청하면서 그대로 절벽 아래로 떨어져 내렸다. 그러자 어느새 다가온 금불현이 석요송을 스쳐 지나며 말했다.

"형님은 은올기를 잡으세요. 이자는 내가 맡죠."

석요송이 혼태를 향해 독수리처럼 날아 내리는 금불현을 보며 소리쳤다.

"조심해."

"발톱 빠진 호랑이일 뿐이에요."

금불현의 말을 들으며 석요송이 시선을 돌렸다. 한 팔이 없는 혼태이니 충분히 금불현이 감당할 수 있을 것이다.

컥!

밀영 한 명이 고꾸라졌다. 역시 은올기는 고수다. 자신의 앞을 막아서는 밀영을 일수에 고꾸라뜨린 것이다. 쓰러진 밀영을 향해 다시 일검을 꽂아 넣으려는 은올기의 등 뒤에서 검은 그림자가 어른거렸다.

"헛!"

순간 은올기가 재빨리 신형을 틀었다.

카릉!

한 줄기 검기가 은올기를 스치고 지나가 바위에 격돌했다. 검기에 격중된 바위가 쩌적 소리를 내며 갈라졌다. 석요송이 십여 장 밖에서 밀영의 다급함을 보고 날린 검기다.

"가시죠."

금아불이 곁에서 은올기를 재촉했다. 그러자 은올기가 대답도 없이 훌쩍 계곡의 출구를 가로막은 돌 더미를 날아 넘었다. 그러자 금아불이 그 뒤를 이어 바위를 넘었다. 그런 두 사람을 향해 석요송이 비호처럼 돌진했다.

석요송의 눈에 나무와 나무 사이를 빠르게 질주하는 은올기와 금아불이 보였다. 두 사람 모두 한 경지를 이룬 자들이라 쉽사리 따라잡힐 것 같지 않았다.

석요송의 뒤에서 일영과 또 다른 밀영의 숨소리가 들렸다. 지치고 있다는 의미다. 그러나 석요송은 밀영들을 개의치 않고 속도를 더욱 뽑아 올렸다. 그의 신형이 범처럼 산을 날아 넘는다. 그러자 밀영들과의 거리가 순식간에 벌어졌다.

앞서 달리는 은올기와 금아불과의 거리가 손에 잡힐 듯 가까워졌다. 그들의 들썩거리는 어깨의 움직임이 보였다. 그들도 지치고 있다는 의미다.

'조금만 더……'

석요송이 내심이 기운을 다시 북돋았다. 그러자 그의 신형이 쭉 앞으로 밀려나가며 이제 검이 닿을 거리에 금아불을 두었다. 비록 한 팔이 없기는 하지만 공력으로는 여전히 은올기가 금아불의 위에 있는지 은올기보다는 금아불이 좀 더 지친 듯 보였다.

석요송이 달리는 속도를 줄이지 않고 검을 머리 위로 올렸다. 그리고는 검을 앞으로 쭉 뻗어냈다.

팟!

순간 한 줄기 검기가 뻗어나가 금아불의 등을 꿰뚫었다.

"놈!"

금아불은 고수다. 석요송의 검기가 자신의 몸을 관통하려는 순간 그가 허공으로 솟구쳤다. 그러자 석요송의 신형이 그대로 금아불의 하단을 지나 앞으로 밀려나갔다.

"죽어랏!"

금아불이 석요송의 머리 위에서 도를 사선으로 그었다.

웅!

묵직한 파공음과 함께 금아불의 도가 도기를 일으키며 석요송의 등을 좌에서 우로 내리그었다. 순간 석요송이 재빨리 그의 옆에 있는 나무를 찼다.

탓!

석요송의 몸이 깃털처럼 하늘로 솟구쳤다. 동시에 상체가 반쯤 틀어지면서 그의 검이 무서운 속도로 금아불을 향해 닥쳐나 갔다.

깡!

벼락같은 충돌음이 터져 나왔다.

"웃!"

금아불이 자신도 모르게 신음성을 흘려냈다. 놀란 그의 손에 들린 도의 도신이 뎅경 부러져 있었다. 금아불과 같은 고수가 자신의 도가 부러지는 것을 막지 못했다는 것은 놀라운 일이다.

그러나 금아불은 놀라고만 있을 시간이 없었다.

좌악!

재차 석요송의 검이 뿌려졌다. 그러자 뱀처럼 영활한 검기들이 금아불을 휘감아 왔다. 앞서 천광검 단의 초식으로 금아불의 도를 부러뜨린 석요송이 이번에는 환의 초식으로 금아불을 공격하고 있었던 것이다.

투툭!

금아불이 제풀에 뒤로 물러났다. 그러나 석요송의 검기는 금아불을 놓아주지 않았다. 마치 살아 있는 생물처럼 금아불을 옥죄여 오는 석요송의 검기다. 순간 금아불의 얼굴에 노기가 서렸다.

"놈!"

금아불의 입에서 노성이 터져 나왔다. 동시에 부러진 그의 도가 하늘로 솟구쳤다. 금아불의 도에서 검은 구름이 만들어졌다. 그러고는 한 줄기 뇌성처럼 그 암운을 뚫고 도기가 번쩍였다. 금아불 최고의 절기 묵풍암도다. 이를 전수받은 자는 그의 제자이자 흑사풍의 후계자 가섭몽밖에 없다.

쿠웅!

석요송의 검기를 금아불의 묵풍암도가 덮었다. 석요송의 검기가 한순간에 지워지는 듯했다. 그런데 다음 순간 금아불이 대경하며 뒤로 물러났다.

"앗!"

금아불의 입에서 자신도 모르게 다급성이 터져 나왔다. 그가 일으킨 암운 속에서 한줄기 가느다란 빛이 꿈틀대더니 벼락처럼 그의 몸통을 잘라왔던 것이다.

석요송이 전개한 환의 초식은 금아불이 공격에 와해된 것이 아니었다. 질긴 생명력을 지녀 묵풍암도의 폭풍 속에서 다시 살아난 석요송의 검기가 번개처럼 금아불을 베었다.

팟!

붉은 선혈이 허공으로 치솟는다. 금아불은 자신의 다리에서 터져나가는 붉은 혈무를 아주 느리게 바라보고 있었다. 자신의 것이라 믿기 힘든 투명하고 아름다운 혈무다. 그러나 몸이 현실을 일깨운다. 강렬한 통증이 그의 허벅지에서 느껴졌다.

"욱!"

금아불이 뒤늦게 신음성을 토해냈다. 그의 몸이 근 십여 장 뒤로 물러났다. 석요송은 더 이상 금아불을 공격하지 않았다. 대신 멀리 보이는 일영을 보며 소리쳤다.

"뒤를 맡기겠소."

"알겠습니다."

금아불이 흠칫하며 뒤를 돌아봤다. 어느새 그의 머리 위에 두 명의 밀영이 떠올라 암기를 던져대고 있었다.

석요송은 싸움의 결과를 지켜볼 여유가 없었다. 이미 한 호흡 뒤처진 추격이다. 은올기와 같은 고수를 추격함에 있어 이런 실수는 그리 가벼운 것이 아니다. 벌써 은올기의 모습이 시야에서 사라진 후였다.

석요송이 무서운 속도로 숲을 질주했다. 모습은 사라졌지만 체취가 느껴진다. 그러나 이 체취도 순식간에 공기 중에 흩어질 것이니 체취를 놓치는 순간 추격도 끝이다. 체취는 점점 더 옅어지고 있었다.

파팟!

석요송이 모험을 했다. 체취를 포기하고 하늘 높이 신형을 솟구쳤다.

탓!

나뭇가지 하나가 그의 발끝에 채여 부르르 몸을 떨었다. 그 탄력에 석요송의 몸이 좀 더 높이 올라갔다. 그러자 숲 이쪽 끝에서 저쪽 끝까지가 한눈에 들어왔다. 금빛 장삼도 보인다. 도박은 성공했다. 은올기다. 석요송의 신형이 솔개처럼 땅으로 내리꽂혔다.

"지독한 놈!"

은올기는 어느새 등 뒤로 석요송의 기운을 느끼고는 씹어뱉듯 나직한 소리를 흘렸다. 그러고는 좀 더 험한 산세를 타기 시작했다. 그의 신형이 그림자를 남기지 않고 움직였다. 도주하는 자나 추격하는 자나 인세에 보기 힘든 무공이다.

석요송이 한순간 왼손을 뻗었다. 그러자 그의 손에서 한 줄기 지력이 미세한 파공음을 내며 뻗어나갔다.

칫!

날카로운 파열음이 일어나며 은올기의 금포 한 자락이 찢겨져 나갔다. 그러나 은올기는 걸음을 멈추지 않았다. 아직은 석요송을 상대할 때가 아니다.

석요송 뒤에 누군가가 더 따라오고 있다면 필패다. 적어도 다른 조력자가 없음을 확인한 후에야 일 검을 겨룰 수 있다. 그리고 조력자의 유무를 확인하는 가장 좋은 방법은 그들을 노출시키는 것이다.

은올기가 갑자기 방향을 틀었다. 그의 신형이 위태로운 산비탈을 타고 내려가기 시작했다. 내리막을 택하자 속도가 배는 빨라졌다. 석요송 역시 같은 속도로 은올기를 추격했다.

두 사람이 마치 구르는 바위처럼 산 아래로 돌진했다. 이런 상태에서는 도검을 겨룰 수도 없다. 그저 중력의 힘에 자신들의 몸을 맡길 뿐이다. 급기야 그들은 초원이 시작되는 산 아래에 도달했다.

파팟!

은올기가 초원을 향해 질주했다. 기이한 행로다. 초원이라면 자신의 몸을 숨길 수 없다. 그럼에도 불구하고 은올기는 초원으로 향했다. 석요송은 은올기의 행동이 이상했지만 망설일 이유는 없었다. 초원이라면 추격자가 유리하다.

석요송도 초원으로 뛰어들었다. 천록야 주변과는 달리 이곳의 초원은 아직 눈에 덮이지 않았다. 대신 마른 풀들이 사람 무릎 위로 자라 있었다.

촤아악!

두 사람의 질주에 마른 풀들이 소리를 내며 파도처럼 갈렸다. 두 사람은 초원에 줄을 긋듯 풀들을 가르며 달렸다. 은올기는 이 각여 동안 초원을 달리더니 다시 방향을 틀어 홍안령의 산으로 향하기 시작했다.

은올기의 공력은 대단했다. 대정심공과 구변환공으로 단련된 석요송이다. 그런 그의 공력을 능가하는 은올기의 내력은 화수분과 같았다. 그는 초원에 나서서도 전혀 석요송의 추격을 허용치 않았다. 혈사신보의 무서움을 고스란히 드러내는 은올기였다.

다시 흥안령의 산과 숲이 보이기 시작했다. 은올기가 더욱 속도를 높였다. 그러고는 숲에 이르자마자 망설이지 않고 산을 타고 오르기 시작했다. 이해할 수 없는 행보였지만 석요송은 무던히 은올기의 뒤를 쫓았다.

천애의 절벽을 가진 산비탈을 은올기가 위태롭게 달렸다. 팔이 하나라 그런지 그의 움직임이 더욱 불안해 보였다. 그러나 은올기는 떨어질 듯하면서도 급격한 경사의 절벽으로 빠르게 타고 있었다. 그의 뒤로 이십여 장을 사이에 두고 석요송이 추격하고 있었는데 은올기는 석요송의 추격이 불안한 지 연신 뒤를 돌아보았다.

그렇게 얼마나 달렸을까. 문득 은올기의 눈빛이 빛났다. 은올기가 좀 더 힘을 뽑아내 끝을 알 수 없는 낭떠러지가 이어진 외길을 타기 시작했다. 그러더니 한순간 폭이 채 오장도 되지 않는 작은 공터에 이르러 거짓말처럼 걸음을 멈췄다.

휘잉!

한 줄기 바람이 불어와 팔이 없는 은올기의 소매를 날렸다. 은올기가 천천히 신형을 돌려 만장 아래의 절벽을 내려다봤다. 그 사이 다가온 석요송이 은올기 앞에 섰다. 그러고는 기이한 시선으로 은올기를 응시했다.

"좋지 않은가?"

문득 은올기가 물었다.

"무엇이 말이오?"

"장쾌한 추격전이었어. 그리고 이 광활한 대지를 바라볼 수 있는 곳에서 생사결을 하는 것 말이야. 강호인으로 멋지지 않은가?"

"죽을 자리를 찾은 것이오?"

석요송이 차게 물었다. 그러자 은올기기 한줄기 미소를 지었다.

"죽을 자리? 맞아. 네가 죽을 자리를 찾았다."

"왜 이렇게 먼 길을 돌아온 것이오?"

"확인을 할 필요가 있었어. 네 뒤를 따르는 자들이 있는지 없는지를. 너 하나는 몰라도 둘이면 나도 곤란하니까."

창!

은올기가 망설이지 않고 검을 뽑아 들었다.

"나 하나면 상대할 자신이 있다는 거요?"

"물론, 네가 대단한 무공을 지닌 것은 알고 있지만 그래도 애송이에 지나지 않지. 너 하나쯤이야. 보자… 오! 오기는 오는군. 하지만 너무 멀어."

은올기가 멀리 초원으로 눈을 돌리며 말했다. 석요송이 고개를 돌리니 과연 아스라이 개미 같은 크기의 검은 점이 초원에서 홍안령을 향해 움직이고 있었다. 적인지 아군인지 구분할 수 없는 크기지만 사람이 오고 있는 것은 분명했다.

그러나 이곳에 도착하려면 적어도 이각 이상의 시간이 필요할 터였다. 초원에서의 거리라는 것은 보는 것과는 확연히 다른 법이었다. 그 사이 두 사람은 충분히 승부를 낼 것이다. 한 사람이 피하지 않는 이상, 석요송도 싸움을 마다할 생각은 없었다. 은올기를 자신의 손으로 베는 것으로 금문과의 인연을 정리하고 싶었다.

스릉!

석요송이 투박한 검을 꺼내 들었다. 검은 빛이 짙어 검이라 부리기 어려운 검, 이지를 상실한 시기부터 줄곧 그의 손에서 검의 형태를 이뤄온 그 검이다.

석요송이 검을 꺼내 들자 은올기가 슬쩍 절벽 안쪽으로 이동했다. 누구라도 낭떠러지가 이어진 난간보다는 그 안쪽을 차지하려는 것이 본능일 것이다.

석요송이 먼저 길지를 빼앗기자 어쩔 수 없지 낭떠러지 쪽으로 이동했다. 그러다가 번개처럼 은올기를 향해 달려들었다.

좌악!

석요송이 매섭게 검을 내리그었다. 그러자 그의 검에서 투명한 검기가 흘러나와 은올기를 갈랐다. 은올기가 한 손에 든 검을 머리 위로 치켜 올렸다. 순간 그의 검에 붉은 기운이 어른거리더니 자신을 향해 떨어지는 석요송의 검기와 충돌했다.

쩡!

검기와 검기가 충돌하면서 마치 쇠가 부딪히는 소리가 일어났다. 순간 두 사람이 누가 먼저랄 것도 없이 서너 걸음 뒤로 물러났다.

'역시 혈사신보의 주인이다. 그가 가지고 있는 것은 혈사신공이 적힌 부분일 터. 그 내력이 심상치 않아.'

석요송의 마음속에 부쩍 은올기에 대한 경계심이 일어났다. 과거 사막의 고성에서 석요송이 얻은 혈사신보에는 하나의 검법이 담겨 있었다. 그러니 나머지 반쪽, 은올기가 가지고 있는 혈사신보엔 신공이 담겨 있을 것이 분명했고, 그는 신공을 통해 고절한 내력을 연마했을 터였다.

혈사신보는 수백 년 간 초원을 지배한 무공이니 그 신공의 위력은 능히 짐작할 수 있었다.

그러나 놀란 것은 석요송만이 아니었다. 은올기 역시 석요송의 내력에 놀라 눈을 크게 떴다.

"어린놈이… 정말 놀랍구나."

"혈사신공 역시 무섭구려."

석요송도 대답했다. 그러자 은올기가 다시 입을 열었다.

"그러나 네놈은 결국 오늘 이곳에서 죽게 될 것이다. 혈사신공은 천하제일의 신공, 아무리 네가 대단한 무공을 수련했다 해도 감히 혈사신공을 감당할 수 있을 것이라고는 생각지 않는다. 자, 다시 겨뤄보자."

은올기가 벼락처럼 등 뒤의 절벽을 차더니 그 탄력으로 석요송을 향해 날아왔다. 그의 검에 다시 붉은 검기가 어른거린다.

석요송이 한 발을 앞으로 내밀며 무릎을 굽힌 후 재빨리 검을 뻗어냈다. 그러자 석요송의 검이 빙글 한 바퀴를 회전하면서 푸른 검기를 만들어냈다. 석요송의 검에서 뻗어나간 검기가 회오리를 만들며 은올기의 검기를 휘어 감았다. 환의 초식이다.

차아앙!

검기와 검기에 이어 검과 검이 격돌했다. 소름끼치는 마찰음이 일어났다. 두 사람의 병기 모두 세상에서 흔히 볼 수 없는 강철로 만들어진 것이라 검이 상하지는 않았지만 그 마찰에 의해 불꽃이 터져 나왔다.

"음!"

"으음!"

두 사람이 검을 맞댄 채 진기를 겨루기 시작했다. 고수들의 싸움치고는 우매한 방법이다. 그러나 또한 확실한 승부를 볼 수 있는 방식이기도 했다.

두 사람이 진기 대결이 점점 극한으로 차오르기 시작했다. 은올기는 완전히 혈인으로 화해 있었다. 그의 전신은 붉게 물들어 있었고, 그의 눈에서는 붉은 염기가 끊임없이 흘러나왔다.

반면 석요송의 눈에선 정광이 흘러나오고 있었다. 푸른 듯 깊은 정광은 혈사신공이 만들어내는 은올기의 염기를 맞아 능히 그 열기를 누르기에 충분했다.

"으음……!"

다시금 은올기의 입에서 침음성이 흘러나왔다. 견디기 힘든 기운이 역력한 은올기다. 더군다나 그는 한 손이 없어서 두 손으로 검을 잡고 누르는 석요송의 힘을 감당하기가 점점 어려워지고 있었다.

투툭!

두 사람의 발끝에서 차이는 돌맹이들이 수백 척 절벽 아래로 떨어졌다. 어느새 자리가 바뀌어 은올기가 절벽의 난간에 서 있었다.

조금만 더 힘을 가하면 은올기는 깊은 절벽 아래로 떨어져 내릴 것이다. 생사를 알 수 없는 높이. 누구도 그 아래로 떨어지고 싶지 않은 절벽이다.

"잘 가시오."

석요송이 입을 열었다. 진기의 대결 중 입을 연다는 것은 아직도 석요송에게 여유가 있다는 의미다.

"놈!"

은올기가 석요송을 노려보며 일갈했다. 그것이 그가 할 수 있는 최대한의 여유다.

투툭!

다시 몇 개의 돌들이 절벽 아래로 떨어졌다. 그만큼 은올기의 신형은 더 뒤로 물러났다. 절체절명의 순간이다. 절벽은 나는 새도 살아남기 어려운 지경이었다. 아마도 은올기는 자신이 도주를 멈추고 석요송을 상대하기로 한 결정을 후회하고 있을지도 몰랐다.

"핫!"

석요송의 입에서 한마디 기합성이 터져 나왔다. 그러자 그의 단전에서 올라온 기운이 검으로 모였다. 은올기는 거대한 바위가 누르는 듯한 석요송의 공력에 저절로 얼굴이 찌푸려졌다. 이제 생사는 눈앞에 다가와 있었다. 은올기의 추락은 정해진 수순이었다.

두 사람 모두 최대한의 공력을 끌어올리고 있었다. 부풀어진 가죽 부대처럼 팽팽한 긴장감이 장내를 휘어 감았다.

그런데 그때였다. 마치 날카로운 칼로 가죽 부대를 터뜨리듯 두 대의 강전이 두 사람을 향해 매섭게 날아들었다. 먹처럼 검은 화살이다. 속도는 빛과 같았으나 움직임은 그림자 같았다. 누구도 쉽게 피할 수 없는 서늘한 은밀함을 지닌 화살.

더군다나 석요송과 은올기는 내력 대결을 펼치고 있었다. 함부로 진기를 거둬들이거나 몸을 움직일 수 없는 상황이었다. 팽팽한 긴장의 한쪽 끈이 끊어지는 순간 두 사람은 크게 내기가 손상될 것이다. 주화입마에 빠질 수도 있다. 아니 그 전에 상대의 검이 내기를 거둔 사람의 머리를 쪼갤 것이다.

퍼퍽!

두 대의 화살이 그대로 두 사람을 관통했다. 미련하게도, 혹은 대범하게도 두 사람은 내기를 거두지 않고 선 채 화살을 맞았다. 화살보다 검을 맞대고 있는 상대가 더 위험하다고 판단한 것이었다. 한순간 두 사람 모두 몸이 휘청거렸다.

"음……."

"이익!"

석요송에게서도, 은올기에게서도 나직한 신음성이 흘러나왔다. 동시에 두 사람이 검을 맞댄 채 고개를 돌렸다. 그러자 검은 인영 둘의 모습이 보였다.

'정말 마음에 안 드는 세상이야.'

석요송의 가슴 깊은 곳에서 노기가 솟구친다. 혹은 슬픔이다. 그의 눈에 비친 두 사람은 그에게 너무 익숙한 사람이다. 금아불을 맡기고 왔던 사람들, 일영과 다른 한 명의 밀영이 그곳에 서 있다.

검은 철궁은 밀영들의 수장인 그로서도 처음 보는 활이다. 더욱 기이한 것은 화살을 쏘아 은올기는 물론 석요송까지 맞춘 그들의 태연함이다.

두 사람의 신형이 절벽 쪽으로 기울어졌다. 화살에 묻어 있던 독이 진기를 타고 들불처럼 타고 올랐다. 순식간에 전신의 돌처럼 굳어진다. 그사이 다시 일영과 다른 밀영이 활에 시위를 먹였다. 일영이 소리쳤다.

"죄송합니다, 인검!"

일영의 말에 석요송이 이유를 눈으로 물었다. 그러자 일영이 대답했다.

"죄송하게도 저흰 인검을 모시기 전부터 소도주님의 사람이었습니다. 인검께서 그 은가놈까지 베신다면 금문의 모든 시선은 인검께 향할 것입니다. 지금도 인검을 주시하는 사람들이 금문에 존재하지요. 인검의 무게가 태상장로께서 감당하기 버거워지기 전에 자리를 떠나주셔야겠다는 것이 우리의 생각이었습니다. 더군다나 은올기 그자와 함께라면… 더 이상 태상장로를 위협할 사람은 없겠지요. 금문 안이나 밖이나… 죄송합니다. 모실 수 있어서 영광이었습니다."

파팟!

두 사람이 거의 동시에 활을 놓았다. 그러자 다시 검은 화살이 석요송과 은올기를 향해 날아왔다. 석요송은 비참하지만 그렇다고 죽음을 피할 생각은 없었다. 이상하게도 원망이 생기지 않았다.

마치 처음부터 이런 결말이 올 것을 알고 있었던 것처럼 그는 순순히 이 죽음을 받아들였다. 그러나 은올기까지 그런 마음은 아니었다. 그는 결코 삶은 포기할 사람이 아니었다.

"핫!"

한 순간 은올기가 석요송을 밀었다. 그러자 두 사람의 신형이 절벽을 벗어나 수백 척 절벽 아래로 떨어지기 시작했다.

퍼퍽!

그 순간 다시 화살이 닥쳐와 두 사람의 몸에 꽂혔다. 그러나 그 화살들이 두 사람의 목숨을 완전히 끊었는지는 알 수 없었다. 그들의 모습은 이미 수백 척 절벽 아래로 사라져 버렸기 때문이다.

"음!"

"이런!"

일영과 다른 밀영이 황급히 다가와 절벽 아래로 고개를 내밀었다. 그러나 어디서도 두 사람의 신형을 찾을 수는 없었다.

"낭패군."

일영이 말했다. 그러자 다른 밀영이 대답했다.

"걱정할 일이 아닌 듯합니다. 황독은 누구도 벗어날 수 없는 독입니다. 더군다나 두 사람의 거의 모든 내력을 소모하지 않았습니까? 그 상태에서는 결코 황독에서 벗어날 수 없을 것입니다."

"그렇긴 하지만… 보통 자들이 아니니……."

"설혹 독을 이겨낸다 해도 이 절벽에서 떨어진 이상 몸이 가루가 되었을 겁니다. 천하의 그 누구라도……."

"하긴……."

일영이 고개를 끄덕였다.

"그래도 다행입니다. 그가 도착하기 전에 일을 끝낼 수 있어서."

    밀영의 말에 일영이 시선을 돌렸다. 그러자 멀리 초원을 벗어나 산을 타고 오르는 금불현의 모습이 보였다.

第十章 탈태(奪胎)

　"뭐요?"

　금불현이 불안한 표정으로 물었다. 일영과 또 다른 밀영이 낭떠러지 아래를 내려다보고 있다가 당황한 듯 말꼬리를 흐렸다.

　"그… 그것이……."

　"도대체 무슨 일이 있었던 것이오?"

　금불현이 대답을 재촉했다. 그러자 일영이 어렵게 대답했다.

　"인검께서… 추락을……."

　"그게 무슨 소리요? 형님이 이 낭떠러지로 떨어졌단 말이오?"

　"그렇소이다."

"어쩌다……?"

"잘 모르겠소이다. 우리가 도착하는 순간 인검께서 은올기기 그자와 뒤엉켜서 추락을 하셨소이다."

"은올기와……?"

"그렇소이다. 아무래도 양패구상을……."

일영이 말을 잇지 못한다. 금불현이 정신을 잃고 절벽 난간으로 달려왔다.

"위험하오."

일영이 재빨리 금불현을 낚아챘다. 금불현의 신형이 절벽 난간 바로 앞에서 멈췄다. 고개를 빼 보았다. 그러나 보이는 것은 운무 가득한 무저갱이다. 땅 아래까지 얼마나 거리인지 추측할 수도 없었다.

"형님!"

마치 그 안개 속에 석요송이 있는 것처럼 금불현이 석요송을 불렀다. 그러나 계곡에선 아무런 대답이 들리지 않는다.

"형님!"

다시 한 번 금불현이 소리쳤다. 그러나 들려오는 것은 그저 메아리뿐이었다. 석요송이 죽은 것이다.

*   *   *

"뭐라고 했소?"

단중자가 흠칫 몸을 떨었다. 단언컨대 지금까지 그가 들었던 말 중 가장 소름끼치는 살기가 느껴지는 말투다.

"인검이… 죽었다고 합니다."

"다시 말해보시오."

금령이 다시 말했다.

"그가… 죽었습니다."

"확실하오?"

"그렇습니다."

"은올기에게?"

"양패구상을 했답니다. 천장아래의 절벽으로 떨어졌다고 합니다. 떨어질 때 이미 큰 부상을 입었다고 하니……."

그러자 금령이 마치 단중자가 석요송을 죽인 것처럼 그를 노려보다가 시선을 돌렸다. 그녀의 눈에서 누군가에겐지 알 수 없는 분노가 줄기줄기 뻗어 나왔다. 그러다가 다시 입을 열었다.

"시신을 발견했소?"

"너무 깊은 계곡이라……."

"시신도 남지 않았다?"

"그렇습니다."

"흠……."

금령이 침음성을 흘리며 고개를 갸웃했다. 그러고는 한 동안 말이 없더니 너무도 침착하게 입을 열었다.

"혈림이라고 했던가?"

"예?"

"은올기가 만든 세력……."

"그렇습니다."

"좋아, 추살대를 만드시오, 일백을 숫자로. 가장 강한 자들로! 그리고 혈림의 씨를 말리시오."

"그러나 태상장로님 지금은……."

"그만, 다른 말은 필요없소. 명대로 하시오. 인검은… 그 정도 대우는 받을 자격이 있는 사람이오. 나가보시오."

"하지만 당장은 행보를 서두르셔야……."

"그 일도 내일!"

금령이 단호하게 말했다. 그러자 단중자가 더 이상 아무런 말도 못하고 막사를 벗어났다. 그러자 금령이 손으로 이마를 짚었다.

"그가 죽어? 그가?"

여전히 믿을 수 없다는 표정이다. 금령이 손을 내려 얼굴을 가리고 있던 가면을 벗었다. 그러자 신비로운 아름다움이 드러났다. 눈빛만 아니라면 그녀는 하늘에서 내려온 선녀와 같다. 그러나 그 서늘한 눈빛 하나가 그녀의 모든 아름다움을 집어삼키고 있었다.

"죽었다… 그가?"

다시 금령이 중얼거린다. 그러고는 이번에는 손으로 눈을 가렸다. 가린 손 아래로 한줄기 눈물이 흐른다. 그렇게 얼마나 지났을까. 금령이 손으로 눈물을 훔쳤다. 그러고는 고개를 들어 천장을 보며 중얼거렸다.

"할아버지는 좋겠어요. 결국 난 이젠 그 어떤 변수도 없이 할아버지가 정한 길을 살아가야 할 테니까요. 그가 내 인생의 유일한 변수였는데… 세상엔 공포가 되겠지요."

서늘한 안광이 눈물이 마른 그녀의 눈에서 토해졌다.

무거운 기운이 금문의 막사를 휘어 감았다. 밤이 되어도 빛이 많지 않았다. 그 누구도 함부로 입을 열지 않았다. 그러나 인검이 혈사신보의 주인 은올기과 동패구사했다는 소식은 침묵 속에서도 막사 전체로 퍼져나갔다.

그 사이 몇몇 금문의 수뇌들이 모여 사람들을 추리기 시작했다. 그리고 날이 밝았을 때 서른 명의 고수가 금령의 막사 앞에 집결했다.

"서른?"

"그렇습니다."

단중자가 고개를 숙여 대답했다.

"무슨 소리를 하는 거요?"

금령이 노기를 흘렸다.

"현재로선 그것이 이곳에서 차출할 수 있는 최대한의 전력입니다."

"내가 분명 일백을 뽑으라 했을 텐데?"

"일백을 맞추면 태상장로님을 따라 북천십이로의 행로에 나설 사람이 너무 적습니다."

"상관없소. 나에겐 사람이 필요치 않아. 이제 내 앞을 막는 자는 내 손으로 모두 베어버릴 테니까."

금령에게서 천하를 휘어잡을 듯한 패기가 흘러나온다. 그러자 단중자가 식은땀을 흘리며 대답했다.

"비단 원행의 인원이 적은 것 때문만이 아니라 어쭙잖은 실력을 지닌 자들을 포함시킬 경우 혈림을 공략하는 데 오히려 방해가 될 듯하여……."

"그래서 서른으로 가능하단 말이오?"

"그렇지는 않습니다. 단지 그들의 꼬리를 잡고 본체를 확인하는 일은 가능하겠지요. 그 사이 전 금문도를 대상으로 추살대를 꾸리겠습니다. 연후……."

"냉정하군."

"예?"

단중자가 되물었다. 그러자 금령이 눈을 감으며 말했다.

"내가 사람을 잘 얻었어. 나에겐 냉정한 모사가 필요하지. 지낭 그대는 그런 면에서 완벽한 모사요. 그대의 말이 옳아. 그렇게 하시오."

"감사합니다."

단중자가 고개를 숙였다. 지금껏 단중자는 금령의 수하였지만 오늘처럼 금령이 어려운 적이 없었다. 이유는 단 하나, 지금까지 금령이 그 자신의 본색 오할을 감추고 있었기 때문이다.

그래서 단중자는 비록 금령을 수하이면서도 금령을 자신의 의도대로 움직일 수 있는 주군이라고 생각하고 있었다. 그러나 인검 석요송의 죽음이 알려진 순간 단중자는 깨달았다. 금령은 결코 자신의 세 근 머리로 움직여지는 사람이 아니라는 것을.

"떠날 준비를 하시오."

"알겠습니다."

단중자가 대답을 하고는 서둘러 금령의 막사를 벗어났다.

금문의 문도들이 분주하게 움직이기 시작했다. 정확히 하루가 지체된 여정이다. 금령이 하루 동안 막사에서 움직일 생각을 하지 않았기에 금문의 일정은 하루의 시간이 멈춘 상태에서 다시 시작됐다.

달라진 것은 또 있었다. 새벽 금령의 막사 앞에 집결했던 서른 명 금문도의 행보였다. 그들은 다른 금문도들과 달리 아침 일찍 길을 떠났는데 그 방향이 야천릉의 방향이 아니었다. 더욱 특이한 것은 그들을 이끄는 사람들이다.

평생 금령의 곁을 지켰다는 밀영들의 수장 일영과 또 기이하게도 처음 서른 명으로 호천단이 조직되었을 때 아무런 연고도 없이 호천단에 든 두 명의 인물 조창과 금원보가 그 일행을 이끌고 있었다. 아무도 예상치 못한 일이었지만 그들은 금령의 절대적인 신뢰 속에 혈림 추살의 첫 발을 내딛었던 것이다.

"남겠다고?"

금령이 모든 천막이 걷어지고 숙영지에서 오직 한 채 남은 자신의 천막에서 금불현에게 물었다.

"그렇습니다. 허락해 주십시오."

금불현이 대답했다.

"뭘 어쩌려고?"

다시 금령이 물었다.

"시신이라도 거두겠습니다."

"음……."

금불현의 대답에 금령이 낮게 침음성을 흘렸다. 그러고는 잠시 생각에 잠겼다가 고개를 끄덕였다.

"좋아."

"감사합니다."

금령이 고개를 끄덕였다.

"고마울 것은 없어. 다만… 조심해."

"한 몸 지킬 수는 있습니다."

"그자의 수하들도 그를 찾고 있을 수 있어."

금령이 경고했다. 그러자 금불현이 고개를 끄덕였다.

"충분히… 충분히 조심하겠습니다."

"좋아, 그럼 내 장로께는 그리 전하지."

금령의 말에 금불현이 다시 고개를 숙여 보였다. 그러고는 망설임 없이 신형을 돌려 막사를 나가려는데 문득 금령이 물었다.

"인검을 달리 생각하고 있었나?"

갑작스런 질문에 금불현이 의아한 표정으로 고개를 돌려 금령을 바라봤다.

"불현… 금문의 태상장로라는 자리는 생각보다 많은 것을 알고 있는 자리다."

금령이 조금 부드러운 목소리로 말했다.

"역시 알고 계셨군요. 그러리라 생각은 했습니다."

"그래서 항상 마음이 쓰였다. 너도 나와 같은 삶을 사는 것 같아서……. 그런데 최근 들어서는 생각이 바뀌었지. 넌 나와 다른 삶을 살고 있는 것 같았다."

"그렇게 보실 수도 있었지요."

금불현이 부인하지 않았다.

"그를 마음에 두고 있었느냐?"

금령이 물었다. 그러자 금불현이 한마디 말을 남기고는 막사를 빠져나갔다.

"형님의 진면목을 안다면 그 누가 형님을 좋아하지 않을 수 있겠습니까?"

금불현의 말을 들은 금령이 둔기에 머리를 맞은 듯한 표정을 지었다. 그러다가 혼잣말로 중얼거렸다.

"맞는 말이지. 그를 알면 누가 그를 마음에 두지 않을 수 있을 것인가."

지낭 단중자가 금령으로부터 떨어지는 것은 극히 이례적인 일이다. 밤에 잠을 잘 때만 빼고 단중자는 항상 금령의 곁에 있었다. 그런데 오늘은 행렬이 시작된 이후 금령에게서 멀어진 단중자였다.

단중자가 금문도들이 행렬의 가장 뒤에서 말을 몰고 있었다. 그런데 어느 순간 그의 곁으로 한 노인이 다가섰다. 초로의 나이로 보이는데 외모는 추레했으나 그 눈빛은 형형하기 이를 데 없는 사람이었다.

깊은 눈으로 보면 고수다. 북방의 찬바람을 막기 위해서인지 털가죽을 깊이 눌러써 그 모습을 쉽게 알아볼 수 없기도 했다. 그러나 입성을 보건데 금문의 문도임은 분명했다.

"잘됐어."

단중자 곁으로 다가온 노인이 말했다. 그러자 단중자가 어두운 얼굴로 대답했다.

"정말 잘한 일일까요?"

"왜? 후회가 되나?"

"그는 쓸모가 많은 사람이었지요."

"그러나 그만큼 위험한 아이기도 했어. 도주께서 최후에 남긴 말씀은 그를 소도주에게서 떼어 놓으라는 것이었지. 그건 도주께서도 그의 위험함을 크게 느끼셨다는 의미야."

"그러나… 소도주께서는……."

"더욱 위험한 것은 소도주가 그에게 정을 느끼는 것이지. 그건 그 어떤 경우보다도 위험하네."

그러자 이번에는 단중자도 고개를 끄덕였다.

"그건 그렇지요."

"아무튼 나쁘지 않아. 은올기 그자를 제거했으니까. 사실 인검이 필요한 것은 그런 강적을 베기 위해서였거든."

"그러나 그 한 명을 제거하고 버리기에는 인검을 키운 시간과 공이 너무 아깝지 않습니까?"

"음… 지금은 그럴 수밖에 없는 상황이었으니까."

그러자 단중자의 눈빛이 한 차례 번뜩였다.

"제가 모르는 다른 이유가 있습니까?"

"자네에겐 중요한 일이 아니네."

"제게도 비밀이 있는 겁니까?"

단중자가 실망을 넘어 경계어린 시선으로 노인에게 물었다. 그러나 노인이 살짝 인상을 찌푸렸다.

"모르는 게 좋을 텐데?"

"모르는 것이 있다면 어르신을 완벽하게 신뢰할 수 없지요."

"음… 그 말은 앞으로 나와 거리를 두겠다는 말인가?"

"좀 더 조심해야겠지요."

단중자가 단호하게 말했다. 그러자 노인이 머리를 긁적이며 말했다.

"이거… 아니 말해줄 수도 없겠군."

노인의 말에 단중자가 고개를 돌려 노인을 바라봤다. 그러자 노인이 한 숨을 쉬며 말했다.

"계림혈사에 대해서는 알지?"

"물론입니다. 그런데… 그 일과 이번 일이 무슨 상관이 있다는 겁니까?"

노인이 고개를 끄덕였다.

"아주 무척, 깊은 관계가 있지."

"말씀해 주시지요?"

"음… 그는 석묘문의 아들이야. 석묘문은 계림에서 죽었지. 그런데 그 계림혈사에 사람들이 모르는 약간의 문제가 있어. 정확히 말하면 석묘문의 죽음에 문제가 있다고 해야겠지. 석묘문은 말이야 기실… 도주께서 죽였네."

"옛?"

단중자가 화들짝 놀란 표정으로 노인을 봤다. 도저히 믿을 수 없는 말이 노인에게서 흘러나온 것이다.

"아아, 직접 칼로 베었다는 뜻은 아니야. 그를 죽음에 이를 수밖에 없도록 만들었다는 뜻이지. 살리려면 살릴 수도 있었다는 말이기도 하고……."

"그런 일이… 도대체 무슨 일이 있었던 겁니까?"

"긴 이야기는 나중에 하고, 어쨌든 그 일은 금문도들 모두에게도 비밀이지. 석묘문은 금문의 영웅으로 죽은 것으로 되었고, 이십사룡은 은거했네. 그럼으로써… 도주의 혈손이 안전하게 금문을 이어받을 수 있게 된 거지. 사실 소도주의 부친께서는 너무 병약해서 석묘문이나 이십사룡 같은 후기지수를 감당할 수 없었으니까. 만약 계림혈사가 없었다면 전대 소도주가 죽는 순간 금문에선 석묘문이나 이십사룡 중 한 명을 후계자로 정하자는 논의가 크게 일었을 거야."

"그 모든 것을 방비하고자 일부러 계림혈사를 일으켰다는 말입니까?"

"일부러는 아니지만 애초에 그곳에서 그들을 살아 돌아오게 할 생각은 아니었지."

"이런……! 정말 무서운 일이군요. 냉혹한 분입니다. 도주는……."

"후후, 인간이 다 그렇지. 자넨 아닌가? 자네도 오늘날 인검을 베는 데 일조하지 않았나?"

"그, 그건……!"

단중자가 변명을 하려는 듯 언성을 높이다가 급히 입을 닫았다.

"변명하지 말게. 그건 변명할 거리가 아니야. 인정할 문제지. 자네도 그저 한 명의 인간일 뿐이라는 것 말이세. 자네가 인검을 죽이는 일에 관여한 속내에는 아마도 인검이 자넬 제치고 태상장로에게 가장 중요한 사람이 되지나 않을까 하는 우려도 분명 있었을 거네."

노인의 말에 단중자가 얼른 반박을 하지 못했다. 그의 얼굴은 약간 붉어졌다. 속내를 들킨 사람의 모습이 그러하리라. 그러자 노인이 다시 말했다.

"뭐, 창피할 일은 아니야. 말했지만 그건 인간의 본성이니까. 아무튼… 이젠 정말 신경을 바싹 써야 하네."

"무슨 말씀이신지?"

단중자가 물었다. 그러자 노인이 대답했다.

"솔직히 인검 그 아이가 있다면 무림천하를 손에 넣는 일은 여반장이지. 태상장로와 인검의 무공은 천하제일을 다투네. 그런 두 사람을 앞세우면 자네의 머리로 어찌 천하를 손에 넣지 못하겠나. 그러나… 이젠 쓸 수 있는 칼이 하나야. 그것도 그 칼은 함부로 뽑거나 휘두를 수도 없네. 인검이 없다는 것은… 아주 치명적인 약점이지. 그러니 앞으로 자넨 제법 고생을 해야 할 거야. 태상장로께 천하를 바치려면 말이야."

"그야… 각오하고 있는 일이지요. 계획도 세워놓았고 말입니다. 그런데……."

"뭔가?"

"그 계림혈사의 일이 그렇다 한들 굳이 인검을 제거할 이유가 모두 설명되지는 않는군요. 지금까지 그 사실을 모두 알면서도 그를 인검으로 키운 것 아닙니까?"

"그랬지."

"그런데 왜 지금에 와서……."

"음… 위험한 인물이 있었어."

"인검 외에 말입니까?"

"인검이 살아 있을 때에만 위험한 인물일세."

"예?"

단중자가 무슨 말인지 이해할 수 없다는 듯 물었다. 그러자 노인이 우울한 표정으로 대답했다.

"솔직히 말하자면 요송 그 아이를 제거하는 것은 도주의 계획에 없었네. 도주께서 돌아가시면서 내게 남긴 유언은… 참, 자네가 도주님의 승하를 알고 있다는 걸 태상장로께선 모르지?"

"당연하지요. 어르신의 명을 제가 어찌 어깁니까?"

"음, 잘했네. 그 일은 오직 나와 태상장로 그리고 인검만이 아는 일로 되어 있어야 해, 아직은. 자네가 그 일을 알고 있다는 것을 태상장로께서 아시면 자네의 모든 계책에 의심을 품게 되실 걸세. 그건 태상장로님이나 금문을 위해 좋은 일이 아니지. 아무튼 도주께서 유언하시길 인검을 경계하고 금문의 중심에 들어오지 못하게는 하되 죽이라는 말은 없었네. 다만 요송에게 한 인물이 접근하는 것을 막으라고 하셨지."

"그가 누굽니까?"

단중자의 물음에 노인이 차가운 눈빛을 흘리며 말했다.

"계림혈사의 내막을 모두 알고 있는 유일한 인물, 그 일에 관해서라면 나 차유보다도 더 자세히 알고 있는 자이네."

차유, 노인은 스스로를 차유라고 했다. 금온의 평생 종복인 차유가 아무도 모르는 사이에 이 북방에 와 있었다. 금령조차도 차유가 청도를 떠나 다시 은거의 삶을 사는 줄 알고 있었다. 그런데 그런 그가 변복을 한 채 금령의 무리에 속해 있었던 것이다.

"그런 자가 있었습니까?"

"그래… 혹 거할이라고 들어봤나?"

"거할이라… 아, 그 이십사룡의……?"

"알고 있군."

"그란 말입니까?"

"그렇다네. 그는 계림혈사의 모든 진실을 알고 있지. 해서 만약 그가 요송이 묘문의 아들이라는 것을 알게 된다면 반드시 요송을 찾아갈 거야."

"하지만 지금까지 인검을 찾아오지 않지 않았습니까?"

"그건 그가 강호를 떠났기 때문일세. 그의 종적을 찾을 수가 없어. 도주께서도 그를 찾고 있었으나 백두 인근에서 그 종적을 놓친 이후로는 전혀 찾을 수 없었네. 도주의 유언은 정확하게 이것이었네. 거할, 그를 찾아 없애라. 그러면 인검은 영원히 소도주의 사람이 될 것이다."

"하지만 그렇다면 인검을 없애는 일을 서둘 필요는 없었던 것 아닌가요?"

단중자가 이해할 수 없다는 듯 물었다. 그러자 차유가 고개를 저었다.

"아니, 반드시 그를 없애야 했어. 왜냐하면… 드디어 거할의 행적이 나타났기 때문이지. 그런데 그를 찾을 수는 없었네. 그의 행적이 나타난 것이 한 달 전 청도 인근이네. 그가 청도로 돌아오려 했다는 것이지. 그런데 숙주의 포구에서 다시 종적을 감췄어. 은검들도 추격에 실패했지. 그건 한 가지 가능성을 의미하네. 그가 요송의 존재를 알았다는 것, 그래서 다시 자신을 감추고 요송을 향해 움직였다는 것일세. 아니라면 그렇게 갑자기 허깨비처럼 사라졌을 리가 없을 테니까."

"그래서……."

"그래, 그래서 요송을 거둘 수밖에 없었네. 그가 요송을 만나게 둘 수는 없었어. 서둘러야 했지. 그래서 내가 이곳으로 온 걸세."

차유의 말에 단중자가 고개를 끄덕였다. 듣고 보니 무척 급박한 상황이었다. 만약 인검 석요송이 계림혈사에 대한 정확한 진실을 알게 된다면 그 검끝이 금문으로 향할 수도 있었다. 인검을 적으로 두는 것은 너무도 위험한 일이다.

"불행한 일이군요. 부자가 대를 이어……."

"불행하고 미안한 일이지. 그러나 난 금문의 꿈을 저버릴 수 없는 사람이야. 벌을 지옥에서 받겠네."

차유의 말에 단중자가 흠칫 몸을 떨었다. 기실 금문에 대한 단중자와 차유의 입장은 조금 다른 것이었다. 차유는 평생 금온과 함께 계림의 부활을 업으로 알고 살아온 사람이다.

하지만 단중자는 계림이 부활 같은 숙명보다는 당장 지금 자신의 야망을 위해 금문을 움직이는 사람이었다. 그러니 그 절실함은 차유에 비할 바가 아니다.

"그런데 그 거할이란 사람, 기이하군요."

"뭐가 말인가?"

"그가 어떻게 계림혈사의 진실을 알게 되었으며 그럼 왜 토하곡에 찾아가 토하곡주에게 그 사실을 전하지 않은 걸까요?"

"음… 그가 계림혈사의 내막을 알게 된 것은 당연한 일이야. 당시 계림혈사에서 그는 도주와 계림에 파견된 금문 고수들이 연락을 맡았네. 그래서 당시 계림에 전해진 도주의 모든 명을 알고 있지. 다만 그는 당시에는 그 도주님의 명이 단지 계림의 부활을 위한 것이라고 생각했을 거야. 그러나 계림혈사가 일어나고 석묘문이 죽은 이후에야 일이 뭔가 잘못되었다는 것을 깨달았겠지. 그리고 그간 도주의 명을 살펴본 후 계림혈사에 도주의 다른 의도가 있었다는 것을 알아챘을 걸세. 그리고 그 순간 그는 강호에서 사라졌던 것이네."

"토하곡주에게 그 사실을 전하지 않은 이유는요?"

다시 단중자가 묻자 차유가 고개를 저으며 말했다.

"솔직히 말하자면 나도 그 이유를 잘 모르겠어. 어쩌면 도주의 행동에 실망은 했지만 그렇다고 금문을 배척할 수는 없다고 생각했을 수도 있지."

"절이 싫어서 떠나지만 절을 태우지는 않는다는 거군요."

"그렇지. 그는 어쨌든 금문의 사람이니까."

"그렇다면 인검에게도 역시 그 사실을 전하지 않을 수도……."

"글쎄. 그건 좀 다르지. 토하곡이야 금문에서 떨어져 나가 편히 잘살고 있지만 인검은 다시 금문에 들어와 석묘문과 같은 길을 걷고 있으니까. 그리고 더 중요한 것은……."

차유가 눈을 가늘게 뜨며 말꼬리를 흘렸다. 그러다가 무거운 음성으로 다시 입을 열었다.

"더 중요하고 무서운 것은… 사실은 그가 이미 토하곡주에게 계림혈사의 일을 전했을 수도 있다는 거야. 단지 토하곡주가 석문도들의 안전을 위해 그 일을 덮어뒀을 수도 있지. 이렇게 되면 거할이 강호를 떠나 은거한 일도 좀 더 잘 설명이 되고. 어쩌면 아들의 복수를 하지 않는 토하곡주에게 실망을 했을 수도 있지. 그런데 요송이 인검이 되었다는 것을 알게 된다면 그 역시 생각이 달라지지 않겠나?'

차유의 말에 단중자가 고개를 끄덕였다.

"그렇군요. 인검은 강호에 나왔고, 그것도 금문에서 도주에 의해 소도주의 칼로 길러졌으니까요."

"거할의 성정으로 볼 때 그것까지 눈감기는 어려웠을 거야. 그는 본래 이십사룡 중에서도 정대한 심성으로 유명했으니까."

"결국 최선의 선택이었군요."

"그렇지, 우리를 위해선!"

차유와 단중자의 이야기가 이어지는 사이 금문도들은 점점 속도를 높여 초원에 먼지 구름을 일으키며 남쪽을 향해 질주하고 있었다.

*　　*　　*

"제길, 제길, 제길!"

금불현이 들고 있던 검으로 나뭇가지를 후려치며 소리쳤다. 그의 검에 아름드리나무 한 그루가 베어져 나갔다.

쿵!

거대한 나무가 쓰러지면서 안개가 출렁였다. 북방의 숲, 그것도 호수나 강이 없는 곳에 안개가 자욱한 모습은 쉽게 받아들이기 어려운 모습이다. 일 년의 대부분 건조한 날씨를 자랑하는 북방이다. 그런데 금불현이 서 있는 숲은 기이했다. 자욱한 안개가 채 십여 장 밖조차 살피기 어렵게 만든다. 그 안개는 또한 숲을 헤매는 자에겐 천군만마보다 두려운 적이다.

"뭐, 이런 땅이 있어!"

금불현이 다시 소리쳤다. 그녀의 모습은 거칠었다. 여전히 남장을 하고 있었지만 깔끔했던 옷맵시는 찾아볼 수 없었다. 옷은 여러 날 빨지 않아 곳곳에 때가 끼어 있었고, 더욱이 곳곳에 찢어진 흔적이 역력했다. 그도 그럴 것이 그녀가 이 계곡에 들어온 지도 벌써 한 달이 지나고 있었다.

털썩!

금불현이 자신이 베어낸 나무 그루터기에 엉덩이를 걸치고 앉았다. 그러고는 한 손으로 턱을 바치고는 침묵 속에 빠져들었다. 잠들고 싶어 하는 사람처럼, 혹은 정말 잠이 든 사람처럼 그녀는 한동안 침묵을 지켰다. 그러다가 문득 시체가 말을 하듯 중얼거렸다.

"포기해야 할까?"

낮은 음성에 기운이 없다.

"정말 형님은 죽은 걸까? 아니 죽었다면 왜 시신조차 없는 거지? 둘 다. 그렇다고 어디로 이동한 흔적도 없고… 이상한 일이야. 떨어지면서 바람을 타고 전혀 다른 방향으로 간 걸까?"

금불현이 고개를 들었다. 그러자 깎아지른 듯한 천애절벽이 눈에 들어왔다. 그 절벽에서 석요송과 은올기가 떨어졌다. 금문의 모든 사람들이 석요송의 죽음을 뒤로하고 야망을 향해 질주해 갈 때에도 금불현은 이 기이한 숲을 떠나지 않았다. 석요송의 시신이라도 찾지 않는다면 그녀로서는 발길을 돌릴 수 없었다. 그러나 석요송과 은올기의 자취는 그 어디서도 찾을 수 없었다. 사람이 가루가 되었다면 도검이라도 있어야 하지만 도검조차도 눈에 보이지 않았다. 기이한 일이다.

"누가 먼저 왔다 갔을까?'

금불현은 이 질문은 지난 한 달 동안 쉬지 않고 했다. 그러나 그럴 가능성은 없었다. 왜냐하면 그 어디서도 사람의 흔적은 찾을 후 없었기 때문이었다.

사람이 찾지 않는 땅, 그곳이 바로 이 계곡이었다. 이 불량한 땅에서는 하루하루 버티는 것도 쉬운 일이 아니었다. 따뜻한 햇살을 보는 것은 거의 불가능했다. 하루 종일 운무에 싸여 있는 때가 더 많은 계곡이었다. 금불현과 같은 사람에게도 버티기 힘든 땅이었다.

그러나 그 땅에서 금불현은 홀로 한 달을 버텼다. 물론 보름이 지나면서부터는 더 이상 살아 있는 석요송을 찾을 수 있다는 희망을 버린 금불현이다. 그러나 그럼에도 불구하고 금불현이 이 땅을 떠날 수 없었다.

석요송은 그녀에게 너무도 특별한 사람이었다. 석요송을 만나기 전 그녀에겐 정해진 운명과 같은 삶이 있었다.

금무해의 뒤를 이어 현종의 종성이 되고, 금문의 장로가 되고, 금령을 도와 천하를 움켜쥐어 결국에는 계림의 영광, 아니 해동의 계림보다 더 크고 웅대한 세상의 주인이 되는 길이 그녀에게 숙명처럼 정해진 길이었다.

그런데 그 숙명이 석요송을 만나면서 흐트러지기 시작했다. 그래서 금불현은 어쩌면 그녀가 생각했던 자신의 숙명과는 전혀 다른 삶을 살 수 있을지도 모른다는 생각을 했었다.

그건 정말 흥분되는 일이었다. 정해진 길은 무료하다. 그러나 알지 못하는 길을 간다는 것은 얼마나 흥미로운 일인가. 그 길을 석요송이 열어줄 수도 있다고 생각한 금불현이었다.

그런데 그 석요송이 죽었다. 그것은 곧 그녀의 삶이 그녀가 다시 숙명의 길로 돌아가야 함을 의미한다. 그녀는 그것이 싫었다.

"다시 그렇게 살라고?"

그건 쉽지 않다. 이미 그녀는 한 여자로서 누군가를 마음에 담는 경험을 했기 때문이었다.

"그가 없어도 난 반드시 금문을 떠날 거야. 굴레는 벗어던지겠어."

금불현이 단호하게 말했다. 그러고는 자리에서 일어났다.

"돌아간다. 돌아가서 할아버님께 말하겠어, 금문을 떠나겠다고. 그리고 다시 돌아와 반드시 그의 뼈라도 찾겠어."

금불현이 다시 검을 휘두르기 시작했다. 그러자 남쪽을 가리고 있던 나뭇가지들이 베어져 나갔다. 그 사이로 금불현의 신형이 사라졌다.

*　　　*　　　*

와아아!

거친 함성 소리가 산을 뒤흔들었다. 사방에서 각양각색의 옷을 입은 사람들이 달려 나와 산 중턱에 세워진 백여 채의 막사를 향해 달리기 시작했다.

그러자 막사 앞을 지키던 자들이 황급히 진채 안쪽으로 달려들어갔다. 곧이어 십여 명의 노고수가 막사 앞에 모습을 드러냈다. 그들은 손을 들어 사방에 자신들을 향해 달려드는 자들을 살피더니 심각한 표정으로 고개들을 저었다. 그리고 잠시 후 막사 안에서 다급한 북소리가 울리기 시작했다.

"또 도주인가?"

금령은 흑마 위에 앉아 있었다. 멀리 산 중턱의 진영에서 분주한 움직임이 일어나더니 일단의 사람이 산봉우리를 향해 치달리는 모습이 보였다.

"그들이 선택할 수 있는 유일한 길이지요."

대답을 한 사람은 단중자였다.

"다른 길도 있지, 항복하는 것."

"그것은 아직까지 쉽지 않을 것입니다. 여전히 심양에는 모용세가의 주력들이 남아 있고, 또 장백파도 건재하니까요."

"그러나 저들이 서로 흩어져 도주하고 나서야 어찌 각자 버틸 수 있을까?"

금령이 심드렁하게 말했다. 그러자 단중자가 고개를 끄덕였다.

"그렇기는 하지요. 저들은 공손세가의 고수들과 모용세가, 그리고 장백파에서 파견한 고수들이니 사실 그들의 연합은 여기까지가 전부라고 할 수 있을 겁니다."

"겁이 많은 자들이야."

"그렇지요. 그러나 한편으로는 끈기가 있는 자들이란 의미도 됩니다. 역대 무림의 전통 있는 문파들이 수백 년 그 맥을 이어온 것은 바로 그 끈기 때문이지요."

"도주하는 것도 끈기다?"

"그렇습니다."

그러자 금령이 고개를 끄덕였다.

"좋아, 그렇다고 치고… 이제 다음 행보는?"

"일단 청도로 가시지요."

"청도로?"

"예."

"아직 북천십이로가 끝나지 않았는데?"

"청도를 떠난 지 너무 오래되었습니다. 문도들은 지쳤고, 모은 세력들의 기강도 많이 흐트러졌습니다. 재정비를 할 시간입니다. 연후 다시 강호에 나올 때는 천하가 태상장로님의 손에 있을 것입니다."

"얼마나 걸릴 것 같은가?"

"족히 석 달이면 다시 나올 준비가 끝날 것입니다,."

"좋아, 청도로 돌아가지. 대신 세 가지를 명한다."

"듣겠습니다."

"천랑원에 대해 좀 더 알아봐. 둘째는 모용세가와 공손가의 잔당 그리고 장백파를 한곳으로 몰아. 한 번에 정리할 수 있게."

"알겠습니다."

"그리고 세 번째는… 개경의 움직임을 파악하라."

"개경을요?"

"북종과 완안부의 사람들이 너무 날뛰는 듯해. 개경의 왕씨도 추룡사를 움직일 가능성이 있어. 방심하면… 기반이 무너진다."

"알겠습니다."

단중자가 고개를 숙여 보였다. 그러자 금령이 손을 들어 한번 휘저으며 말했다.

"사람들을 물린다. 도주하는 자들을 굳이 쫓을 필요는 없다. 청도로 간다!"

*　　　*　　　*

봄이 가고 여름이 지났다. 그리고 다시 가을이다. 낙엽들이 여름 내 젖은 땅을 덮었다. 그것들은 습기를 머금어 거름이 되어 다시 수목을 살찌울 것이다.

"킬킬! 죽을 맛이지? 나가고 싶어서?"

문득 살쾡이 우는 소리가 들렸다. 수백 년은 자랐음 직한 나무 위쪽에서 들려오는 목소리다. 나무 위에는 새 한 마리 앉아 있지 않다. 다시 또 사람의 목소리가 들려온다.

"그러니까 내 거래를 받아들여."

자세히 보면 나뭇가지 뒤쪽으로 하늘 높이 솟은 절벽이 있었는데 그 절벽 위에 작은 동굴이 나 있다. 동굴의 입구는 나뭇가지로 얽은 문이 그 위치를 교묘히 가리고 있다. 짐승은 당연히 침범할 수 없고, 산새도 찾기 힘든 장소다. 그런데 어떻게 사람이 있을까.

"눈만 먼 것이 아니라 이젠 말도 잊었나? 벙어리가 된 거야?"

노인의 음산한 목소리라 다시 들렸다. 그러나 여전히 아무런 대답이 없다.

"답답하군. 문 좀 열어봐. 해를 봐야지. 자네같이 눈이 먼 사람이야 별반 소용없는 일이지만……."

나뭇가지가 흔들렸다. 그러자 동굴이 좀 더 환하게 보였다. 그 앞에 한 명의 사내가 가부좌를 틀고 앉아 있었다. 덥수룩한 머리는 얼굴을 가리고 있었고 찢어진 옷 사이로 굴강한 근육이 드러난다.

"날 좀!"

사내의 뒤쪽에서 노인의 재촉하는 목소리가 들렸다. 그러자 사내가 고개를 돌려 누군가를 부축해 동굴 앞까지 이끌었다.

"조심해. 떨어져!"

사내의 손에 끌려 나온 노인이 소리쳤다. 노인의 모습은 볼품 없었다. 나이 들어 쪼그라진 몸이 이처럼 작았다. 피골이 상접했고, 백발은 헝클어져 있었다. 더군다나 결정적으로 한 팔이 없었다.

노인은 사내의 손에 이끌려 입구까지 나온 후 동굴을 비추는 햇살에 몸을 맡겼다.

"좋군. 아주 좋아……."

노인이 앵속을 마신 것처럼 희열에 몸을 떨었다.

"눈이 올 것 같은데……."

마치 천근암석이 움직이듯 열듯 사내가 입을 열었다.

"제길 그 육감은 소름끼치는군. 눈 뜬 자보다 더 정확하니……."

"그런데 햇살이라."

"멀리 먹구름이 있어. 이제 가을도 다 지나고 있는 거지. 눈이 올 거야. 해는… 일각도 못 버티겠군."

"일 년이 지난 것이오?"

"그렇지. 대충……."

그러자 사내가 다시 침묵이다. 그런 사내를 추레한 노인이 바라봤다. 노인의 얼굴에 기이한 표정이 떠올랐다. 살의와 분노가 느껴지는가 싶다가도 알 수 없는 애정도 느껴진다.

"휴……."

노인이 한숨을 쉬었다. 그러나 여전히 사내는 말이 없다. 그러자 노인이 고개를 저으며 말했다.

"좋아, 조건을 바꾸지. 그녀를 죽이지 않아도 좋아. 대신 금문을 막아줘."

그러나 사내는 여전히 말이 없다.

"제길 그것도 싫어? 말해봐 원하는 게 뭐냐?"

노인이 소리쳤다. 그러자 사내가 대답했다.

"원하는 건 없소. 난 그저 조금 더 쉬고 싶을 뿐이오."

"쉰다고……. 하하하! 천하의 인검이 이렇게 나약한 자였을 줄이야. 하하하! 이 은올기가 정말 나쁜 패를 쥐었군."

노인의 입에서 앙천광소가 터졌다. 그러자 사내가 머리를 쓸어 올렸다. 석요송이다.

『북천십이로』 7권에 계속…

FANTASTIC ORIENTAL HEROES

팔황지로
八荒之路

단극 新무협 판타지 소설

2012년 겨울을 뒤흔들 신무협.
강렬함에 전율하고, 쾌감에 몸서리치다!

삼백 년 전, 여덟 하늘이라 불리던 초월자.
기존 무림에 의해 은폐되었던 그들의 힘을 이은
팔황(八荒)의 길을 걷는 무인이 나타나다!

무한 빈민가의 소악귀, 진호.
해남으로 납치당한 그가 섬에서 만난 기연으로
새로운 무림의 역사를 써 내려간다.

한 자루의 검으로 하늘을 가르고,
붉은 복수심으로 핏빛 길을 걸으리라!

강호의 기만을 밑바닥부터 뒤흔들고
강자를 집어삼킬 무인의 전설이 시작된다!

Book Publishing CHUNGEORAM

유행이 아닌 자유추구 -
WWW.chungeoram.com

신풍기협 神術飛俠

FANTASTIC ORIENTAL HEROES

윤신현 新무협 판타지 소설

「수라검제」,「태양전기」의 작가 윤신현
우직한 남자의 향기와 함께 돌아오다!

사부와 함께 떠났던 고향.
기다리는 친구들 곁으로 돌아온 강진혁은
사부의 유언을 지키기 위해 강호로 나선다.
반드시 돌아오겠다는 약속을 남기고.

"믿어라. 난 결코 허언을 하지 않는다."

무인으로 살 것인가, 무림인으로 살 것인가.
고민을 안고 나아가는 강진혁의 강호행!

신의 바람이 불어와 무림에 닿을 때,
천하는 또 하나의 전설을 보게 되리라!

Book Publishing CHUNGEORAM

유행이 아닌 자유추구 ─
WWW.chungeoram.com

FUSION FANTASTIC STORY

넘버원
Number One

천륜 장편 소설

Book Publishing CHUNGEORAM

유행이 아닌 자유추구
WWW.chungeoram.com

FUSION FANTASTIC STORY

백수, 재벌 되다

텀블러 장편 소설

현대물이라고 다 같은 현대물이 아니다!
전 세계적으로 활약하는 사내가 온다!

"초 거대기업 DY그룹의 회장이 내 아버지라고?!"

백수에서 초 거대기업의 후계자로,
답 없는 절망에서 희망으로!

"이제 아무것도 참지 않는다!"

세계를 뒤흔드는 한 남자의 신화를 보라!

Book Publishing CHUNGEORAM

유행이 아닌 자유추구
www.chungeoram.com